비주류 연애 블루스 Blues

비주류 연애 블루스 Blues

한상운 장편소설

네오픽션

차 례

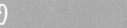

프롤로그

9회 말 투아웃 스코어는 6 대 7. 타석에는 4번 타자 김태균이 서 있다. 투 스트라이크 쓰리 볼. 공 하나에 모든 것이 결정된다.

역시 야구는 각본 없는 드라마라니까. 기남은 담배에 불을 붙였다. 아내는 아이들을 데리고 친정에 갔고 그는 홀로 집을 지키며 그동안 참았던 술과 담배와 야구 중계를 즐기고 있었다. 화면에 시선을 고정한 채 맥주 캔을 땄을 때 무언가 차가운 것이 정수리에 떨어졌다. 뭔가 하고 쳐다보니 천장 한가운데 검게 얼룩이 진 곳에서 물이 떨어지고 있었다.

뭐야? 저건?

기남이 눈살을 찌푸릴 때 김태균이 호쾌하게 스윙을 했다. 지구를 반으로 가를 듯 무자비한 스윙이었지만 유감스럽게도 공과는 백만 광년 떨어져 있었다. 김태균은 자기 힘을 이기지 못하고 발레를 하듯 두어 바퀴를 돌아 한쪽 무릎을 꿇었고, 심판은 멋진 스트라이크아웃 포즈와 함께 시합 종료를 선언했다.

기남은 짧게 욕설을 내뱉고 TV을 껐다. 그는 관리실에 전화를 해서 사정을 설명하고 세숫대야를 가져와 물을 받았다. 처음에는 한두 방울 떨어지는 정도였는데 얼룩이 커지면서 쏟아지는 양도 많아졌다.

빌어먹을 놈의 아파트, 그야말로 부실 그 자체다. 기남은 순식간에 차오르는 세숫대야를 바라보며 이를 갈았다. 입주한 지 1년도 안 됐는데 큼직한 하자 보수만 세번째다.

곧 기계실에서 사람이 왔다. 기계실 아저씨는 물이 쏟아지는 천장을 보고는 입을 딱 벌렸다. 마치 이런 건 처음 본다는 표정이었지만 기남은 속지 않았다. 기계실 남자는 올 때마다 그런 표정이었다.

"이번에는 뭡니까? 수도관이라도 터진 거예요?"

"그건 아닌 거 같은데요. 수도관이 지나가는 자리가 아니거든요. 위층에 뭔 일 있는 거 같은데요."

위층에는 아무도 없는지 벨을 눌러도 조용했다. 하지만 기계실의 추측이 옳다는 사실을 알 수 있었다. 문틈으로 물이 흘러나와 복도며 계단이 흥건하게 젖어 있었다. 기계실은 문에 귀를 대더니 명탐정처럼 고개를 끄떡였다.

"이 집 맞네요."

문에 귀를 대보니 콸콸콸 물 쏟아지는 소리와 벽에 물이 부딪히며 철썩철썩 파도치는 소리가 들렸다. 문을 열면 바다가 있을지도 모른다는 착각마저 들 정도였다.

"물을 이빠이 틀어놓고 나갔나 보네요."

"예, 그런 것 같네요."

기계실은 주인에게 연락을 해보겠다며 핸드폰을 꺼냈다.

"그런데 이 집에 누가 사는지 아세요?"

"젊은 아가씨 혼자 살아요."

기남은 아주 예쁘다는 말을 목구멍으로 넘겼다. 가끔 출퇴근할 때 승강기에서 마주친 적이 있는데 눈이 번쩍 뜨일 만큼 굉장한 미인이었다. 그럼 뭐하나? 집을 물바다로 만들고 나갈 정도로 멍청한데.

기계실이 핸드폰에 대고 말했다.

"위층에서 물을 틀어놓고 외출한 거 같네. 집주인 연락처 좀 알 수 있을까? 그래, 핸드폰 번호로. 부탁 좀 할게."

기계실이 여자에게 전화를 걸었지만 신호만 갈 뿐 전화를 받지 않았다. 그는 핸드폰을 손에 쥐고 난감하다는 얼굴로 말했다.

"전화를 안 받는데 어떡하죠?"

"어떡하긴 어떡해요. 부수고 들어가야죠. 이 집 여자도 가재도구 다 버리는 것보단 들어가서 물 잠그는 쪽이 나을 거 아닙니까."

하지만 기계실은 마음을 정하지 못하고 미적거리기만 할 뿐이었다.

"그래도 남의 집인데. 고소하면 우리가 뒤집어쓰는 거 아닙니까."

기남은 짜증이 나서 주먹으로 문을 쾅쾅 두들겼다.

"안에 아무도 없어요오!"

기계실은 한 번 더 전화를 걸어보겠다며 핸드폰을 꺼냈다. 하지만 이번에도 지루하게 신호만 갈 뿐이다. 기남은 문에 기대선 채 기계실을 째려보았다.

"그만 됐으니까, 일단……."

기남은 문득 이상한 생각이 들어 말을 멈췄다. 그는 문에 머리를 대고 귀를 기울였다. 집 안에서 핸드폰 벨소리가 들려오고 있었다. 그는 기계실에게 손짓했다.

"이리 와봐요. 소리 들리죠? 전화 끊어봐요."

기계실이 전화를 끊자 벨소리도 끊겼다.

"집에 있어요. 혼수상태라서 문을 못 열 수도 있다고요. 욕실에서 뒤로 넘어졌다든가 저혈압으로 쓰러졌다든가, 뭐 그런 일 있을 수 있잖아요. 어쩌면 자살을 했을지도 모를 일이고."

"글쎄요, 핸드폰을 집에 두고 나갔을 수도 있죠."

"내 말이 맞다니까요. 문 따고 들어가요."

"그건 좀……."

"집에 있다니까요. 핸드폰 소리 들었잖아요. 거기다 물까지 틀어놓고. 무슨 사고라도 당했으면 어떡합니까? 사람이 죽었을 수도 있어요. 그럼 아저씨가 책임질 거예요?"

책임 이야기가 나오자 기계실도 한풀 꺾였다.

"제가 책임질 위치는 아니고……."

"그럼 내가 책임질게요."

기남은 119에 전화를 걸었다. 위층 사는 아가씨도 걱정되었지만 그보다는 새 TV와 오디오 시스템이 젖는 게 더 두려웠다. 아내가 돌아와서 집이 물바다가 되는 동안 당신은 뭘 했느냐며 준엄하게 꾸짖을 것을 생각하니 오금이 저렸다.

곧 119 구급대원들이 도착했다. 그들은 기남의 설명을 듣고 집 안에서 들리는 물소리와 전화벨 소리를 확인했다. 선임 대원은 10년이 넘는 경력을 지닌 베테랑이었다. 그는 한눈에 문제의 심각성을 알아차리고 결단을 내렸다.

"열고 들어가죠."

전문가들이라 문을 여는 데 3분밖에 걸리지 않았다. 구급대원들이 문을 열자 집 안에 차 있던 물이 물보라를 일으키며 쏟아져 나와 계단을 타고 아래층으로, 다시 아래층으로 흘러내렸다. 집 안은 발목까지 물이 차 있었다. 흥건한 물 위로 하얀색 거품이 떠다녔다.

119 선임 대원은 거실을 가로질러 물줄기의 진원지인 욕실로 향했다. 유선형의 욕조에 여자가 벌거벗은 채 둥둥 떠 있었다. 창백한 속살. 긴 머리칼이 물의 출렁거림에 따라 흔들거렸다. 욕조 옆에 1리터들이 입욕제가 있었다.

선임 대원은 여자를 물 밖으로 끌어내 심폐 소생술을 실시했다. 미미하게 심장이 뛰기 시작했다.

"살아 있어! 차 시동 걸라고 해!"

다른 대원들은 구급용 침대를 펼쳤다. 그들은 급히 여자를 침대에 눕힌 다음 밖으로 뛰어나갔다. 기남은 그들을 따라가려다가 정신을 차리고 욕실로 뛰어들어 수도꼭지를 잠갔다.

기남은 여자의 집을 나서려다 걸음을 멈췄다. 문지방에 조그 만 사진 액자가 걸려 있었다. 위층 여자가 다른 여자와 함께 찍 은 사진이었다. 유리가 깨져 다른 여자의 얼굴이 잘 보이지 않 았지만 팔짱을 낀 채 꼭 붙어 있는 걸 보니 가까운 사이인 것 같 았다.

자매나 친구, 뭐 그런 거겠지. 자매라면 미인일 텐데. 이렇게 된 걸 알면 많이 놀라겠군. 나중에 119를 불러줘서 고맙다고 인 사라도 오지 않을까? 그럼 도배 비용을 받아낼 수 있지 않을까?

기남은 문득 양동이의 물이 넘쳤을지도 모른다는 생각이 들 었다. 바닥에 깔아놓은 카펫이 젖으면 아내에게 혼날 것이다. 그는 액자를 신발장 위에 내려놓고 밖으로 뛰어나갔다.

쿵쿵쿵. 기남이 발소리를 내며 계단을 뛰어 내려갈 때마다 액 자가 조금씩 흔들렸다. 거미줄처럼 깨진 유리 균열 사이로 여자 가 환하게 웃고 있었다. 조금 전 자신에게 일어난 일을 전혀 예 상하지 못하는 것처럼. 언제나 행복하게 살 수 있을 것처럼. 여 자의 얼굴 위로 눈물처럼 물방울이 흘러내렸다.

· 1장 ·

실연

성욱은 지금 당장 전쟁이 터지길 바랐다. 귀청이 찢어질 듯한 사이렌이 울리고 '국민 여러분, 지금은 실제 상황이오니 하던 일을 멈추고 어쩌고저쩌고' 하는 군 당국의 급박한 목소리가 이어지고 즉시 예비군 대대로 출발하라는 핸드폰 메시지가 왔으면 싶었다. 최대한 빨리 전방에 투입되어 적군을 향해 맹렬하게 총을 갈겨대다가 장렬하게 전사하고 싶었다. 그게 아니라면 기상이변으로 쓰나미가 오거나 외계인이 침략해도 좋을 것 같았다. 모든 것이 붕괴하고 다 같이 사라지기만 한다면 그는 외계인에게 생체 실험을 당해도 웃을 자신이 있었다.

30분 전, 그는 7년 사귄 여자 친구에게 차였다. 3주 만의 데이트였다. 원고 마감이 늦어져 야근을 하느라 인영을 만나지 못했다. 대체로 글 쓰는 놈들은 정신병자이거나 변태인 법이지만 이번 저자는 둘 다 해당됐다. 게다가 입원이 필요할 만큼 중증이었다. 틈만 나면 전화를 걸어 표지와 편집에 딴지를 걸었고, 최종 인쇄에 들어간 원고를 수정하겠다고 고집을 피워댔다. 덕분에 몇 번이고 약속을 잡았다가 취소해야 했다.

천신만고 끝에 책이 나오고 서점 입고를 확인한 다음에야 인영과 약속을 잡을 수 있었다. 그런데 이번에는 버스가 속을 썩였다. 고속도로에서 차가 멈춰버리는 바람에 다음 버스가 오기까지 차 안에서 20분을 기다려야 했다.

그가 커피숍에 도착했을 때 인영은 무표정한 얼굴로 창가 자리에 앉아 창밖을 바라보고 있었다.

"미안, 오래 기다렸지? 내가 진짜 잘못했다. 이제 내가 다 알아서 모실 테니까 넌 그냥……."

"괜찮아."

인영은 별일 아니라는 듯 부드럽게 말했다. 평소라면 미안하다는 말로 문제가 해결되면 누가 감옥에 가겠냐고 화를 냈을 텐데 이상한 일이다. 오랜만에 만나는 거라 조금 너그러워졌나?

"저녁 뭐 먹을까? 뭐 먹고 싶은 거 있어?"

"너한테 할 말이 있어."

"응, 말해. 비싼 거야?"

"그만 만나, 우리."

성욱은 뭐라 말을 하려다가 그만두었다. 머릿속이 텅 비어버린 것 같았다. 농담으로 넘기고 싶었지만 인영의 얼굴이 너무나 진지해서 그럴 수도 없었다.

성욱은 늘 걱정을 달고 살았다. 어릴 때부터 그랬다. 쉬는 시간에 친구들끼리 모여 있으면 누가 흉을 보고 있나 두려웠고, 시험을 보면 답을 밀려 쓰지 않았나 걱정됐다. 나이를 먹어가며 걱정의 크기는 커지고 또한 비루해졌다. 내년에 집주인이 전세금을 올려달라고 하면 어떡하지, 갑자기 엄마가 아프면 병실은 어떻게 해야 할까. 걱정이라는 것이 대체로 그렇지만 닥치기 전에는 걱정할 필요가 없는 것들이었다.

그런 성욱도 인영이 이별을 통보할 거라는 생각은 하지 못했다. 7년을 만나왔다. 그에게 인영이 편한 만큼 인영도 자신을 편하게 느낄 거라 생각했다. 오래 입어 물이 빠진 티셔츠처럼 서로에 대한 감정은 옅어졌지만 빳빳한 새 옷으로 대체할 수 없는 사이.

설마 농담이겠지? 한번 떠보는 거겠지? 화가 나서 일단 지르고 본 거겠지? 성욱은 어색하게 웃으며 더듬더듬 말했다.

"우리 같이 여행이나 갈까? 자기 일본에 다시 가보고 싶다고 그랬잖아. 이번에 휴가 맞춰서 같이 가면……."

"내 말 못 들었어?"

"아니, 듣긴 들었는데."

인영의 표정은 여전히 차가웠다.

"왜 그래? 나한테 화난 거 있니? 내가 뭐 잘못했어?"

인영은 대답하지 않았다. 성욱은 다시 말했다.

"마음에 안 드는 게 있으면 뭐든 내가 다 고칠게. 진짜야, 다 고칠 수 있어."

"미안하지만 나 마음 정했어. 이번만은 내가 하자는 대로 해줬으면 좋겠어."

인영은 자리에서 일어섰다.

"오늘 그 얘기 하려고 만나자고 한 거야. 이별 통보는 직접 보면서 해야 할 것 같아서. 그럼 갈게."

"잠깐."

성욱은 인영의 팔을 잡았다. 다른 때라면 사람들이 북적이는 커피숍에서 큰 소리를 내지 못했겠지만 오늘만은 황당하고 어이가 없어서 참을 수 없었다.

"이유라도 알자. 도대체 뭐가 문제야? 갑자기 왜 이러는데?"

목소리가 너무 컸던 모양이다. 사람들의 시선이 두 사람에게로 쏠렸다. 인영이 자리에 도로 앉으며 말했다.

"우리가 만난 지 얼마나 됐지?"

"7년 넘었지."

"7년 하고, 몇 달 됐는지 알아?"

"알지, 7년 하고. 그게 그해 여름이었으니까. 여름 맞지?"

"언제 네가 처음 나한테 좋아한다고 말했는지. 언제 처음 잤는지. 넌 하나도 기억 못해. 그렇지? 내 생일은 아니? 설마 그것도 몰라?"

"핸드폰에 저장해놨어."

성욱은 변명하듯 말했다. 식은땀이 등허리를 타고 흘러내렸다. 생일이 설마 오늘인가? 아닐 텐데. 성욱은 핸드폰을 꺼내려다가 상황을 더 악화시킬 것 같아 그만두었다. 대신 최대한 신뢰가 느껴지도록 한 마디 한 마디 힘주어 말했다.

"날짜는 내가 잘 기억 못해. 근데 무슨 말이 오갔는지, 우리 사이에 감정이 어땠는지는 다 기억해. 근데 넌 내가 날짜 기억 못한다고 지금 화내고 헤어지자고 하는 거야?"

설마 그때 무슨 말이 오갔냐고 묻지는 않겠지. 솔직히 하나도 기억 안 난다. 섹스를 세 번 한 것만 기억난다. 다행히 인영은 잠시 침묵하다가 천천히 고개를 끄떡였다.

"네 말이 맞아. 날짜 때문이 아니야. 다만……."

"다만 뭐?"

"재미가 없어."

"재미? 무슨 재미?"

"우리 7년 하고도 5개월 이틀을 만났거든. 너 오는 동안 내가 계산해봤어. 그동안 우리 사이에 무슨 일이 있었지? 아무것도 없어. 그냥 만나고 밥 먹고 가끔 잠자고. 그게 전부야. 재미없어. 너도, 너랑 함께 지내는 것도. 이제는 달라지고 싶어."

"달라지면 되잖아. 내가 달라질게. 진짜. 이제부터."

"넌 달라질 수 없어. 그럴 수 있다면 진작 그랬을 거야."

인영은 건조한 목소리로 말하고 떠났다. 성욱은 인영을 따라가려다 그만두고 다시 의자에 앉았다. 인영이 주문한 커피가 절반 넘게 남아 있었다. 커피는 차갑고 썼다. 그는 얼음을 오독오독 씹어 먹으며 인영이 한 말을 생각했다. 그녀의 말을 정리해보려고 했지만 잘 되지 않았다. 도대체 왜 헤어지자고 한 거지? 딴 남자라도 생겼나. 그래, 딴 남자가 생긴 게 틀림없어. 성욱은 인영의 주위에 있는 남자들을 하나씩 떠올려보았다. 대체로 그보다 키 크고 인물 좋고 돈 잘 버는 놈들이라 어느 하나를 특정하기 힘들었다.

성욱은 사약을 먹듯 남은 커피를 입안에 털어 넣었다. 그러다 주위를 둘러보니 카페에 온 손님들 전부가 재미있는 연속극을 보듯 흥미로운 눈빛으로 그를 힐끔거리고 있다는 것을 알게 되었다. 얼마나 따분한 남자이기에 재미없다는 이유로 여자 친구에게 차였을까? 카운터의 알바들조차 안됐다는 눈빛으로 저희들끼리 뭐라 수군대고 있었다.

성욱은 도망치듯 커피숍을 나왔다. 어느새 주위는 어둑해졌고 차가운 봄비가 내리고 있었다. 성욱은 천천히 걸으며 마음속으로 되뇌었다. 괜찮아, 괜찮아, 별거 아니야. 만나고 헤어지고 사람 일이 다 그런 거지. 하지만 마음은 여전히 무거웠다. 이제 와서 누굴 만날 수 있을까? 누굴 다시 좋아할 수 있을까? 지난 세월이 아쉽고, 하지 못한 일들이 안타까웠다.

빗방울이 보도블록을 세차게 때렸다. 사람들의 목소리, 자동차 경적 소리로 주위가 시끄러웠다. 대학생으로 보이는 커플이 웃음을 터뜨리며 옆을 스쳐 지나갔다. 인영을 처음 만났을 때가 딱 저 나이였다. 인영이 함께 있다면 저들처럼 적당히 함께 걷다 밥을 먹고 영화를 보고 술 한잔한 후 집에 들어갔을 것이다. 언제나 뻔하고 재미없는 데이트. 생각해보면 인영의 말이 아주 틀린 것도 아니다.

하지만 더 재미있게 사는 인간이 얼마나 있을까? 문제가 있으면 얘길 하고 해결할 생각을 해야지 혼자 끙해 있다가 갑자기 그만 만나자고 하는 게 잘못한 거 아닌가.

성욱은 울컥하는 마음에 인영에게 전화했다. 욕을 해줄 생각이었는데 그녀의 목소리 대신 '전화기가 꺼져 있어 소리샘으로 연결됩니다'라는 말을 들었을 뿐이다. 성욱은 어이가 없어서 헛웃음을 웃었다. 전화기를 꺼놨어? 전화 받는 것도 귀찮다 이거야? 그가 생각을 정리하기도 전에 사서함으로 연결됐다.

답답한 침묵. 수화기 너머에는 아무도 없었다. 욕을 하려고 전화를 했지만 어쩌면 지금이 인영과의 관계를 되돌릴 마지막 기회인지도 모른다는 생각이 들었다. 그녀는 잠깐 화가 난 거고 그가 사과하기를 기다리고 있는 것이리라.

성욱은 말을 잇지 못하고 입을 달싹거렸다. 생각나는 욕을 모조리 쏟아붓고 싶기도 했고, 한 번만 더 기회를 달라고 사정하고 싶기도 했다. 머릿속이 빙글빙글 돌았다. 관계를 이어가고 싶은 마음, 이대로 끝내고 싶은 마음 반반이었다. 어느 쪽이 진심인지 그조차도 헷갈렸다. 일단 전화를 끊고 곰곰이 생각해봐야 할까? 결국 성욱의 목구멍을 타고 나온 말은 다음과 같았다.

"난데, 너 그거 아냐? 넌 정말 나쁜 년이야."

성욱은 전화를 끊었다. 마음이 아렸지만 조금은 후련했다.

싫다는 여자한테 구차하게 매달리지 말자. 좋은 사람 만나서 보란 듯이 잘 살면 된다. 어디서 누굴 만나느냐 같은 실제적인 문제로 들어가면 할 말이 없지만 당장 희망을 품는 거야 잘못이 아니니까.

성욱은 편의점에 들러 우산을 샀다. 중국제 3단 우산이 만 2천원이었다. 여자 친구에게 차인 날, 비까지 맞으며 처량해지고 싶지 않았다.

성욱이 머리 위로 우산을 펼쳐 들었을 때 누군가 옆을 지나갔다. 달콤한 향이 코끝을 스쳤다. 진회색 원피스에 베이지색 트렌치코트를 걸치고 반투명한 검정 스타킹을 신은, 늘씬한 다리가 돋보이는 20대 중반의 아가씨였다. 그녀는 한쪽 손에 패브릭으로 된 큼직한 검정색 토트백을 들고 긴 다리로 성큼성큼 걷고 있었다.

여자는 편의점 건물 로비 앞에서 젖은 머리를 쓸어 올렸다. 머리칼 사이로 작은 진주 귀고리가 흔들거렸다. 모양 좋은 콧날에 새치름하게 단정한 입술. 급하게 뛰어오느라 그랬는지 볼이 홍조로 물들어 있었다.

그녀와 시선이 마주쳤다. 무표정한 얼굴. 미모 때문에 주위에 남자들이 몰려들지만 얼음공주니 칼날여왕이니 하는 별명으로 불릴 차가운 인상의 미녀였다. 성욱 같은 남자는 말 한마디 붙일 용기를 못 낼 도도한 여자.

그때 여자가 살짝 웃었다. 주위를 맴돌던 냉기가 사라지고 수줍은 20대 중반의 아가씨가 서 있었다. 성욱은 건물 안으로 들어가는 그녀의 뒷모습을 바라보며 생각했다. 날 보고 웃은 걸까? 그럴 리 없다. 뭔가 재미있는 생각이 떠올랐겠지. 아니면 무심결에 지어 보인 표정이거나.

하지만 계속 웃는 얼굴이 떠오르는 건 어쩔 수 없었다. 성욱은 그녀를 따라 건물 로비로 들어가 우산을 털고 주위를 살폈다. 여자를 놓쳤다는 생각이 들 때쯤 에스컬레이터를 타고 올라가는 여자가 보였다. 그녀는 똑바로 선 채 앞만 보며 가고 있었다. 남들처럼 핸드폰을 들여다보지도 않았고 난간에 삐딱하게 기대서지도 않았다. 시선은 정면을 향하고 있지만 뭔가 곰곰이 생각에 잠겨 있는 듯했다. 성욱은 에스컬레이터를 타고 그녀를 따라갔다. 문득 자신이 스토커 같다는 생각이 들었지만 그럼 좀 어떠냐는 생각이 뒤이었다.

그녀는 건물 최상층의 극장까지 올라갔다. 매표소는 사람들로 붐볐다. 여자는 검정색 토드백을 양손으로 안은 채 매표소 위에 걸린 시간표를 쳐다보았다. 성욱은 멀찌감치 떨어진 의자에 앉아서 그녀를 지켜보았다.

그녀는 핸드폰을 꺼내 누군가에게 전화를 걸었다. 친구와 만나기로 한 걸까? 아니면 애인? 성욱은 실망했지만 곧 기운을 찾았다. 딱히 뭔가 하겠다는 생각은 아니었으니까.

그녀는 3분 정도 통화했다. 가끔 고개를 끄덕이며 작은 목소리로 대답하다가 전화를 끊고는 표를 사서 상영관으로 향했다. 약속이 깨지기라도 한 걸까? 성욱은 그녀가 표를 산 매표소로 걸어갔다.

"어떤 영화를 보시겠습니까, 고객님?"

그녀는 어떤 영화를 봤을까? 성욱은 시간표에 뜬 상영작을 쳐다보며 생각했다. 멀티플렉스다 보니 상영하는 영화가 열 편이 넘었다. 성욱이 망설이자 직원은 웃는 낯으로 다시 물었다.

"고객님?"

성욱은 마음을 정했다. 여자 친구에게 차인 날이다. 이보다 더 창피할 일이 뭐가 있나.

"방금 전에 혼자 온 아가씨 있죠? 그 아가씨랑 같은 영화로 주세요."

직원은 히죽 공범자의 미소를 짓고선 조그맣게 물었다.

"옆자리로 끊어드릴까요?"

낮 시간이라 그런지 영화가 별로라 그런지 극장은 거의 비어 있었다. 맨 뒷자리에 시간을 때우러 온 남학생들이 앉아 시시덕 대고 있었고 중간 자리에 커플이 두엇 보였다.

여자는 세번째 열 가운데 자리에 혼자 앉아 있었다.

표를 보는 척하면서 여기가 내 자리네, 하고 앉을까? 아니면 아무 말 없이 슬그머니 앉을까? 성욱은 고민 끝에 여자의 뒷자리에 앉았다. 괜히 옆에 앉았다가 여자가 자리를 옮기기라도 하면 망신이니까. 동그랗게 말린 머리칼 아래로 매끈한 목덜미가 보였다. 영사기에서 흘러나오는 불빛에 솜털이 하얗게 빛났다.

뻔한 로맨스 영화였다. 만나고 사귀다 싸우고 헤어지는. 여자는 재미있는 장면에서 웃음을 터뜨렸으며 슬픈 장면에서는 훌쩍였고 가끔은 놀라서 소리를 지르기도 했다. 성욱은 영화를 보지 않고 그녀를 지켜보았다. 영화의 기승전결을 따라가기엔 그는 너무나 지쳐 있었다. 청춘의 한 자락을 함께 보낸 연인에게 차인 날, 타인의 연애를 두 시간으로 축약한 영화를 보면 속이 울렁거려서 토할 것 같았다.

극장 안은 스크린의 밝기에 따라 환해졌다가 어두워지기를 반복했고 그때마다 여자의 뒷모습에도 음영이 생겼다가 사라졌다. 성욱은 가만히 의자에 기대앉아 여자의 목덜미를 바라보고만 있었다. 그것만으로도 왠지 위안이 되었다.

갑자기 불이 켜지고 여자가 몸을 일으켰다. 무슨 일인가 스크린을 쳐다보니 엔딩 크레딧이 올라가고 있었다. 그 옆에선 화해한 남녀 주인공이 대낮에 사람들이 보는 앞에서 키스를 하고 있었다.

저러다 또 싸우고 헤어질 게 뻔한데. 하지만 영화는 그렇게 그들은 행복하게 살았답니다, 라는 말로 마무리할 수밖에 없다. 그는 멍하니 화면에 뜨는 'THE END'라는 문구를 바라보다가 정신을 차리고 앞자리를 보았다. 여자는 사라지고 없었다.

극장 밖에도 여자는 보이지 않았다. 어딜 그렇게 급하게 간 걸까? 성욱은 아쉬운 마음을 접었다. 이 정도면 하루치의 위안으로는 충분했다. 이제 집에 돌아가 질질 짜면서 자기 연민에 빠져들 때다.

*

날은 완전히 어두워졌고 아스팔트는 비에 젖어 하얗게 빛났다. 거리는 주차장처럼 변해 크고 작은 차들이 끊이지 않고 이어지고 있었다. 성욱은 정류장의 벤치에 걸터앉아 버스가 오기를 기다렸다. 구두 끝에 툭툭 빗방울이 떨어져 가죽에 얼룩이 졌다. 낡은 스웨이드 구두. 오래전, 인영이 사준 신발이다.

'재미없어. 너도, 너랑 함께 지내는 것도.'

틀린 말은 아니지. 성욱은 우울해졌다. 그는 일탈이나 모험과는 거리가 먼 사람이었다. 학교를 다니고 군대를 다녀오고 취직하고, 늘 정해진 길을 따라 살았다. 아니, 정확히 얘기하면 정해진 길조차 제대로 따라가지 못했다. 범생이로 살기에는 게을렀고 일탈을 하기에는 용기가 부족했다.

작년 이맘때였나. 집안일도 회사 일도 힘들 때였다. 인영에게 사는 게 쉽지 않다고 털어놓으니 휴직하고 두어 달 여행을 가자고 했다. 어디든 멀리 떠나고 나면 기분이 나아질 거고 지난 시간을 돌아볼 여유도 생길 거라고.

그럴 돈도 시간도 없다고 거절했지만 사실은 그런 이유 때문이 아니었다. 그는 어릴 적부터 시작을 두려워했다. 좋게 말하면 신중했고 나쁘게 말하면 소심했다. 외국인과 말을 할 때도 머릿속으로 문장을 완전히 만든 다음에야 입을 열었다. 인영은 달랐다. 매사 즉흥적으로 행동하는 편이었고 말이 통하지 않는 사람과도 손짓 발짓 섞어가며 스스럼없이 대화했다.

그때 어디선가 맡아본 달콤한 향이 코끝을 간질였다. 성욱은 놀라서 고개를 들었다. 바로 옆에 그녀가 있었다. 극장에서부터 비를 맞고 왔는지 어깨가 흠뻑 젖어 있었다. 성욱은 반가운 마음에 자리에서 일어서며 말했다.

"저, 여기 앉으⋯⋯."

"고마워서 어째. 학생 복 받을 거야."

뚱뚱한 아줌마가 성욱을 밀치고 자리를 차지했다. 성욱은 엉거주춤 일어선 채 아줌마를 째려보았다.

나 학생도 아닌데.

하지만 아줌마가 나서줘서 오히려 다행이었다. 성욱은 여자와 꼭 붙어 섰다. 숨을 쉴 때마다 어깨가 살짝 닿았다가 떨어질 정도로 가까운 거리였다. 성욱은 노선표를 확인하려는 것처럼 몸을 돌려 그녀의 얼굴을 훔쳐보았다.

여전히 차갑고 도도한 얼굴이었다. 무엇보다 눈빛이 인상적이었다. 상대를 주눅 들게 할 만큼 깊고 반짝반짝 빛나는 눈. 하지만 웃을 때는 눈가가 초승달처럼 변해서 보는 사람의 마음까지 녹일 정도로 부드러웠다.

뭐라고 말이라도 걸어볼까? 아까 영화 보지 않으셨어요? 왠지 낯이 익으신데. 그녀는 반갑게 대답해줄 것이다. 반갑진 않아도 최소한 대답은 해주겠지. 목소리라도 듣는 게 어디야. 성욱이 용기를 내어 막 입을 열려고 할 때 조그맣게 핸드폰 벨소리가 들렸다. 그녀는 가방에서 핸드폰을 꺼내 귀에 댔다.

"여보세요? 근처에 있어요. 지금 어디예요?"

애인이랑 만나기로 한 걸까? 하루에 두 번, 우연히 마주쳤으니 인연이라 생각했는데 아닌 걸까?

그때 검정색 벤츠가 정류장 앞에 급정거했다. 배수구에 고여 있던 물이 튀어 올라 정류장에 서 있던 사람들에게 물벼락을 내렸다. 누군가 큰 소리로 욕설을 내뱉었다.

"이런 씨발놈이!"

성욱은 허리띠까지 젖은 바지를 털며 여자를 곁눈질했다. 다행히 여자는 코트에 얼룩 몇 개 생긴 게 전부였다. 그런데 태도가 이상했다. 화를 내는 것도 아니고 짜증을 참는 것도 아니었다. 그녀는 옷이 젖은 줄도 모르고 커다란 눈으로 벤츠를 바라보며 주춤주춤 뒤로 물러섰다.

차 문이 열리고 30대 초반의 남자가 내렸다. 180센티미터 정도의 키에 검정색 뿔테 안경. 하얀 피부에 몸에 딱 맞는 슈트까지. 세련된 느낌의 잘생긴 남자였다. 길에서 우연히 마주쳤다면 부티가 좔좔 흐른다고 감탄했을 것이다. 하지만 정류장에 모인 사람들은 물벼락으로 인한 짜증 때문에 그런 걸 볼 여유가 없었다. 괄괄해 보이는 중년 남자가 뿔테 안경에게 삿대질을 해 댔다.

"야! 너 뭐하는 새끼야? 외제 차 있으면 눈에 뵈는 게 없니? 이 많은 사람들 다 옷 버리게 해놓고 미안하다는 말 한마디 없냐? 이게 얼마짜리 옷인지 알아?"

다른 사람들도 뿔테 안경을 둘러싸고 한마디씩 보탰다. 젊은 사람이 싸가지 없이…… 외제 차면 다야? 뿔테 안경은 아무 말도 없이 무표정하게 정류장에 선 사람들을 쭉 훑어보다 여자에게 시선을 멈췄다. 그의 입가에 미소가 맺혔다. 성욱은 뿔테 안경과 여자를 번갈아 쳐다보았다. 둘이 아는 사이인 걸까?

뿔테 안경이 사람들을 밀치고 여자에게 다가서려 할 때 중년 남자가 앞을 막아서며 말했다.

"당신, 어딜 보고 있는 거야? 입이 달렸으면 뭐라고 말을 해 봐!"

뿔테 안경은 중년 남자의 손가락을 잡고 비틀었다. 우두둑. 사람들의 아우성을 뚫고 뼈가 부러지는 소리가 분명하게 들렸다. 뿔테 안경은 중년 남자의 목덜미를 잡고 밑으로 눌렀다.

"나대지 마라."

정적이 흘렀다. 순간적으로 경적 소리도 끊겼다. 도시 전체가 놀라 입을 다문 느낌이었다. 중년 남자는 도랑에 머리를 댄 채 부들부들 떨고 있었다. 물벼락을 맞은 사람들 모두 겁에 질려 주춤주춤 뒤로 물러섰다. 현실에서의 폭력은 영화나 만화에서처럼 멋있지 않았다. 훨씬 간단하고 역겨웠다.

뿔테 안경은 매끈한 가죽 구두로 중년 남자의 머리를 밀어내고는 앞으로 걸음을 내디뎠다.

성욱 역시 놀라긴 마찬가지였다. 그는 다른 사람들처럼 물러서다가 문득 여자를 떠올리고는 고개를 돌렸다. 여자는 창백한 얼굴로 뒷걸음치고 있었다. 도대체 저 남자랑 무슨 사이길래…….

성욱의 생각은 이어지지 못했다. 뿔테 안경의 몸뚱이가 시야를 가리고 들어왔기 때문이다. 뿔테 안경은 우악스러운 손짓으로 여자의 머리채를 잡고 뺨을 갈겼다. 핏방울이 튀면서 여자의 머리가 휙 돌아갔다. 그는 그녀가 쓰러지려는 것을 잡아 일으키며 소리쳤다.

"내가 그렇게 우습게 보이디? 엉? 내가 그렇게 병신으로 보였어? 스타일 좀 바꾸고 정류장에 앉아 있으면 내가 못 알아볼 것 같아?"

성욱은 뿔테 안경의 어깨를 잡았다.

"당신 지금 뭐하는……."

다음 순간 왼쪽 눈앞이 번쩍하고 지독한 통증이 느껴졌다. 성욱은 눈두덩을 싸안고 한쪽 무릎을 꿇었다. 폭죽이 터지듯 눈앞에 별이 보였다. 눈알이 터진 게 아닐까 싶을 정도의 통증이었다. 귓가에 뿔테 안경의 목소리가 들렸다.

"나대지 말라니까."

성욱은 아픈 눈을 꽉 누른 채 고개를 들었다. 처음에는 초점이 맞지 않아 잘 보이지 않았지만 곧 뿔테 안경이 여자의 머리칼을 휘어잡고 차로 가는 것이 보였다. 그는 여자의 목덜미를 잡아 누르며 고래고래 소리를 지르고 있었다.

"사람 뒤통수치고 잘될 줄 알았어? 정말 그럴 줄 알았어? 집에 가서 차근차근 얘기해보자. 웅?"

정류장에 많은 사람이 있었지만 아무도 뿔테 안경을 말릴 엄두를 못 냈다. "어머, 누가 좀 말려봐요!" 누군가 찢어지는 목소리를 내자 남자 몇 명이 내키지 않은 태도로 나서려 들었다. 당신 그만두지. 아저씨, 그러다 다쳐요. 뿔테 안경이 차 앞에서 멈춰 그들을 돌아보았다. 독사처럼 차가운 눈빛이었다. 남자들은 주춤 동작을 멈췄다. 뿔테 안경은 그들을 똑바로 쳐다보며 말했다.

"가만히 있어. 병신 되기 싫으면."

뿔테 안경에게는 말 한마디, 동작 하나로 사람을 겁먹게 만드는 재주가 있었다. 남자들은 패배한 개처럼 꼬리를 말았다.

성욱은 바닥을 짚고 일어섰다. 여전히 눈앞이 흐릿하고 입안까지 얼얼했다. 맞은 건 얼굴인데 이상하게도 다리에 힘이 풀렸다. 마저 스펀지로 만든 것처럼 걸음을 옮길 때마다 후들거렸다. 여자는 뿔테 안경의 팔을 잡고 차에 타지 않으려고 안간힘 쓰고 있었다. 흐트러진 머리칼 사이로 여자의 겁먹은 눈빛이 보였다.

분노가 치밀어 올랐다. 다른 때라면 도망쳤을 것이다. 가까운 다른 정류장까지 걸어가 버스를 타고 집에 갔겠지. 침대에 누운 다음에야 열불이 나서 밤잠을 설쳤을 것이다. 하지만 오늘은 달랐다. 인영에게 차인 충격 때문일까? 오랫동안 꾹꾹 누르기만 해온 감정들이 한꺼번에 폭발하려 하고 있었다.

뿔테 안경이 짜증을 냈다.

"씨발년이 좆나 버티네."

뿔테 안경은 여자의 다리를 걸어차 넘어뜨리고 차 문을 열었다. 성욱은 더 참지 못하고 폭발했다.

"야! 이 개새끼야!"

뿔테 안경이 성욱을 돌아보았다. 여전히 차가운 독사 눈빛.

"내가 나대지 말라고 했지. 가만히 있어라."

하지만 성욱은 이미 흥분한 상태였다. 그는 뿔테 안경을 향해 돌진했다. TV 속 이종격투기에서나 본 과격한 태클. 뿔테 안경은 발길질을 했지만 성욱이 진짜로 달려들 거라 생각지 못했는지 움직임이 약간 늦었다.

간발의 차이로 발길질은 허공을 갈랐고 성욱은 뿔테 안경의 옆구리에 머리를 들이받았다. 두 사람은 차에 부딪쳤다가 도랑에 고꾸라졌다. 성욱이 바닥에 머리를 박았다가 일어설 때 뿔테 안경이 팔을 잡았다. 안경이 벗겨져 길게 찢어진, 독사의 눈이 드러났다.

"이 새끼가……."

뿔테 안경의 뜨거운 입김이 얼굴에 닿았다. 성욱은 겁에 질려 주먹을 휘둘렀다. 상대를 제대로 쳐다보지도 않고 아무렇게나 날린 펀치였지만 운 좋게도 뿔테 안경의 입 언저리에 적중했다. 됐다! 성욱은 묵직한 손맛을 느끼며 마음속으로 환호성을 질렀지만 뿔테 안경은 멀쩡했다. 그는 손을 뻗어 성욱의 목을 움켜잡았다. 강철처럼 단단한 손이었다.

발버둥도 잠시, 성욱은 눈앞이 흐릿해지는 것을 느꼈다. 팔다리에 힘이 빠져 축 늘어질 때, 갑자기 목을 조르던 힘이 약해졌다. 성욱은 있는 힘을 다해 뿔테 안경을 밀어내고 콜록콜록 기침을 했다. 차갑고 축축한 공기가 폐를 가득 채웠다. 그는 바닥에 엎드린 채 눈물, 콧물에 침까지 흘려가며 숨을 쉬었다. 누군가 등을 쳐주며 물었다.

"괜찮아요?"

성욱은 고개를 돌려 상대를 쳐다보았다. 눈물 때문에 앞이 흐릿했지만 정류장에 함께 있던 노인 같았다. 성욱은 간신히 고개를 끄떡였다. 뭐라 말을 하고 싶었지만 목소리가 나오지 않았다. 노인은 다른 사람들과 함께 성욱을 부축해 정류장 벤치에 앉혔다. 여기저기서 사람들의 칭찬이 들렸다.

"장한 젊은이야."

"내가 10년만 젊었어도 저런 놈은 벌써 물고를 내버렸을 텐데."

"아저씨는 이제 좀 쉬세요."

성욱은 정류장 기둥에 머리를 대고 숨을 몰아쉬었다. 뜨겁게 달아올랐던 몸이 식고 조금씩 숨이 쉬어지기 시작했다. 남자 여럿이 차도에 웅크린 뿔테 안경을 개 패듯 두들겨 패고 있었다. 뿔테 안경과 더 싸우지 않아도 된다는 걸 알게 되자 한결 마음이 편해졌다.

성욱은 눈을 감은 채 뿔테 안경에게 졸린 목을 어루만졌다. 손가락이 닿을 때마다 온몸에 소름이 돋았다.

성욱은 문득 여자를 떠올렸다. 벤츠 뒷좌석의 문이 활짝 열려 있고 여자는 보이지 않았다. 설마 혼자 가버린 걸까? 아니다, 아직 근처 어딘가 있을 것이다. 성욱은 여자를 찾아볼 생각에 몸을 일으켰다.

"안 비키냐? 새끼들아!"

쇳소리가 섞인 고함 소리에 쳐다보니 벤츠의 운전석 문이 열리며 야구 배트를 든 덩치가 내리고 있었다. 놈은 야구 배트를 위협적으로 휘두르며 사람들을 향해 걸음을 옮겼다. 덩치의 험악한 기세에 뿔테 안경을 패던 사람들이 주춤주춤 물러섰다. 그때 다급한 경적 소리가 귀청을 찔렀다.

덩치는 배트를 손에 쥔 채 차도로 고개를 돌렸다. 헤드라이트 불빛이 그를 비추고 있었다. 그의 얼굴에 놀란 빛이 어렸다. 심

술궂은 외모와 어울리지 않는, 당황한 얼굴. 덩치가 두 손으로 얼굴을 가리는 순간 대형 트럭이 그를 들이받고 지나갔다.

사방으로 검은 물방울이 확 튀었다. 검붉게 물든 야구 배트가 데굴데굴 바닥을 굴렀다. 부서진 문짝이 하늘 높이 날아올랐다가 바닥에 떨어졌다. 아스팔트가 깨지며 조각이 사방으로 튀었다.

덩치를 치고 지나간 트럭이 10여 미터를 미끄러지다가 급정거했다. 검붉은 핏물이 페인트를 뿌린 것처럼 아스팔트 위에 이어져 있었다. 경적 소리가 끊이지 않고 계속되었다. 사람들이 겁에 질려 메뚜기 떼처럼 흩어졌고 누군가는 쉴 새 없이 비명을 질렀다.

성욱은 비틀거리며 일어서다가 뿔테 안경과 시선이 마주쳤다. 뿔테 안경은 보도블록 위에 엎드린 채 숨을 몰아쉬고 있었다. 옷은 갈기갈기 찢어지고 얼굴은 피투성이였지만 놈은 무표정한 얼굴로 성욱을 노려보고 있었다.

이 모든 일이 너 때문이라고 말하는 듯이.

그러다 갑자기 웃기 시작했다. 미친놈처럼 입을 벌리고 핏물이 번들거리는 이빨을 드러낸 채 웃음을 터뜨렸다.

성욱에게 남아 있던 약간의 용기가 박살 났다. 목이 졸렸을 때 이미 금이 갔던 터였다. 성욱은 돌아서서 사람들을 헤치고 내달렸다. 누군가 앞을 가로막았지만 밀치고 계속 달렸다.

크고 작은 가게들이 휙휙 지나갔다. 뿔테 안경이 바로 뒤에 있을지도 모른다는 공포 때문에 뒤를 돌아볼 수가 없었다. 성욱

은 치킨집과 여관 사이의 좁은 골목으로 뛰어들었다. 바닥이 미
끄러워 한 번 넘어졌지만 다시 일어나 뛰었다. 하지만 몇 걸음
떼기도 전에 걸음을 멈춰야 했다. 녹슨 철문이 길을 막고 있었
고 철문 너머로 검은 개가 보였다. 개가 미친 듯이 짖었다.

빗줄기는 더욱 거세지고 있었다. 그는 돌아서지도, 철문을 넘
어가지도 못한 채 그 자리에 서 있었다. 개는 계속 짖어댔다. 성
욱의 심장이 목구멍을 뚫고 튀어나올 것처럼 쿵쾅거렸다. 당장
이라도 놈이 골목 저쪽에서 나타날 것만 같았다.

처마 아래 몸을 숨길 곳을 발견했다. 양쪽에 쓰레기봉투가 잔
뜩 쌓여 있었지만 상관없었다. 지금 심정이라면 똥통에라도 숨
을 용의가 있었다. 그는 쓰레기를 밀치고 그 사이에 파고들었
다. 처마에서 물방울이 뚝뚝 떨어져 어깨를 때렸다. 몸과 마음
이 모두 예민해진 그는 부르르 몸을 떨며 손으로 어깨를 감싼
채 숨을 몰아쉬었다.

눈부신 헤드라이트 불빛, 아스팔트에 길게 이어진 핏물, 바닥
에 떨어진 배트, 시끄러운 경적 소리, 뿔테 안경의 섬뜩한 눈빛.
모든 것이 머릿속에서 떠나지 않았다.

멍청한 놈! 뭘 잘났다고 나서. 놈이 여자에게 무슨 짓을 하든
간에 모른 척했어야 했다. 아무 일도 없던 것처럼 다 잊었다가
가끔 자기혐오에 빠질 때만 한 번씩 생각나는, 그런 부끄러운
기억 중 하나로 남겨둬야 했다.

두통 때문에 머리가 지끈거렸다. 성욱은 골목 밖을 훔쳐보았
다. 깜빡거리는 가로등 불빛 주위로 빗방울이 떨어지고 있었다.

세상은 평화롭고 조용했다. 빗속을 오가는 행인들 중에는 그를 찾는 사람도, 소리쳐 부르는 사람도 없었다. 영화를 보면 꼭 이럴 때 사이렌 소리가 울리더니만 그런 것조차 없었다. 너무 조용해서 오히려 이상할 정도였다. 통증이 아니었다면 조금 전 있었던 일조차 꿈처럼 느껴졌다.

성욱은 목을 만져보았다. 숨을 쉴 때마다 기도가 찢어질 듯 아팠다. 와이셔츠 단추는 모조리 뜯겨 나갔고 재킷의 단추 하나도 어디론가 사라졌다. 머리부터 발끝까지 흠뻑 젖어 있었다. 무거운 갑옷을 입은 것처럼 몸이 둔하고 뼛속까지 얼어붙은 듯 추웠다.

그는 벽에 등을 기댄 채 젖은 구두와 양말을 벗었다. 그것만으로도 한결 살 것 같았다. 구두 속에 양말을 쑤셔 넣고 주머니를 뒤져 핸드폰을 찾았다. 검지 끝이 핸드폰에 닿자 바늘로 찌르는 듯한 통증이 느껴졌다. 손을 꺼내보니 손톱이 중간쯤에서 부러져 대롱대롱 매달려 있었다.

언제 이렇게 된 거지? 지금껏 다친 줄도 몰랐다. 성욱은 부들부들 떨리는 손으로 조심스럽게 손톱을 제자리에 밀어 넣었다. 손톱이 살 속을 파고들자 구역질이 났다. 죽도록 아픈 것은 아닌데 뭐라 말할 수 없이 더러운 기분.

여자 친구에게 차인 날, 생전 처음 보는 놈에게 얻어맞고 아무도 없는 뒷골목 구석에서 비를 쫄딱 맞고 있는 신세라니. 이렇게 재수가 없어도 되는 걸까? 직장 열심히 다니고 세금 내라는 대로 내면서 열심히 살았는데 대체 왜? 세상에는 못되고 너

절한 인간들이 얼마든지 있을 텐데.

갑자기 분노가 치밀어 올랐다. 그는 목청이 터져라 소리쳤다.

"씨발! 이 개새끼들아! 내가 뭘 그렇게 잘못했냐!"

씨발, 까지는 고함 소리가 골목을 쩌렁쩌렁 울렸지만 그 뒤로 차츰 목소리가 작아지면서 빗소리에 묻혀버렸다. 골목 밖 누구도 성욱의 목소리를 듣지 못했을 것이다. 혹 누군가 들었다고 해도 아무도 신경 쓰지 않았다.

성욱 혼자 찔끔해 골목을 살폈다. 1, 2분 정도 기다렸지만 나타나는 사람은 없었다. 그나마 철문 뒤의 개가 성욱에게 반응해 미친 듯이 짖어댔다. 성욱은 개가 조금 좋아졌다.

성욱은 다치지 않은 손을 품속에 넣어 핸드폰을 꺼냈다. 8시 42분. 영화가 8시쯤 끝났으니 정류장에서 그 많은 일이 벌어지는 데 한 시간이 채 걸리지 않은 셈이다. 인생이 지난 것처럼 길게 느껴졌는데.

오늘 일은 죽을 때까지 잊지 못할 것이다. 7년 동안 만난 여자 친구와 헤어졌고 난생처음으로 깡패와 싸웠으니까. 그뿐이랴. 사람이 죽는 것까지 보았다. 옳은 일을 하려 했던 것이지만, 지금에 와선 괜히 나섰다는 생각만 들었다.

그는 손가락을 입에 넣고 핥았다. 손톱 밑의 속살에 혀가 닿자 소름이 돋았다. 그때 골목 밖에 인기척이 느껴졌다. 밖을 살피니 가로등 불빛 아래로 누군가의 그림자가 보였다. 성욱은 깜짝 놀라 머리를 움츠렸다.

누굴까? 설마 뿔테 안경은 아니겠지. 놈이 골목마다 뒤지면서 그를 찾아다니는 모습이 머릿속에 저절로 그려졌다. 피투성이가 된 얼굴로, 이를 갈면서 그를 찢어 죽이려고 돌아다니는 모습이.

성욱은 공포를 떨치려 애썼다. 그냥 지나가는 사람일 거야. 이 골목에 사는 사람이거나, 노상방뇨를 하려고 골목에 들어온 사람. 하지만 겁이 나는 건 어쩔 수 없었다.

성욱은 무기가 될 걸 찾았다. 다행히 쓰레기봉투 밖으로 소주병이 삐쭉 튀어나와 있었다. 그는 봉투를 찢고 소주병을 꺼내 쥐었다. 단단한 유리병을 쥐고 있으니 조금이지만 용기가 났다.

성욱은 골목 밖으로 얼굴을 내밀었다.

거기 그녀가 있었다. 그가 뿔테 안경으로부터 구해준 아가씨.

그녀는 폭풍우라도 만난 듯 처참한 몰골이었다. 트렌치코트는 완전히 젖어 구겨진 데다 피로 얼룩져 있었다. 검정 스타킹은 갈기갈기 찢어져 하얀 맨다리가 고스란히 보였다. 그녀는 골목 어귀의 맥주 상자가 쌓인 곳에 쪼그려 앉아 있다가 흠칫 놀라 성욱이 숨은 곳을 뚫어져라 바라보았다. 누군가 자신을 훔쳐보고 있음을 알아차린 것이다.

성욱은 소주병을 내려놓고 엉거주춤 일어났다.

"저기요, 아가씨. 이리 오세요. 저예요."

처음에는 목소리가 잘 나오지 않았다. 여자는 놀랐는지 벌떡 일어나 뒤로 물러났다. 성욱은 아차 싶었다. 어두컴컴한 골목에서 쉿소리를 내면서 말을 거는데 안 놀랄 여자가 있을까? 성욱은 헛기침을 하고 나서 여자가 자신을 볼 수 있도록 밝은 곳으로 나서며 다시 말했다.

"저 나쁜 사람 아니에요. 조금 전 정류장에서, 아가씨 도왔던
사람이에요."

여자는 눈을 동그랗게 뜨고 쳐다보다가 성욱이 머리로 돌진
하는 시늉까지 해 보이자 그제야 알아봤는지 비틀비틀 그의 옆
으로 와 주저앉았다. 개가 미친 듯이 짖어댔다.

"정말 죽는 줄 알았어요."

여자는 머리를 쓸어 올리며 중얼거렸다. 둘의 거리는 아주 가
까웠다. 덕분에 성욱은 여자의 피부가 얼마나 하얗게 질려 있는
지, 얻어맞은 볼이 얼마나 붉게 물들었는지 알 수 있었다. 모든
게 엉망진창이지만 깊고 단단한 눈빛만은 여전했다.

여자가 말했다.

"고마워요. 그쪽 덕분에 살았어요."

"저야 뭐 그냥 할 일을 한 건데요."

사실 방금 전까지 괜한 짓을 했다고 후회하고 있었지.

골목 밖에서 누군가의 요란한 발소리가 들렸다. 여자가 흠칫
놀라 골목을 내다보았다.

성욱은 여자의 옆모습을 쳐다보며 손가락을 입안에 넣었다.
다친 손가락이 저릿저릿했다. 여자가 옆에 있어서 신경이 예민
해진 걸까? 조금 전보다 온몸의 통증이 더욱 생생해지는 기분
이었다. 여자는 쫓아오는 사람이 없는 걸 확인하고 어깨가 축
쳐지도록 한숨을 내쉬었다.

잠시 침묵이 흘렀다. 여자는 눈을 감은 채 가슴이 들썩거리도

록 깊게 숨을 들이마셨다가 내쉬었다. 빗소리가 요란하게 귓가에 울렸다.

골목이 좁아 두 사람의 팔과 다리가 닿았다. 성욱은 축축한 옷자락 너머로 여자의 체온을 느낄 수 있었다. 차갑게 젖은 몸에서 그녀와 닿은 부분만이 따스했다. 성욱은 벽에 머리를 기댄 채 가만히 그 따뜻함을 즐겼다. 조금이나마 마음이 편안해졌다. 여자가 말했다.

"정신이 없어 인사도 못 했네요. 이수정이라고 해요."

성욱은 정신을 차리고 그녀를 쳐다보았다.

"이성욱입니다."

수정이 악수를 청했다. 성욱은 재빨리 손을 내밀어 그녀의 손을 잡았다. 손가락이 다친 걸 떠올렸을 때는 늦어 있었다. 수정의 손이 상처에 닿는 순간 성욱은 신음을 내뱉으며 손을 뒤로 뺐다.

"어머! 괜찮으세요? 어디 다치신 거예요?"

"아, 뭐 별거 아니에요."

"저 때문에 다치셨나 봐요. 정말 죄송해요. 많이 다치신 거 아니에요? 어디 상처 좀 봐요."

수정이 팔을 잡자 성욱은 어색하게 웃으며 다친 손을 등 뒤로 감췄다. 손톱이 빠진 흉한 꼴을 보여주지 싫었다.

"진짜 별거 아니에요. 그냥 좀 긁힌 거예요. 침만 발라도 나아요. 갑자기 닿아서 놀랐던 거고요."

방금 전까지 손톱이 빠졌는데 다시 날까, 이러다 무거운 걸

못 들면 어떡하지, 걱정했다는 내색은 전혀 하지 않았다. 가족이며 친구 모두 그가 얼마나 소심하고 예민한 사람인지 알고 있었다. 그러다 보니 가끔 일탈하고 싶을 때가 있어도 스스로 주눅 들어 그러지 못했다.

하지만 이 여자 앞에서는 그래도 될 것 같았다. 오늘 처음 만난 사이니까. 잔인한 악당들과 목숨을 걸고 싸웠으니 불의를 못 참는 진짜 사나이로 행세해도 이상하지 않았다.

"수정 씨, 몸은 어떠세요? 다치신 데는 없……."

성욱은 말을 멈췄다. 엉망이 된 얼굴을 뻔히 보면서 할 말이 아니란 생각이 들었기 때문이다. 수정은 신경 쓰는 기색 없이 팔다리를 이리저리 움직여보더니 덤덤하게 대꾸했다.

"이상하게 아프질 않네요. 놀라서 그런가?"

그러면서 살짝 얼굴을 찡그리는데 통증 때문이 아니라 지금 자신의 처지가 마음에 들지 않아서인 듯했다.

그녀는 성욱을 돌아보며 물었다.

"얼굴은 괜찮아 보여요?"

"그리 나쁘진 않아요."

나쁘지 않다는 말은 사실 상당히 부드럽게 표현한 것이었다. 수정의 양쪽 볼은 부어 있었고 입술은 터져서 벌건 속이 보였다. 그럼에도 추해 보이지 않았다. 또렷한 눈빛 때문일까? 그녀에게 성욱은 어떻게 보였을까?

그때 그녀가 살짝 눈살을 찌푸리며 물었다.

"그런데 아저씨 눈요. 엄청 부었는데 잘 보여요?"

"아, 이거요? 괜찮아요. 제가 피부가 약해서 살짝 스치기만 해도 이렇게 됩니다. 많이 부은 것 같아도 보이긴 잘 보여요. 내일이면 다 나을 거고요."

성욱은 큰소리쳤지만 속으로는 은근히 걱정됐다. 지금도 이렇게 아프니 내일이면 더 아플 텐데. 그러나 수정에게 멋지게 보이고 싶은 마음이 더 컸다. 그는 별거 아닌 것처럼 눈자위를 꾹꾹 눌러 보이며 일부러 더 사납게 말했다.

"그나저나 그 새끼는 뭐하는 새끼였을까요? 그 안경 쓴 놈요. 뿔테. 완전 미친놈 아닙니까? 여기가 무슨 무법 지대도 아니고."

순간적으로 수정의 눈빛이 흔들렸다. 괜한 얘길 꺼낸 걸까? 성욱이 멈칫할 때 그녀가 고개를 끄떡이며 말했다.

"글쎄 말이에요. 처음 보는 사람이었어요. 그런데 갑자기 머리를 잡고선 얼굴을 때리다니. 억울하고 분해서 정말……."

"인신매매범 아닐까요? 그런 식으로 여자를 납치하는 자들이 있다는 얘기를 들은 적 있어요. 아는 사이인 척 갑자기 나타나서 억지로 잡아가는 놈들이요."

"어떤 놈인지 모르지만 절대 가만 안 둘 거예요."

수정은 이를 뿌드득 갈더니 손목에 차고 있던 끈으로 머리를 질끈 묶고 하이힐을 벗어 보도블록 사이의 틈에 밀어 넣고 부러뜨린 다음 다시 신었다. 이 여자, 터프하네. 성욱이 놀란 눈으로 바라볼 때, 그녀가 말했다.

"잠깐 어깨 좀 빌릴게요."

"예? 예."

수정은 성욱의 어깨를 짚고 일어섰다. 따뜻한 숨결이 귀를 간질이며, 부드러운 가슴이 팔에 닿았다가 떨어졌다. 성욱의 심장이 쿵쿵대며 뛰었다. 수정은 벽에 기대선 채 성욱에게 말했다.

"그럼, 가요."

"예? 어디로요?"

"여기서 나가야죠. 언제까지나 숨어 있을 순 없잖아요."

성욱은 수정을 올려다보았다. 그녀의 키가 훨씬 커진 것 같았다. 성욱은 더듬더듬 말했다.

"그런데 어디로 가죠?"

"예?"

"여기 안쪽은 막혔는데요."

개는 짖다가 지쳤는지 철문 너머에 납작하게 웅크린 채 두 사람을 째려보고 있었다. 수정은 어이없다는 듯 말했다.

"당연히 밖으로 나가야죠. 이런 데 숨어 있다가 걸리면 도망도 못 가잖아요."

구구절절 옳은 말이었다. 그러나 성욱은 안전을 확신하기 전까지는 한 걸음도 움직이고 싶지 않았다. 괜히 나갔다가 그 미친놈과 마주치기라도 하면 어쩌라고?

성욱은 문득 다른 데 생각이 미쳤다. 어디로 가자는 거지? 설마 사건 현장으로 돌아가자는 건 아니겠지? 수정은 피해자니 뿔테 안경에게 콩밥을 먹이고 싶을지도 모른다. 지금쯤이면 경찰이 와 있을 가능성이 높으니.

성욱은 내키지 않았다. 그가 보기에 뿔테 안경은 완전히 미친놈이었다. 전과도 있을 것이고 똘마니들도 여럿 데리고 있을 것이다. 마지막 순간 그를 노려보던 눈빛으로 보아 그에게 단단히 원한을 품은 게 틀림없었다. 심지어 한 놈은 현장에서 차에 치어 죽었으니—생사를 확인한 건 아니지만 그렇게 큰 트럭에 치였는데 살아 있을 것 같지 않다—좋게 해결한다는 건 불가능에 가까웠다. 놈을 감옥에 넣는다고 해도 그다음에 무슨 일이 있을지 모르는 일이었다. 그는 일탈을 원했지만, 그것은 감당할 수 있는 수준의 일탈이었다. 진짜로 위험한 자와 엮이고 싶진 않았다.

다른 때라면 좀 더 여기 있다가 나가자고 했을 것이다. 왠지 기분이 안 좋다고……. 하지만 이번은 달랐다. 그것은 오래 사귄 연인에게 차인 날이라는 점과 중학교 이후론 처음으로 피를 보고 싸운 날이라는 점, 두 가지가 복합적으로 작용했다.

아니, 한 가지 더 있지.

그는 수정의 얼굴을 쳐다보며 생각했다. 인영에게는 실패했지만 수정에게만은 멋진 남자로 보이고 싶었다. 이제야 달라질 기회를 잡았는데 소심한 본색을 드러내고 싶지 않았다. 그는 벌떡 일어서며 말했다.

"알았어요. 그럼 제가 먼저 나가서 분위기 좀 볼게요."

성욱은 신발을 구겨 신고 골목 밖으로 나갔다. 다리에 힘을 주고 당당하게 걸으려고 노력하며.

골목은 생각보다 어둡고 길었다. 발목이 욱신욱신 쑤시고 한 걸음 내디딜 때마다 흠뻑 젖은 밑창에서 물이 올라오며 용기를 갉아먹었다. 처마에서 떨어지는 물방울이 정수리를 때렸다. 차가운 비와 두려움이 뼛속까지 스며들었다. 그는 수정을 돌아보고 싶은 마음을 억눌렀다. 겁먹은 것처럼 보이기 싫었다. 대신 그는 손을 들어 얼굴을 문질렀다. 땀 때문에 피부가 미끈미끈했다.

골목 바깥으로 우산을 쓴 행인들이 오가고 있었다. 차가 막히는지 경적 소리가 시끄러웠다. 맞은편 호프집에서 기름에 찌든 프라이드치킨 냄새가 났다.

사고 현장은 사람들로 북적였다. 레커차 몇 대가 부서진 벤츠 주위를 둘러싸고 있었다. 앰뷸런스의 불빛이 빗물에 번져 노랗게 보였고 붉은색 사이렌 등이 힘차게 돌았다. 바닥에 붉은 기가 감돌았는데 사이렌이 물에 비쳐서 그런 것인지 피 때문에 그런 것인지 알 수 없었다. 덩치가 죽을 때의 모습이 떠올랐다. 토할 것처럼 속이 메슥거렸다.

그때 차갑고 부드러운 팔이 손에 닿았다. 어느새 수정이 옆에 와 있었다. 그녀는 침착한 눈으로 거리를 쳐다보다 입을 열었다.

"나가요."

그녀는 성큼성큼 거리로 나가 택시를 향해 손을 흔들었다. 수정이 택시에 타는 걸 보고 성욱은 놀랐다. 경찰과 이야기할 생각이 아니었나? 그도 뿔테 안경을 다시 보고 싶지 않았지만 수정이 이대로 여길 떠나려고 할 줄은 몰랐다.

뒷좌석에 탄 수정이 문을 활짝 연 채 그에게 손짓을 했다. 성욱은 정신을 차리고 차를 향해 뛰었다. 택시 손잡이를 잡고 막

안으로 들어가기 전, 성욱은 마지막으로 정류장을 쳐다보았다. 수많은 사람들 사이로 뿔테 안경이 보였다. 그는 수건으로 피투성이가 된 얼굴을 문지르며 경찰에게 뭐라 말하고 있었다. 아무렇지 않은 태도로 조용히. 자신이 피해자라고 주장하고 있는 걸까? 뿔테 안경이 품속에서 담배를 꺼냈다. 불을 붙이고 한 모금 빨아들일 때 성욱과 시선이 마주쳤다. 뿔테 안경의 얼굴이 딱딱하게 굳었다. 수정이 택시 밖으로 얼굴을 내밀며 말했다.

"왜 그래요? 안 타요?"

수정을 보고 뿔테 안경이 두 사람을 향해 걸음을 뗐다. 경찰이 뿔테 안경의 팔을 잡았다. 뿔테 안경은 담뱃불로 경찰의 얼굴을 지져버리고 두 사람을 향해 뛰었다. 경찰은 얼굴을 부여잡고 비명을 질렀다.

성욱은 아스팔트 위에 우뚝 서서 놈을 노려보았다.

폴리스라인을 치고 있던 순경 둘이 뿔테 안경을 덮쳤다. 세 사람은 한 덩어리가 되어 바닥을 굴렀다. 뿔테 안경은 곧바로 몸을 일으켜 다시 성욱을 향해 움직였다. 다리를 잡고 늘어진 경찰들을 질질 끌고서. 뿔테 안경이 외마디 괴성을 질렀다.

"너희 연놈들, 도망쳐봐라. 내가 반드시 찾아내서 찢어 죽일 테니까!"

경찰들이 그를 넘어뜨리고 등 뒤로 수갑을 채웠다. 그럼에도 그는 고개를 빳빳이 쳐든 채 성욱을 노려보고 있었다. 아스팔트에 얼굴이 긁혀 피가 흘러내렸지만 개의치 않았다.

수정이 성욱의 팔을 잡고 작게 속삭였다.

"어서 가요."

성욱은 정신을 차리고 고개를 끄떡였다.

기사는 성질 고약하게 생긴 중년 남자였다. 등록증의 사진은 실제보다 10년 정도 젊어 보였다. 몇 년 새 고생을 많이 했든가, 포토샵으로 주름을 지웠든가 한 모양이었다. 기사는 내비게이션으로 TV를 보다가 성욱과 수정을 슬쩍 돌아보더니 시큰둥한 어조로 말했다.

"어디서 싸우다 오셨나…… 꼴이 영 아니시네."

"빗물에 미끄러졌거든요."

수정이 상냥하게 대답했지만 기사는 차를 출발시킬 생각을 하지 않았다. 그는 다시 내비게이션을 쳐다보며 말했다.

"미끄러졌는데 눈탱이가 밤탱이가 되셨네."

성욱은 창밖을 보았다. 경찰들이 뿔테 안경을 차에 태우고 있었다. 하지만 뿔테 안경은 고개를 쳐든 채 성욱이 탄 택시를 노려보고 있었다. 경찰 중 한 명이 택시에 시선을 주었다.

성욱은 급한 마음에 말했다.

"빨리 출발이나 해주세요. 어디서 다쳤는지 알아서 뭐해요?"

"시트 다 젖으니까 그러죠. 그거 닦는 것도 일인데."

경찰이 택시를 향해 걸어오기 시작했다. 기사는 여전히 차를 움직일 생각 없이 품속에서 담배를 꺼냈다.

"피라도 묻으면 잘 닦이지도 않고."

성욱은 속이 탔다. 그가 뭐라고 성질을 내기 전에 수정이 말했다.

"미터기에 나온 금액에 3만 원 더 드릴게요."

기사는 한 손을 핸들에 얹으며 흠, 하는 소리를 냈다.

"어디로 가시는데요?"

"멀지 않아요. 금호동요. 그리고 담배는 꺼주시겠어요?"

기사는 못마땅한 얼굴로 수정을 쏘다보다가 담배를 주머니에 넣고 차를 출발시켰다. 사고 현장이 점점 멀어졌다. 성욱은 안도의 한숨을 내쉬었다.

택시가 밝은 곳으로 나오니 수정이 얼마나 심한 짓을 당했는지 확실하게 알 수 있었다. 얼굴이 붓고 멍든 것은 말할 필요도 없었다. 코트 단추는 뜯어지고 원피스는 흠뻑 젖은 데다가 앞섶이 찢어져 있었다. 찢어진 스타킹 사이로 보이는 다리는 온통 멍투성이였다.

성욱은 수정이 무슨 생각을 하고 있는지 궁금했다. 난생처음 보는 놈에게 이런 일을 당했으니 얼마나 분할까? 그럼에도 경찰과 얘기하지 않고 현장을 떠난 건 뒷일이 걱정되어서였을까?

"기사님, 히터 좀 세게 틀어주시겠어요?"

수정이 말했다. 그녀의 얼굴은 창백했고 젖은 몸을 감싸 쥔 팔은 조금씩 떨리고 있었다. 기사는 백미러로 수정을 쳐다보더니 아무 말 없이 히터를 틀었다. 윙 하는 소리와 함께 뜨거운 바람이 온몸을 감쌌다. 성욱은 부르르 몸을 떨었다. 생각해보면 그도 흠뻑 젖었던 것이다.

성욱은 말했다.

"병원에 안 가봐도 되겠어요?"

"예, 괜찮아요. 비를 맞아서 추워서 그래요. 집에 가서 쉬면 괜찮을 거예요."

오른편에 편의점이 보였다. 성욱은 기사에게 소리쳤다.

"차 좀 잠깐 세워주세요."

편의점은 손님 한 명 없이 조용했다. 여드름이 숭숭 난 점원은 핸드폰 게임을 하고 있었다. 성욱은 온장고에서 쌍화탕 두 병을 꺼내 계산대로 갔다.

"수건 있어요? 두 장 주세요."

계산을 하려는데 지갑이 보이지 않았다. 잊어버린 줄 알고 당황했는데 다행히 뒷주머니에 들어 있었다. 가죽이 흐물흐물해질 정도로 젖은 지갑에서 카드를 꺼내다 문득 한 가지 사실을 떠올렸다.

수정의 가방.

그녀는 검정색 토드백을 가지고 있었다. 극장에서도, 정류장에서도 애지중지 가방을 안고 있었다. 하지만 지금은? 골목에서 그녀를 다시 만났을 때 가방은 없었다. 경황 중에 잃어버린 걸까?

수정은 수건과 쌍화탕을 보고 환하게 웃었다.

"고마워요."

그녀는 쌍화탕을 팔에 꼭 끼우고 수건으로 얼굴과 머리를 닦았다. 성욱은 쌍화탕을 따서 조금씩 마셨다. 뜨거운 액체가 몸속에 들어오자 한결 정신이 들었다. 성욱은 조심스럽게 말했다.

"그런데 가방은 잃어버리신 건가요?"

수정이 동작을 멈췄다.

"가방요?"

"예, 정류장에선 들고 계셨던 것 같은데. 오다가 잃어버리신 거 아니에요?"

"잘못 보셨나 보네요. 저 오늘 가방 안 가지고 나왔어요. 지갑 이랑 핸드폰만 들고 나왔는데?"

그녀는 코트 주머니에서 핸드폰을 꺼내 흔들어 보였다. 성욱 은 이해가 가지 않았다. 왜 가방이 없다고 거짓말을 하는 걸까? 하지만 수정의 말투가 차가워서 다시 묻기 힘들었다. 하긴 그 까짓 가방 어디 갔는지가 뭐 그리 중요하겠어? 다시 찾으러 가 기 무서워서 그럴 수도 있지. 성욱이 애써 가방을 머릿속에서 지웠다.

"잠깐만요, 성욱 씨. 이마에서 피가 나요."

성욱은 반사적으로 이마를 만졌다. 머리가 흠뻑 젖어 있어 어 디에서 피가 나는지 알 수 없었다.

"어디요? 많이 나요?"

"그렇진 않은데 살짝 흘러내리네요. 잠깐만요. 손 떼봐요."

그녀는 성욱 가까이 앉아 수건으로 이마를 살살 눌러주었다. 좁은 택시 안이라서 그녀의 가슴이 어깨에 닿았다. 백미러를 통 해 기사의 따가운 시선이 느껴졌다.

"흉터가 남을지도 모르겠는데요."

그보다는 가슴이 닿는 것이 더 신경 쓰였다. 성욱은 조심스럽 게 뒤로 몸을 빼며 대답했다.

"괜찮아요. 어차피 잘생긴 얼굴도 아닌데."

"그러니까 더 흉터가 남으면 안 되죠."

맞는 말이긴 하지만 막상 듣고 나니 섭섭했다. 잘생겼다고 얘기해줘도 좋을 텐데. 아니면 아무 말도 안 해도 되고.

하지만 생각은 이어지지 못했다. 그녀가 더 가까이 다가왔기 때문이다. 몸과 몸이 닿았다. 숨을 쉴 때마다 그녀의 가슴과 허벅지의 감촉이 느껴졌다. 숨결을 느낄 수 있을 만큼 가까운 거리였다. 찢어진 원피스 앞섶 사이로 풍만한 가슴이 보였다.

성욱은 소심한 남자였다. 평상시라면 당황해 어쩔 줄 몰랐을 것이다. 하지만 오늘만은 달랐다. 난생처음 진짜 수컷이 되어 피를 보며 싸웠기 때문일까? 그는 수정을 끌어안고 키스했다. 허리를 잡자 수정은 간지러운지 키득대며 웃었다. 하지만 곧 성욱에게 입을 맞췄다. 성욱의 입안에 혀를 넣고 입술을 깨물었다. 두 사람이 상대의 입술을 탐할 때 기사가 불쑥 입을 열었다.

"어느 쪽으로 갈까요?"

어느새 아파트 단지 앞이었다. 성욱은 숨을 헐떡거리며 기사를 보았다. 수정은 침착하게 산등성이 위를 가리키며 말했다.

"대우아파트라고 보이시죠? 114동요."

그녀는 다시 성욱에게 고개를 돌려 키스했다.

• 2장 •

해결사

"왜 전화했어? 간장게장 받았다고? 그냥 보낸 거지. 뭐 이유
가 필요해. 유명한 집 갔었는데 맛이 괜찮더라고. 엄마 생각도
나고 해서 집으로 한 상자 보내라고 했지. 엄마 나랑 입맛 비슷
하잖아. 맛은 괜찮고? 아직 안 먹었어? 빨리 먹어. 상하기 전에.
그런 거 금방 상해. 그래, 중국산 아니야. 국내산 게에 국내산 소
금으로 직접 담근 거래. 살이 얼마나 실한지 몰라. 그럼, 난 잘
있으니까 걱정 말고. 결혼? 해야지. 다 준비해놨어. 조금만 기다
려봐. 다다다음 주쯤 해서 한번 내려갈 테니까 그때 자세한 이
야기하지, 뭐. 어디 아픈 데는 없지? 어디서 울음소리가 들려?
난 잘 모르겠는데? 옆집 애가 우나?"

일도는 너스레를 떨며 슬쩍 뒤를 돌아보았다. 뒷좌석에 둘둘
감아놓은 이불 속에서 흐느끼는 소리가 들려왔다. 저 새끼, 저
거 조용히 하라고 경고했는데.

"야! 아가리 안 닥쳐!"

일도는 송화기를 손으로 꽉 누른 채 버럭 소리를 질렀다. 울음소리가 뚝 끊겼다. 일도는 엄마와의 통화로 돌아갔다.

"TV에서 나는 소리네. 요즘은 드라마에서 왜 이렇게 사람을 울리나 몰라. 세상이 각박해져서 그런가 봐. 근데 나 지금 일하는 중인데. 응, 일 끝나고 내가 다시 전화할게."

일도는 전화를 끊고 뒷좌석을 노려보았다. 죽일 놈이 엄마랑 통화하는데 주책없게 처울고 있어. 차를 세우고 혼내줄까 하다가 그만두기로 했다. 이미 많이 때렸고 앞으로도 많이 때려야 했다.

쿵쾅, 차가 튀었다. 30분째 돌밭이 계속되고 있었다. 네이버 지도에도 빈 공간만 뜰 정도의 시골이었다. 이 정도 왔으면 되겠지.

일도는 차를 세우고 밖으로 나왔다. 새벽 공기가 서늘했다. 해가 뜨고 있었지만 들판을 휘감은 희뿌연 안개는 걷힐 기미를 보이지 않았다.

일도는 엄지손가락으로 코를 막고 콧물을 털어냈다. 코와 목이 간질간질했다. 그는 촌구석이 싫었다. TV에서는 맑은 물에 좋은 공기, 느린 삶에 힐링이 된다고 헛소리를 해도, 그는 항상 불이 켜져 있고 새벽 2시에도 밥을 사 먹을 수 있는 도시가 좋았다. 시골이 좋긴 뭐가 좋아? 똥 냄새만 나지.

그는 하루에 버스가 한 대 다니는 깡촌에서 나고 자랐다. 감수성이 예민한 청소년 시절에 눈만 뜨면 본 게 산이요, 들이요,

밭이라 죽을 때까지 더 안 봐도 충분했다. 하지만 이런 일에는 이런 장소가 제격이었다.

일도는 차 옆에 쪼그려 앉아 담배를 피웠다. 슬슬 안에 있는 놈이 똥줄이 탈 때가 됐다 싶어 담배를 꼬나문 채 뒷문을 열었다.

"야!"

둘둘 말린 두툼한 이불 사이로 누군가 얼굴을 내밀었다. 겁에 질린 축축한 눈빛. 일도는 녀석을 쥐어박으며 말했다.

"쳐다보지 말라고 했지."

녀석은 죽는 소리를 냈다. 일도는 이불을 통째로 차 밖으로 끌어냈다. 이불 속에는 팬티 차림의 50대 남자가 들어 있었다. 24시간 동안 이불은 남자의 침실이자 화장실이자 옷이었다. 일부러 방수가 되는 이불을 골랐음에도 똥오줌 냄새가 코를 찔렀다.

"그만 때려요, 제발."

이불 속에 웅크린 남자가 우는 소리를 냈다. 또 얻어맞을 시간이 닥쳤다고 생각한 모양이었다. 일도는 쯧쯧 혀를 찼다. 이 자식, 상황 파악이 안 되나 보네. 집에서 잘 때리다가 왜 야산으로 데려왔겠어? 풀어주든가 묻든가 둘 중 하나지. 지금은 바짝 긴장해야 할 때지, 울 때가 아니었다. 하지만 대부분 그 사실을 몰랐다.

"저 때리라고 시킨 놈이 누구예요? 저 돈 많아요. 제가 그놈이 준다고 한 돈보다 다섯 배, 아니 열 배 드릴게요. 전화기만 주면 당장 계좌에 돈 쏴드릴게요. 정말이에요. 약속해요."

"너 담배 피우니?"

남자는 한동안 입을 다물고 있다가 간신히 말했다.

"예."

일도는 이불 앞에 쪼그려 앉아 피우다 만 담배를 내밀었다.

"이거 피우고 진정해라. 다 피우고 백까지 센 다음에 밖으로 나와. 그리고 지나가는 차 잡아서 집에 가라."

"정말요?"

믿어지지 않는다는 목소리였다.

"정말이지. 네가 왜 거짓말을 하겠냐?"

남자가 이불 밖으로 손을 내밀었다. 통통하고 하얀 손가락 여기저기에 벌겋고 파랗게 멍든 자국이 있었다. 남자는 감히 얼굴은 내밀지 못했는데 어젯밤에 몇 번이고 일도의 얼굴을 훔쳐보려고 시도했다가 죽도록 얻어맞았기 때문이다. 일도는 담배를 남자의 손에 쥐여주었다.

급하게 연기를 들이마셨는지 남자가 콜록콜록 기침을 했다. 이불 밖으로 담배 연기가 뿜어져 나왔다. 이불 속 남자가 나직하게 한숨을 내쉬었다.

일도는 피식 웃었다. 인생이란 알면 알수록 참 비루한 것이다. 밥 한 그릇, 담배 한 개비에 기분이 풀리고 마음이 편안해지는데 돈 몇 푼 가지고 왜들 그리 구차하게 싸우는지 모를 일이었다.

덕분에 그가 먹고사는 것이지만.

"정말 그냥 가는 거죠?"

"그럼, 그냥 가지."

일도는 새 담배를 꺼내 입에 물며 말했다. 6개월쯤 있다가 다시 만날 거란 말은 하지 않았다. 그럼 녀석이 대비를 할 테니 곤란했다. 이런 종류의 일은 의외성이 무엇보다 중요하다. 두 사람은 조용히 담배를 피웠다. 일도의 장초가 꽁초로 변할 즈음, 이불 속의 남자가 조심스럽게 입을 열었다.

"몇 가지 물어봐도 될까요?"

"물어봐."

"나한테 왜 이런 거예요?"

"누가 시켰으니까."

"그게 누군지 알려주실 수 있어요?"

"그건 곤란하지. 다 돈 받고 하는 일인데. 추측해봐. 너한테 원한을 품은 사람을. 사람 시켜 납치해가지고 하루 종일 두들겨 패라고 시킬 만큼 널 싫어하는 사람을."

남자는 대답하지 않았다. 원한을 품은 놈이 한둘이 아닐 테니 당연한 일이다. 일도는 꽁초를 논두렁에 던지고 차를 향해 돌아섰다.

"그럼 열심히 생각하고 백까지 세다가 나와라."

그때 남자가 말했다.

"잠깐만요! 일이 끝났다고 했죠? 그럼 나랑 계약합시다. 그놈이 누군지 말하고 나한테 했던 것처럼 때려주세요. 아니, 누가 시켰는지만 알려주세요. 그럼 그놈이 준 금액의 두 배를 드리겠습니다."

"두 배?"

"그래요, 두 배. 아뇨, 세 배 드리죠."

녀석이 이불 밖으로 얼굴을 내밀었다. 일도는 발길질을 했다. 남자는 비명을 지르며 다시 이불 속으로 움츠러들었다.

"내가 얼굴 내밀지 말랬지? 죽은 듯이 숨어서 백까지 세라."

일도는 차를 몰고 그곳을 떠났다. 백미러로 이불이 꿈지럭거리는 게 보였지만, 녀석은 감히 다시 얼굴을 내밀지 못할 것이다.

그럼, 6개월 후에 보자.

일도는 사람들의 고민거리를 해결하는 일을 전문으로 했다. 이불 속의 남자는 누군가의 골칫거리였다. 의뢰인은 녀석이 죽을 정도의 고통을 겪기를 바랐지만 경찰이 개입할 정도로 일이 커지길 바라진 않았다.

일도는 전날 점심에 남자를 납치해 이불에 둘둘 만 채 골방에 처넣고 심심할 때마다 두들겨 팼다. 녀석이 묻는 말에 절대 대답하지 않고 계속 때렸고, 잠이 들 만하면 또 때렸다. 그러다가 만 하루가 되기 직전인 지금 풀어준 것이다.

남자는 정신이 드는 대로 경찰을 찾아갈 테지만, 감금 시간도 짧은 데다 다친 곳이라고는 조금 붓고 멍든 게 전부니 신고 접수도 쉽지 않다.

경찰은 바쁘다. 하루가 멀다 하고 벌어지는 집회니 시위 진압에 살인범, 강간범, 무장 강도에 전문 털이범까지 잡아야 할 놈이 산더미였다. 누군가에게 몇 대 맞고 풀려난 사건은 우선순위의 거의 끝단에 있다.

결국 남자의 선택은 억지로 잊으려고 노력하거나 사설 홍신

소나 조직을 고용해 일도를 찾든가, 둘 중 하나였다. 하지만 어느 쪽도 좋은 해결책은 아니었다. 6개월 후 일도는 남자를 잡아서 이불에 넣고 두들겨 팬 다음 풀어줄 것이고 다시 서너 달 후에 납치해서 때린 다음 풀어줄 것이다. 남자는 겁에 질려 사방에 민원을 넣고 범인을 잡으려고 안달할 것이고, 경호원들까지 고용해 자신을 보호하려 할 것이다. 아무리 철저한 경호를 받는다고 해도 구멍이 있기 마련이다. 일도는 사람의 허점을 찾는 일에 아주 능했다.

일도는 남자를 납치해서 때리고 풀어주기를 반복할 것이다. 그러다가 1년 정도 찾아가지 않고 남자가 완전히 마음을 놓았을 때 다시 납치해서 때릴 것이다. 전보다 조금 더 심하게. 이런 일이 여러 번 반복되면 어떤 인간이든 망가지게 되어 있다. 집 밖으로 나오지 못하는 겁쟁이가 되는 경우도 있고 외국으로 도망가는 경우도 있다.

일도의 수첩에는 이불 속의 남자까지 포함해 세 사람의 이름이 적혀 있다. 번거롭고 기간도 오래 걸리는 작업이지만 그만큼 보수도 좋았다. 그는 세 명을 유지하는 걸 원칙으로 했다. 그보다 인원이 많아지면 긴장감을 유지하기 힘들었기 때문이다. 이일만 하며 산다면 모르지만 그에게는 다른 의뢰도 많았다.

문제가 생기면 사람들은 그를 찾았다. 사람을 찾는다고? 장일도에게 전화해. 뒷조사가 필요해? 장일도에게 전화해. 손봐줄 놈이 있다고? 장일도에게 전화하면 되겠네.

이제는 빈틈없이 일을 한다는 평판도 얻었고 주머니에 돈도 좀 생겼다. 3, 4년 더 해서 목표한 금액을 채우면 은퇴한 뒤 편안하게 살 생각이다. 사업을 좀 더 키워볼까 싶을 때도 있지만 그때마다 애써 생각을 지웠다. 한 번만 실수해도 끝장인 게 이 바닥이었다. 지금까지 운이 좋았다고 앞으로도 그러리란 보장은 없었다.

일도는 서울 근교의 카센터로 들어갔다. 넥센 모자를 쓴 노인이 담배를 태우고 있다가 맞은편의 SM3를 턱으로 가리켰다. 열쇠는 운전석 바닥에 놓여 있었다. 일도는 차를 갈아타고 카센터를 나섰다. 그는 한 번 작업에 사용한 차는 절대 다시 몰지 않았다.

우리가 하는 일은 말이지, 아무리 조심해도 부족해. 마음을 놓는 순간에 바로 저승으로 가는 거야. 그의 스승이자 사수였던 남익 선배가 입버릇처럼 하던 말이다. 선배는 결국 자신의 말대로 방심하다가 죽었다.

일도는 제산제를 꺼내 입에 털어 넣었다. 얼마 전부터 속이 더부룩하고 소화가 안 됐다. 약을 먹어도 그때뿐이고 가끔 배속이 찢어지는 것처럼 아플 때도 있었다. 불규칙한 생활에 스트레스를 많이 받는 직업이기 때문이리라. 병원에 가봐야 할 텐데 도통 시간이 안 났다. 혼자 일하는 건 이래서 안 좋다. 파트너가 있다면 짬을 낼 수 있겠지만 믿을 만한 사람을 찾기 어렵다는 게 문제였다. 남익 선배가 살아 있다면 얼마나 좋을까? 가끔씩 선배가 그립다. 전에는 감정적인 면이 컸다면 요즘은 일적인 문제 때문에 그랬다.

전화벨이 울렸다. 일도는 글러브박스를 열고, 안에 든 10여 개의 핸드폰 중에 소리가 나는 놈을 꺼냈다.

"여보세요."

"장 선생님 맞으시죠? 무일건설 최 사장님 소개로 전화 드립니다. 골치 아픈 일을 해결하시는 데 능하다고 들었는데요. 지금 당장 만나 뵙고 싶은데 가능할까요? 워낙 급한 일이라서요."

다들 급하다지. 그에게 전화하는 자들은 모두 5분 내 작업에 착수하지 않으면 숨넘어갈 듯이 다급하게 굴었지만 결국에는 기껏해야 마누라 뒷조사나 마음에 안 드는 놈 손봐달라는 일이 고작이었다. 일도는 속으로 투덜거렸지만 무일건설 최 사장은 그에게 누구보다 중요한 고객이었다.

일도는 남자와 두 시간 후에 만나기로 약속을 정하고 전화를 끊었다. 이러니 병원에 갈 시간이 없지. 그는 한숨을 내쉬고 가까운 기사 식당에 차를 댔다. 간단히 요기를 하고 출발할 생각이었다.

*

약속 장소는 충무로에 새로 지은 오피스 빌딩이었다. 완공한 지 얼마 안 되는 새 건물로, 1층과 2층에는 정부 산하의 국가 경쟁력 강화 위원회가 입주해 있었다. 듣자 하니 정권 실세가 위원장으로 내정되어 있다고 했다. 그래서인지 청원경찰 여러 명이 로비에 배치되어 있었지만 일도는 신경 쓰지 않았다. 그의 단골 고객 중에는 정부 고관에 고위 경찰도 여럿 있었다. 높은 분들이라고 고민거리가 없진 않은 법이니까.

꼭대기 층으로 올라가자 단정한 외모의 20대 초반 남자가 복도 앞에 서 있다가 깍듯이 인사했다.

"회장님이 기다리십니다. 이쪽으로 오시죠."

귀에 익은 목소리. 조금 전 그와 통화한 자였다. 남자는 일도의 마음을 알아차렸는지 싱긋 웃으며 말했다.

"회장님의 개인 비서인 이석구라고 합니다. 조금 전에 제가 회장님 대신 전화를 드렸죠."

의뢰인이 직접 전화하지 않았을 거란 점은 짐작하고 있었다. 그에게 일을 맡기는 자들은 대체로 거물이라 절대 직접 전화하지 않는다. 그랬다간 전염병이 옮기라도 한다는 듯.

그런데 이 게이처럼 생긴 놈은 그가 올라오는 걸 어떻게 알았을까? 지금껏 승강기 앞에 대기하고 있으면서 올라오는 사람마다 말을 붙였을 리는 없을 텐데. 일도는 이석구가 귀에 수신기를 끼고 있음을 눈여겨보았다. 경비 중 누군가 CCTV를 보다가 석구에게 정보를 준 게 틀림없었다.

복도 끝 반투명한 유리문에 커다랗게 '뷰티토탈케어숍, 잇걸'이라는 간판이 붙어 있었다. 석구가 문을 열자 텅 빈 사무실이 드러났다. 백 평 남짓한 크기의 넓은 사무실에는 칸막이 몇 개와 5, 6개의 철제 책상밖에 없었다. 작업복 차림의 사내들이 천장을 뜯고 배관 공사를 하고 있었다. 석구는 싱긋 웃었다.

"시끄럽지만 이해해주십시오. 다른 곳으로 이사를 하게 돼서요."

페인트도 마르지 않은 새 건물에 들어와선 이사를 한다고? 다급하게 될 일이 생긴 모양이지?

사장실은 아직 그대로였다. 원목으로 만든 매끈한 책상과 고전으로 가득 찬 책장, 거기에 퍼팅 연습용 골프 코스까지 완벽하게 갖춰져 있었다. 머리가 하얗게 센 노인이 인조 잔디 위에 맨발로 올라가 퍼팅 연습을 하고 있었다. 툭, 공이 구멍 속으로 빨려 들어갔다.

석구가 다가가 귓속말을 건네자 노인은 일도를 힐끔 쳐다보고는 다시 퍼팅 연습에 들어갔다. 작달막한 키에 매부리코, 노인답지 않게 풍성한 머리칼은 두피가 보일 정도로 짧았다. 노인은 두어 번 더 공을 날린 후 입을 열었다.

"최석원이가 자네 칭찬을 많이 하던데. 일을 그렇게 잘한다면서?"

"주위에서 믿고 맡겨주시는 편이죠."

어디서 많이 본 얼굴인데. 누구지? 한 가지는 확실했다. 최석원과 알고 지내는 사이라면 노인도 그다지 깨끗한 인물은 아닐 거라는 점.

최석원은 건설업으로 엄청난 돈을 번 마산 깡패다. 몇 년 전 서울에 3층짜리 대형 한우집을 냈다가 지역 조직과 문제가 생긴 걸 일도가 해결해준 적이 있었다.

노인은 석구에게 골프채를 건네고 자리에 앉았다. 책상 앞에 '회장 방성환'이라는 명판이 보였다.

일도는 깊이 숨을 들이마셨다. 어디서 봤는지 이제야 알겠군. 흡혈귀 방성환. 대한민국 제일의 사채업자.

일도에게 맡길 일이 있다는 것 자체가 신기할 만큼 대단한 거물이다. 삼성이니 엘지니 하는 대기업에까지 돈을 빌려준다는 인물이니까. 오로지 현금으로만 빌려주고 이자는 주식으로 받는다든가? 돈이 될 일에는 가리지 않고 끼어들지만 대외적인 노출을 극도로 꺼려 알려진 바는 거의 없었다. 심지어 사진을 찍힌 일도 거의 없어, 외부에 존재하는 그의 사진은 경제 위기 때 정부 관계자와 찍은 것이 마지막이었다.

노인을 실제로 만나는 건 처음이지만 예전 직장에 있을 때 부딪친 적이 있어 어떤 인간인지는 잘 알고 있었다. 일도는 마음속으로 혀를 찼다. 3개월 가까이 노인네 사진을 들여다봤음에도 알아보지 못하다니. 그 일로 잘리기까지 했으면서. 쉬운 일만 하면서 긴장이 많이 풀린 모양이다. 아니면 그 일을 잊고 싶었든가.

석구는 냉장고에서 마늘 진액이 든 팩을 꺼내 노인 앞에 내려놓았다. 일도에게는 앉으라는 말도, 한 잔 마시겠냐는 말도 없었다. 노인은 빨대로 보약을 마시다 불쑥 입을 열었다.

"아들이 사고를 쳤어."

그래서 어쩌라고? 노인네 주위에는 사고 치는 놈들밖에 없었다. 폭행, 밀수, 탈세, 가끔은 살인까지. 아직 체포된 일이 없을 뿐이었다. 노인 본인부터가 합법과는 거리가 먼 인간이니 어련하겠나.

석구가 사진을 내밀었다. 뿔테 안경을 낀 30대 초반의 사내. 잘생긴 얼굴에 세련된 옷. 하지만 야비한 냄새가 났다.

"방태수라고 하네. 우리 집안의 골칫거리지. 대로변에 갑자기 차를 세우고 길 가던 여자를 개 패듯 팼다는 거야. 그러다가 용감한 시민들에게 몰매를 맞았다는데. 운전기사 녀석은 말리려고 차에서 내리다가 트럭에 치여 죽었고. 너무 한심해서 할 말이 잃을 정도지."

노인은 고개를 설레설레 저었다. 얼굴에 검버섯이 가득하고 허리도 굽었지만 눈빛만은 젊은이 못지않은 탐욕과 분노로 이글거렸다. 돈과 권력을 가진 늙은이. 이런 늙은이는 위험하다.

"아드님은 지금 어디 있습니까?"

"어디 있겠나? 구치소에 있지. 외동이라고 오냐오냐 키워서 그런가, 나이만 먹었지 아직 어린애야. 이제야 사업을 해보겠다고 해서 돈을 좀 줬더니 고작 연 게 이거야. 잇걸? 토탈뷰티? 이게 도대체 무슨 장사야? 사업도 그냥 놀 생각으로 연 게지."

노인은 사무실을 돌아보곤 쯧쯧 혀를 찼다. 석구는 황송하다는 듯 고개를 숙였다. 노인이 일도에게 시선을 주었다.

"마음이 여려서 그런 곳에서 버틸 녀석이 못 되는데 큰일이야. 어떻게든 꺼내 와야지."

일도는 얼굴을 찡그렸다. 그렇다면 그가 나설 일이 아니다. 보석으로 풀려난 자를 일본이나 중국으로 밀항시키는 일이라면 모르겠다. 하지만 구치소에서 꺼내 오는 일이라면……. 그가 아니라 최고 수준의 형사소송 변호사가 필요하다.

노인은 일도의 속마음을 알아차렸는지 말을 이었다.

"그 녀석을 꺼내달라는 얘기가 아니야. 그건 내가 알아서 할 일이고. 자네는 여자를 찾아오면 돼."

"어떤 여자 말씀이신지?"

"내 아들이 때렸다는 여자. 아들과 잠깐 사귀었는데 그년이 글쎄, 아들 돈을 가지고 도망쳤다지, 뭔가. 아들 녀석은 속 좋게 그년이랑 결혼할 생각까지 했다가 뒤통수를 맞았다는군. 세상 물정을 모르는 어리숫보기니 속이기도 쉬웠겠지. 그년을 보고 눈이 뒤집혀 달려든 것도 이해가 가지 않나? 멍청한 놈. 그런 일이 있으면 나한테 말을 했어야지. 내가 어련히 찾아줬을까."

"그렇군요."

"이건 돈의 문제가 아니야. 자존심의 문제지. 여자를 찾아내서 내 앞으로 데려와. 왜 그랬는지 물어보고 싶으니까."

석구가 두번째 사진을 내밀었다. 여자의 사진이었다. 여자는 카메라를 쳐다보며 자신만만하게 웃고 있었다. 예쁘군. 하긴 그러니까 방성환의 아들쯤 되는 인간이 빠져들었겠지.

"아들 녀석은 보석으로 꺼내 올 생각이야. 그 전에 여자를 잡아 와. 일주일 내로. 아들에게 위로 선물로 주고 싶으니까."

노인이 손을 내밀자 석구가 골프채를 건넸다. 다시 퍼팅 연습이 시작되었다. 작별 인사는 없었지만 이야기가 끝났으니 그만 나가보라는 뜻이리라.

석구가 일도를 따라 나오며 말했다.

"별로 어려운 일은 아니죠? 이번 일은 일종의 테스트라고 보시면 됩니다. 함께 일해도 될 분인지 아닌지 파악하는. 회장님은 원래 한번 일한 사람과 쭉 가는 스타일이시니까요. 성공하면 굵직한 일거리를 계속 제공해드릴 겁니다. 지금까지 해온 일과는 차원이 다른 일들이죠."

그야말로 황송하구먼. 일도는 마음속으로 중얼거렸다. 배알이 꼴리긴 했지만 녀석이 허풍을 떠는 게 아니란 사실은 알고 있었다.

돈과 권력이 있는 노인들은 보수적이라 마음에 들면 끝까지 밀어준다. 단, 한 번이라도 실수하면 끝장이란 점이 문제다. 일도는 노인에게 밉보인 자들이 어떻게 됐는지 잘 알고 있었다. 발목에 쇳덩어리가 달린 채 태평양에 버려지거나 장기가 뜯긴 채 중국에 팔려갔다.

"여자의 이름은 이수정. 나이는 스물여섯. 대학원을 휴학하고 아르바이트 중이라고 했는데 저희가 알아본 바로는 전부 거짓말입니다. 처음부터 도련님에게 사기를 칠 속셈으로 접근한 꽃뱀이에요. 사는 집도, 핸드폰도, 가지고 있던 차도 전부 딴 사람 이름으로 되어 있었습니다."

"맥네 도련님과는 어디서 만났답니까?"

"여기서요. 토탈뷰티케어 잇걸. 정확히 말하면 청담 지점이죠. 이수정이 거기 회원이었거든요. 사장님이 지점을 방문했다가 그년을 만났다더군요. 첫눈에 반해서 데이트 신청을 했고, 연인이 되어 쭉 만나다가 뭐 그다음이야 말 안 해도 아시겠죠?"

"그럼 회원 정보를 가지고 계실 거 아닙니까?"

석구는 난감하다는 듯 얼굴을 찌푸렸다.

"전부 가짜라서요. 저희가 아는 정보는 전혀 도움이 안 될 겁니다. 사진을 가지고 사고 현장에서부터 조사하시는 게 나을 겁니다."

간단히 말해서 보여주기 싫다 이거군. 이유가 뭘까? 일도는 석구의 얼굴을 유심히 쳐다보며 다시 말했다.

"그래도 조사를 해봤으면 좋겠는데요. 생각지 못한 정보가 나올 수도 있으니까요. 회원 정보야 가짜였다고 쳐도 사장님과 사귀었다면 함께 밥도 먹고 쇼핑도 했을 거 아닙니까. 그런 곳을 찾아다니다 보면 중요한 정보를 발견할 수 있을지도 모르죠."

"벌써 전문가를 동원해 찾아봤습니다. 용의주도한 년이에요. 아무것도 못 알아냈습니다."

"제가 조사하면 다를 수도 있죠."

석구는 어깨를 으쓱했다.

"시간 낭비를 하실까 봐 그런 건데, 뭐 좋습니다. 정 그러시다면 저희가 파악한 걸 모두 이메일로 보내드리죠."

"감사합니다. 달리 알려주실 건 없습니까?"

"아, 한 가지가 있습니다. 사장님께서 체포되기 직전, 이수정이 아파트 단지 앞쪽에서 택시를 타고 달아나는 걸 봤다고 하더군요. 젊은 남자와."

"젊은 남자요? 전에 본 적이 있는 사람이랍니까?"

"아뇨, 처음 보는 놈이라는군요. 이수정의 뒤를 봐주는 기둥서방이겠죠. 그놈이 숨어 있다가 갑자기 뒤에서 덮치는 바람에 여자를 놓쳤다고 하더군요. 그놈까지 함께 잡아 오면 사장님께서 대금을 두 배로 지급하시겠다고 하셨습니다."

"기둥서방이 혼자라면 상관없지만 관여하는 조직이 있으면 추가금을 지불하셔야 합니다. 위험부담이 커지니까요."

"아, 그런 점은 걱정 마십시오. 어디 있는지만 알려주시면 나머지는 저희가 처리할 테니까."

방성환 밑에는 조직이 여럿 있다. 사람 한둘 정도는 어렵지 않게 죽여 묻어버릴 수 있는. 이번 일을 그에게 맡기는 것이 의아할 정도였다. 최대한 조용히 처리하고 싶은 걸까?

"그건 조사가 끝난 다음에 그쪽에서 알아서 하실 일이고. 조사 중 위험을 생각하면 추가금은 받아야 합니다."

석구의 얼굴에 경멸이 스치고 지났다.

"세상에 두려운 게 없는 분이라고 들었는데 제가 잘못 안 겁니까?"

"잘못 아셨네요. 전 많은 것을 무서워합니다. 그래야 실패하는 일이 적거든요. 그리고 돈은 먼저 입금해주시죠. 입금이 확인된 뒤에 일을 시작하겠습니다."

"좋습니다. 회장님 말씀대로 일주일 내로만 끝내주십시오."

"노력해보죠."

*

일도는 커피숍 흡연실에 앉아 담배를 피우며 계획을 다듬었다. 예쁘장한 꽃뱀과 얼간이 기둥서방을 제압하는 건 식은 죽 먹기처럼 간단한 일일 것이다.

이석구에게 조직이 끼어 있으면 추가금을 받겠다는 말을 했지만 실제로 그럴 거란 생각은 하지 않았다. 잔머리 잘 돌아가고 욕심 많은 남녀가 부잣집 아들을 등쳐려다 일이 커진 거겠지. 단지 방태수가 그냥 부잣집 아들이 아니라 뒤에 폭력 조직을 거느리고 있는 사채업자의 아들이라는 게 문제일 뿐이다.

문제는 놈들을 어떻게 찾아내느냐다. 거북이가 머리를 감추듯 벌써 몸을 숨겼을 텐데. 외국으로 튀었을지도 모르고. 어쩌면 이미 죽었을지도 모른다. 일도는 여자의 사진을 다시 보았다. 마음에 드는 얼굴이다. 길거리에서 만난다면 말을 붙여보고 싶을 정도로.

그는 핸드폰으로 포털 사이트에 접속해 관련 기사를 찾았다. 어제 사고가 〈연합뉴스〉에 단신으로 처리되어 있었다.

22일 8시 30분경 뚝섬역 사거리에서 트럭과 승용차 간의 추돌 사고가 발생, 승용차를 몰던 이성보 씨(24세)가 숨졌습니다. 이성보 씨는 도로변에서 차에서 내리려다 뒤따라온 트럭에 변을 당했습니다. 트럭을 몰던 이 모씨(42세)는 만취 상태에서 차를 몰다 사고를 낸 것으로 밝혀졌습니다. 검찰은 이 모씨에게 구속영장을 청구하고 승용차에 동승하고 있던 방태수 씨(33세)와 목격자들의 증언을 토대로 정확한 사고 원인을 조사 중입니다.

방태수가 정류장에서 사람을 때렸다는 말은 한마디도 없었다. 음주운전 끝에 사람을 치어 죽인 사건이 더 크기 때문일까? 다른 기사를 찾아봐도 대체로 〈연합뉴스〉 기사를 인용한 정도로, 방태수의 폭력 행위에 대해서는 일언반구도 없었다. 노인이 벌써 재주를 부린 건지도 모르겠다.

그는 차를 몰고 사고 현장으로 이동했다. 바닥에는 아직 핏자국과 형광 페인트로 표시된 스키드 마크, 부서진 자동차의 잔해들이 남아 있었다. 버스 정류장의 유리창이 깨져 유리 위에 붙어 있던 화장품 광고지가 바람에 나풀거렸다. 그럼에도 사람들은 아무렇지 않게 정류장 앞에서 버스를 타고 내렸다.

일도는 빈틈없는 눈으로 주위를 살폈다. 6차선 도로에 승용차며 버스가 빽빽하게 차 있고 네 개의 횡단보도가 정사각형 모양으로 사거리를 연결하고 있었다. 신호가 바뀔 때마다 3, 40명의 사람이 길을 건넜다. 유동 인구가 많은 번화가였다. 지하철에 버스에 택시까지 많으니 어디로든 도망칠 수 있었다.

일도는 정류장 뒤편으로 보이는 아파트 단지에 시선을 멈췄다. 노인의 아들이 이야기한 곳이 저기로군. 저기 앞에서 택시를 탔다고 했던가?

재건축을 앞둔 낡은 아파트 단지였다. 오래된 단층 상가 건물이 도로 양쪽에 늘어서 있었다. 30년 전통이라는 치킨집, 목욕탕 마크가 보이는 '락원'이라는 이름의 장여관, '헤어센스'라는 간판이 붙은 낡은 미용실까지.

일도는 건물 사이에 있는 골목 앞에서 걸음을 멈췄다. 골목 사이에 맥주병과 리터들이 기름병이 상자째 쌓여 있었다. 움푹 팬 콘크리트 바닥에는 거기서 흘러내린 기름때가 고여 있었다. 그는 그곳에서 애타게 찾던 물건을 발견했다. 골목 입구의 가로 등에 조그만 카메라가 설치되어 있었다. 요즘 유행하는 가로등 형 CCTV였다. 아마 쓰레기를 무단 투기하는 자를 잡으려고 건물주가 설치했을 것이다.

대부분의 사람들은 알지 못하지만 한국의 CCTV 개수는 세계 최고에 이른 지 오래다. 몰래카메라의 나라라는 영국보다도 많으니까. 경찰에서 인원 부족을 이유로 순찰 인력을 카메라 설치로 대체하고, 각종 자치단체며 상가 건물, 아파트 등에서도 경쟁적으로 CCTV를 설치했기 때문인데 이미 가동되는 CCTV 만 4백만 대가 넘고 매년 40만 대에서 50만 대가 새로 판매, 설치되고 있다. 일반 승용차에 블랙박스는 물론이요, 버스와 택시 같은 대중교통 역시 안팎으로 CCTV가 달려 있어 아무리 조심스럽게 움직인다고 해도 하루에 수백 번씩 카메라에 찍힐 수밖에 없다.

물론 누구나 CCTV에 찍힌 영상을 볼 수 있는 건 아니다. 관공서의 경우 경찰서 생활 안정과, 교통과, 구청의 청소과 등의 부서별로 카메라를 관리하는데, 주무 부서에 정보 제공 요청서를 제출해 허락을 받았을 때에만 영상에 대한 열람이 가능하다. 그마저도 관계 기관장이 결제 도장을 찍을 때까지 한도 끝도 없이 기다려야 한다. 물론 관계 기관장이 일도 같은 수상한 인간에게 열람을 허가할 리 없기 때문에 그 방법은 불가능했다.

하지만 일도에게는 개인적인 통로가 있었다. 전화 한 통화로 나라에서 관리하는 CCTV라면 뭐든 볼 수 있는 직통 라인이. '강 감독'이라는 닉네임과 연락처 말고는 정보를 보내주는 자에 대해 아무것도 몰랐지만 상관없었다. 문자로 카메라 번호와 시간을 보내면 30분 내로 영상이 파일로 도착한다는 사실만 알면 되니까. 건당 30만 원씩 주고 있지만 빠르고 편하기에 자주 애용했다.

관공서의 CCTV는 강 감독을 통하면 되지만 민간에서 설치한 CCTV를 보는 것은 그보다 복잡하다. 특히 백화점이나 마트류의 대형 건물은 자체적인 경비망과 규율을 갖추고 있어 내부 인물을 포섭하지 않고서는 영상을 확인하기 쉽지 않다.

하지만 이런 작은 건물의 경우에는?

경비실에 어떤 인간이 있느냐에 따라 쉬울 수도 있고 어려울 수도 있다. 말만 잘해도 보여주는 인간이 있고 약간의 돈을 요구하는 인간도 있다. 아주 가끔 죽어도 못 보여주겠다고 뻗대는 자가 있긴 하지만 그 경우에는 다른 경비로 교대되길 기다리면 된다. 오늘은 어떤 자일까? 적당히 욕심 있고 약삭빠른 놈이면 좋겠는데.

1층 경비실에서는 늙은 경비가 컵라면을 먹고 있었다. 일도는 때가 긴 창문을 톡톡 두들겼다.

"수고하십니다. 저쪽 골목 안에 있는 집에 사는 사람인데요. 긴히 드릴 말씀이 있는데 잠깐 안에 들어가서 말씀드려도 될까요?"

"예? 그건 좀⋯⋯."

경비가 입에 든 라면을 삼키곤 우물쭈물 망설였다. 대가 약한 남자다. 긴 인생 동안 한 번도 성공하지 못한, 아니 성공과 실패를 떠나 시도조차 하지 않은 남자다. 세상에 아주 흔한 타입이다. 이런 남자는 밀어붙이면 간단히 굴복한다. 일도는 "그럼 들어가겠습니다"라고 말하며 경비실의 문을 열었다.

테이블 위에 손바닥만 한 모니터가 다섯 대 있었다. 그중 네 대는 엘리베이터 내부며 건물 로비를 비추고 있었지만 나머지 한 대는 도박장을 비추고 있었다. 딜러가 열심히 패를 돌렸고 딜러의 어깨 너머의 대형 TV에는 CNN 생방송이 보였다.

"아저씨, 여기 막 들어오면 안 돼요."

경비는 급히 화면을 CCTV 영상으로 돌렸지만 이미 늦었다. 일도는 마음속으로 미소를 지었다. 사설 도박 사이트였다. 배경에 24시간 생방송 뉴스 채널인 CNN을 틀어두는 이유는 도박을 하면서 상식도 넓히라는 주최 측의 배려가 아니다. 지금 화면을 통해 나오는 도박 영상이 실시간으로 벌어지는 일이란 걸 알려주기 위해서다. 이런 사설 도박 사이트는 중국이나 필리핀 등지에 도박장을 만들고 인터넷을 통해 한국에 방송한다.

일도는 경비의 얼굴을 유심히 살폈다. 통통한 얼굴에 칙칙한 피부, 잠을 잘 못 잤는지 눈 밑이 검다. 근무 시간에는 도박 사이트를 들락거리고, 퇴근해서는 직접 도박장을 찾아다닐 악성 중독자였다.

일도는 말했다.

"누가 집 앞에 쓰레기를 버리고 갔지 뭡니까. 어떤 놈이 그랬는지 짐작은 가는데 확신이 없네요. 보니까 골목 입구에 여기서 설치한 CCTV가 있던데요. 아, 바로 저 화면이네요."

일도는 건물 옆 골목을 비추고 있는 오른쪽 끝 모니터를 가리켰다. 해상도가 낮은 컬러 화면에 골목 안쪽에 쌓인 맥주병과 바닥을 적시고 있는 축축한 기름때가 보였다.

"잠깐 확인할 수 있을까요? 어젯밤 것만 보면 되는데."

"그런 건 관리실에 알아보셔야 할 것 같은데요. 제 권한 밖의 일이라서."

"그건 좀 번거롭잖습니까. 그냥 아저씨랑 저랑 둘이 알아서 처리해도 될 문젠데요. 아저씨에게 해 끼치지 않겠습니다. 그냥 조용히 화면 보여주고 어떻게 된 일이냐고 물어보려고 그래요."

"그래도……."

"섭섭지 않게 사례하겠습니다."

일도는 지갑에서 만 원짜리 다섯 장을 꺼내 테이블에 내려놓았다.

"이 정도면 어떨까요?"

경비가 망설이자 일도는 5만 원을 더 내려놓았다. 경비는 침을 꿀꺽 삼키더니 돈을 집었다.

"정확히 언제 화면이라고요?"

"어제요."

경비는 쳐다보는 사람이 없는지 바깥을 확인하고 마우스를 조작해 메인 모니터를 컴퓨터 화면으로 돌렸다. C드라이브의

폐쇄 카메라 폴더에 영상 파일이 날짜별로 저장되어 있었다.

"어제 하루치 다 보실 거예요?"

"바쁘실 텐데 계속 방해할 수야 있나요. 파일을 이리 옮겨주시면 제가 확인해보겠습니다."

일도는 품속에서 USB 메모리를 꺼내 경비에게 내밀었다. 경비는 아무 말 없이 파일을 옮겨 일도에게 건넸다.

"감사합니다."

일도는 밖으로 나가려다 경비를 돌아보았다.

"그런데 참, 진심으로 드리는 말씀인데요, 아까 인터넷 사이트 같은 데 가지 마세요. 그런 사이트들 완전 사기니까. 돈만 잃습니다. CNN 방송 튼다고 속일 수 없는 게 아니에요. 해외에 서버 구축해서 한국에 도박 영상 쏘는 놈들이에요. 그깟 화면 하나 조작하는 거 얼마든지 할 수 있습니다."

"정말요? 진짜 조작이에요?"

일도는 회심의 미소를 지었다.

"제가 진짜 정직하게 하는 도박 사이트를 알려드릴 수 있는데……."

일도는 아는 선배가 운영하는 사이트를 알려주었다. 물론 그 인간도 사기꾼이지만 어차피 눈먼 돈이라면 아는 사람이 버는 편이 낫겠지.

*

일도는 차로 돌아가 노트북을 켜고 가져온 영상을 하드디스크로 옮겼다. 화면 가득 폐쇄 회로 카메라의 영상이 떴다. 입자가 굵고 흐릿한 화면. 비가 내리는 데다 날까지 어둑어둑해 화질이 좋지 않았다. 하지만 뭐, 최신 영화를 감상하는 것도 아니니까.

어둑어둑한 골목. 행인들이 바쁘게 카메라 앞을 지나가고 있었다. 화면 오른편 아래 조그맣게 날짜와 시간이 보였다. 8시 32분. 머리부터 발끝까지 흠뻑 젖은 패잔병 같은 몰골의 남자가 골목 앞에 나타났다. 그는 비틀거리다 골목 안으로 뛰어들었다.

일도는 정지 버튼을 누르고 화면을 확대했다. 입자가 굵은 흐릿한 화면. 하지만 이를 악문 채 뛰고 있는 남자의 얼굴을 알아볼 정도는 됐다. 남자는 얼굴이 붓고 입술이 찢어져 있었다.

일도는 남자의 얼굴을 파일로 저장한 뒤 다시 플레이 버튼을 눌렀다. 남자가 골목 안으로 뛰어들고 7, 8분간 아무 일도 일어나지 않았다. 그러다 갑자기 화면에 여자가 잡혔다. 여자 역시 흠뻑 젖어 있었고 몸에 걸친 트렌치코트는 엉망으로 흐트러져 있었다.

일도는 화면을 멈추고 의뢰인에게 받은 사진과 여자의 얼굴을 비교해보았다. 같은 여자였다. 일도의 입가에 미소가 어렸다.

여자는 비틀거리며 골목 안으로 사라졌다. 일도는 담배를 꺼내 입에 물었다. 둘이 한 패라면 왜 따로따로 들어간 걸까? 골목에서 만나기로 한 걸까? 10분 정도가 지나고 골목 안쪽에서 남녀가 손을 잡고 쭈뼛쭈뼛 걸어 나왔다. 택시를 잡으려는지 여자가 손을 쳐드는 것을 마지막으로 두 사람은 프레임 밖으로 사라졌다.

일도는 이맛살을 찌푸렸다. 카메라에 택시가 잡히지 않았기 때문이다. 아무래도 다른 카메라가 필요하겠군.

일도는 골목으로 돌아가 주위를 살폈다. 신호등 위에 교통 카메라가 달려 있었다.

일도는 강 감독에게 메일을 보내고 근처 한정식집에서 점심을 먹었다. 차로 돌아왔을 때 강 감독으로부터 답장이 와 있었다.

교통 카메라에는 두 사람이 택시를 타는 장면이 찍혀 있었다. 두 사람이 탄 건 'OK운수' 소속의 회사 택시였다. 일도는 인터넷으로 OK운수의 주소와 연락처를 찾아내 전화를 걸었다.

"중구 경찰서 강력팀 장일도 형사입니다. 살인 용의자가 그쪽 택시를 타고 이동하는 장면이 CCTV에 찍혀서 연락드렸거든요. 어제 저녁 8시 50분 전후에 뚝섬 사거리 안쪽 차도에서 남녀를 태웠습니다. 구형 소나타에 노란색 택시캡이네요."

"아휴, 당연히 협조해야죠. 제가 확인하고 그쪽으로 전화드리겠습니다."

"급한 일이라 그런데 지금 바로 해주시면 안 될까요?"

일도는 전화를 끊지 않고 기다렸다. 녀석이 경찰서로 직접 전화하는 걸 막기 위해서, 그리고 빨리 답을 달라고 압박하기 위해서였다. 이런 놈들은 예, 예, 금방 연락드릴게요, 하고선 다시 전화가 걸려올 때까지 사무실에 앉아 포커를 치든가 핸드폰게임을 한다. 일도는 10분 정도 인내심을 가지고 기다렸다. 이상하게 오래 걸린다는 생각을 할 때쯤 직원의 목소리가 들렸다.

"예, 저희 택시가 맞습니다. 저번 달부터 일한 수습 기삽니다. 지금 출근하는 길이라는데 오면 전화드리라고 할까요?"

일도는 마음속으로 코웃음을 쳤다. 수습 기사는 무슨. 말하는 꼴을 보니 딱 도급 택시였다. 10분 동안 도급 택시 기사와 연락하느라고 똥줄이 탄 모양이다.

도급 택시란 운수 회사에서 무자격자에게 24시간 동안 택시를 빌려주고 현금으로 사납금을 받는 행위를 말한다. 정식으로 기사를 뽑으려면 시간과 돈이 들기 때문에 벌이는 편법인데, 사고가 났을 때 보험 처리가 어렵고 무자격자가 범죄를 일으킬 가능성도 있지만 돈벌이가 되다 보니 대부분의 운수 회사가 쉬쉬하며 도급 택시를 운영하고 있다.

일도 입장에서는 상대가 도급 택시인 게 더 좋았다. 뒤가 구린 놈들이어야 그가 진짜 경찰인지 아닌지 따지지 않을 테니까.

일도는 부드럽게 말했다.

"아닙니다, 제가 그리로 가죠."

*

널따란 공터에 수십 대의 택시가 빽빽하게 늘어서 있고 낡은 정비 공장에는 '닦고 조이고 기름 치자'라는 문구가 보였다. 벌

겋게 녹슨 플레이트 벽 안으로 택시 몇 대가 도살된 소처럼 공중에 매달려 있었다. 기름때가 묻은 작업복 차림의 남자들이 자동차 옆에 서서 담배를 피웠다.

일도는 택시들 사이에 차를 세우고 글러브박스를 뒤져 수첩을 꺼냈다. 낡은 수첩 안에는 열 개도 넘는 신분증이 들어 있었다. 일도는 그중 경찰 신분증을 집어 들고 차에서 내렸다.

정비소로 들어가는 흙길은 자동차 타이어와 사람들의 발걸음으로 단단하게 다져져 있었고, 타이어 요철 무늬로 파인 웅덩이에는 어제 내린 빗물이 가득 차 있었다. 일도는 발이 젖지 않도록 조심하며 컨테이너를 이어 붙인 사무실로 들어갔다.

활짝 열린 문 안으로 빈둥대며 잡담 중인 사무직들이 보였다. 일도는 신분증을 보이며 말했다.

"중구서에서 나온 장일도 형삽니다. 아까 전화드렸죠."

"아, 언제 오시나 했습니다."

산적처럼 생긴 직원이 벌떡 일어서며 말했다. 그는 사무실 밖으로 나와 맞은편 기사 대기실을 향해 큰 소리로 외쳤다.

"조상현 씨! 이리 오세요!"

기사 중 따로 떨어져 있던 한 명이 담배를 비벼 끄고 그들에게 걸어왔다. 야비하게 생긴 중년 남자로 일도를 경계하는 기색이 역력했다. 모르긴 몰라도 전과가 한두 개는 아닐 것이다.

일도는 상현과 함께 공터 한쪽으로 갔다. 상현은 폐병이라도 걸렸는지 걸음을 옮길 때마다 가래침을 뱉었다. 택시 한 대가 매연을 뿜어내며 두 사람 옆을 스쳐 지나갔다.

일도가 남녀의 사진을 보여주자 상현은 다시 한 번 가래침을 뱉고는 고개를 끄떡였다.

"이 연놈들 맞아요. 처음 봤을 때부터 뭔가 수상쩍다고 생각했더니 역시네. 머리부터 발끝까지 젖은 데다 여기저기 붓고 터지고 피까지 질질 흘리지 뭡니까. 어디 다쳤냐고 물어봤더니 오다가 넘어졌다고 그러고. 그때 감 잡았죠. 이 새끼들 위험하다. 그래서 안 태우려고 했는데 끝까지 고집을 피우더라고요. 승차 거부로 신고라도 하면 골치 아프잖아요. 그래서 출발했죠. 무슨 짓을 저지른 놈들이에요? 사기? 강도?"

"자세히 말씀해보시죠. 어떤 사람들이었죠?"

"음탕한 연놈들이었어요. 중간에 내려달라더니 편의점에서 수건을 사 와가지고 그걸로 젖은 몸 닦는 척하면서 서로 더듬고 만지고……. 택시에서 아예 살림 차리게 생겼지 뭡니까. 그래서 점잖게 그만하시라고 얘기했죠."

"둘이 원래 아는 사이 같진 않던가요?"

"그건 아닌 것 같던데. 안 지 얼마 안 됐든가. 서로 존대하는 꼴이 꼭 방금 즉석 만남 한 사이 같았거든요."

"그래서 어떻게 됐죠?"

"당연히 같이 내렸죠. 놀이터에서 잠깐 앉아 쉬던데. 걔들이 집에 들어가서 뭘 했겠어요?"

기사는 손바닥 사이에 공기를 불어넣어 탁탁 소리를 냈다.

"밤새 그 짓이나 했겠죠. 여자애는 예쁘장하게 생긴 게 남자 여럿 벗겨먹은 애처럼 생겼더라고요. 남자애는 얌전한 척하면

서 부뚜막 먼저 올라가게 생긴 놈 있잖아요? 딱 그랬어요. 음탕
하긴 죽도록 음탕한데 말은 잘 못하고 물건은 안 설 새끼."

일도는 내심 혀를 찼다. 이 인간은 거울도 안 보나. 어느 나라
에 살더라도 범죄가 벌어지면 용의 선상 1순위에 오를 외모를
하고선 남의 인상 비평을 늘어놓다니. 그는 상현의 말을 잘랐다.

"그래서 그 사람들을 어디에 내려줬죠?"

상현은 못마땅한 얼굴로 일도를 쳐다보다 동네 이름을 댔다.

금호동. 대우아파트.

"동네 들어가는 길도 복잡하고 날이 엄청 어둡고 비까지 내
려서 들어가는 데 고생 좀 했어요. 여자애는 그렇게 열정적으로
물고 빨고 하더니 거기 도착할 때쯤 돼선 잠든 것처럼 쇼를 하
지 뭐예요. 내가 보기엔 진짜 수상한 년이야, 예쁜 여시. 내 말
뜻 알죠?"

·3장·

전날 밤

택시가 언덕을 따라 올라갔다. 밤이 늦은 데다 비까지 내리고 있어 헤드라이트 불빛은 얼마 뻗지 못하고 어둠에 녹아내렸다. 좁은 길 양쪽으로 비슷비슷하게 생긴 붉은 벽돌집들이 이어졌다. 90년대 초중반에 지어진 연립주택들이었다. 재개발을 기다리고 있는 서울 변두리 주택들.

조용한 차 안에 기사가 틀어놓은 흘러간 유행가만 처량하게 들렸다. 성욱은 창밖을 보다 수정에게로 시선을 돌렸다. 수정은 그의 어깨에 머리를 기댄 채 졸고 있었다. 성욱은 수정의 머리를 쓰다듬으며 오늘 있었던 일을 생각했다. 너무나 많은 일이 있었다. 모든 것이 꿈만 같았다. 특히 지금이.

주택가 위쪽에는 새로 짓고 있는 아파트들이 보였다. 캄캄한 하늘빛이 빗물을 타고 흘러내린 듯 아파트들은 칙칙한 회색빛이었다. 구불구불한 길을 지나 산 위로 올라가자 불 꺼진 고층 아파트가 보였다. 한강이 보이는 산꼭대기로부터 차례로 아파트를 지어 내려가고 있었다.

아파트 놀이터에서 기사가 차를 세웠다.

"다 왔는데요."

성욱은 돈을 내밀고 수정을 깨웠다.

"수정 씨, 일어나세요."

수정은 피곤한지 한동안 정신을 차리지 못했다. 성욱은 수정을 부축해 차에서 내리며 물었다.

"집이 어디예요?"

다행히 빗줄기가 많이 가늘어졌다. 수정은 성욱의 귓가에 속삭였다.

"오늘 정말 고마웠어요."

붓고 멍든 얼굴임에도 여전히 아름다웠다. 성욱은 수정의 얼굴에서 눈을 떼지 못했다. 택시는 출발하지 않고 그 자리에 있었다. 차창 안으로 기사가 돈을 세고 있는 것이 보였다. 수정은 성욱을 이끌고 놀이터 벤치에 가 앉았다.

"여기 잠깐 앉아 있다 가요. 잠 좀 깨게."

"아, 예."

텅 빈 놀이터와 테니스장에는 적막이 감돌았다. 얼룩무늬 도둑고양이가 두 사람을 무시하고 큰길을 가로질렀다. 성욱은 비에 젖은 머리를 문질렀다. 찢어진 이마와 퉁퉁 부은 왼쪽 눈이 쓰라렸다.

그는 수정을 곁눈질했다. 수정은 그가 사준 쌍화탕으로 얼굴을 문지르고 있었다. 어둠 속에서도 그녀의 얼굴이 창백하게 빛났다. 조금 전까지 저 여자와 냄새를 맡고 키스를 하고 몸을 만졌다는 사실이 믿기지 않았다.

성욱은 물었다.

"안 드세요?"

"뭐를요?"

"그거요."

성욱은 턱으로 쌍화탕을 가리키며 말했다. 수정은 두 손으로 병을 꼭 잡으며 말했다.

"아직 따뜻해서요."

그때 택시가 아파트 단지를 빠져나갔다. 택시가 보이지 않는 곳까지 갔을 때 수정이 벌떡 일어섰다.

"이제 그만 가요."

지금까지의 말투와 다르게 단호한 어조였다. 택시가 가길 기다렸던 걸까? 왜? 성욱은 의아함을 감춘 채 수정을 따라 움직였다. 산꼭대기에 지은 아파트 단지 아래로 빽빽하게 들어찬 단독주택들이 보였다. 도시 전체가 젖은 것처럼 뿌연 가운데 수많은 불빛들만이 선명하게 떠올랐다.

그때 손전등 불빛이 두 사람의 머리 위로 쏟아졌다. 성욱은 손을 들어 불빛을 가렸다. 경비가 손전등을 옆으로 돌리며 말했다.

"괜찮으세요? 많이 다치신 거 같은데."

"예, 좀 미끄러졌거든요."

수정이 대답했다. 두 사람은 경비를 지나쳐 계단을 내려갔다.

성욱은 문득 이상한 생각이 들어 뒤를 돌아보았다. 측면에 커다랗게 114동이라고 적혀 있었다.

"저기 수정 씨, 저기가 114동인데요."

"알아요."

하지만 그녀는 걸음을 멈추지 않았다. 성욱은 다시 물었다.

"아까 114동에 산다고 하지 않았나요?"

수정은 잠시 침묵하다 천천히 입을 열었다.

"집까지 가는 길이 좀 복잡해서요. 차 들어오기도 쉽지 않고. 처음 오시는 분들은 잘 못 찾거든요. 그래서 아예 이쪽으로 가 달라고 부탁했던 거예요."

오른편에 초등학교 건물이 보였다. 늦은 밤에 보는 학교 건물은 우중충한 회색이었다. 초등학교를 지나쳐 주택가로 접어들자 울퉁불퉁한 시멘트 길 양쪽으로 문방구며 동네 슈퍼가 보였다. 가로등이 있었지만 불이 금방이라도 꺼질 듯 희미했고 계속 지직거리는 소리를 냈다. 수정은 걸음을 늦추지 않고 씩씩하게 계속 걸었다. 언덕 너머에 비슷비슷하게 생긴 연립주택이 죽 늘어서 있었다.

수정은 입구에 낡은 코란도가 세워진 4층짜리 연립주택으로 들어갔다. 그녀는 우편함에 꽂힌 청구서를 꺼내 들고 102호 앞에 섰다. 성욱은 갑작스레 날렵해진 그녀의 움직임과 알 수 없는 태도에 할 말을 잃었다. 그가 모르는 뭔가가 있는 걸까? 그보다 더 중요한 점 한 가지. 이렇게 헤어지는 걸까? 그녀가 안으로 들어가 문을 닫으면 모든 것이 끝나는 셈이다.

수정은 문을 열다 말고 성욱을 돌아보며 말했다.

"잠깐 들어올래요? 따뜻한 커피랑 갈아입을 옷 드릴게요."

성욱은 고개를 끄떡였다.

"저야 고맙죠."

*

거실에는 불이 켜져 있었다. TV 역시 마찬가지였다. 뉴스가 끝날 시간인지 중년의 앵커가 정중하게 인사를 하고 있었다.

수정은 얼른 거실로 들어가 TV를 끄고 화장실 앞의 빨래 바구니에 코트를 벗어 던졌다. 물에 젖은 원피스는 몸에 착 달라붙어 그녀의 몸매를 적나라하게 드러냈다. 그녀는 화장실에서 수건을 꺼내서 얼굴을 닦다가 성욱이 아직 문 앞에 서 있는 걸 보고 말했다.

"안 들어오고 뭐하세요."

"발이 젖었는데 괜찮을까요?"

수정은 피식 웃었다.

"저도 젖었어요. 올라오세요."

성욱은 젖은 신발을 벗고 현관의 러그에 발을 문질렀다. 부드럽고 푹신한 털이 발에 닿자 저절로 한숨이 나왔다. 수정이 수건 몇 장을 꺼내 성욱에게 건넸다. 성욱은 그녀의 몸에서 시선을 떼려고 노력했다. 수정은 부르르 떨고선 말했다.

"죄송한데 저 먼저 씻어도 될까요? 좀 춥네요."

"당연히 그러셔야죠. 빨리 들어가세요."

"고마워요. 저 금방 씻을 테니까 잠깐만 기다리세요."

그녀는 욕실로 들어가 문을 닫았다. 성욱은 기다렸다는 듯 재
킷을 벗고 와이셔츠 밑으로 수건을 넣어 배와 등을 문질렀다.
땀이 빗물과 섞여 퀴퀴한 냄새가 났다. 여전히 끈적끈적하지
만 물기라도 없애니 살 것 같았다. 욕실에서 샤워기 트는 소리
가 들렸다. 성욱은 수정의 알몸을 상상했다. 작지만 모양 잡힌
가슴, 매끈하고 단단한 배와 허리에서 골반으로 이어지는 곡선,
매끈한 허벅지 사이의 거웃까지. 옳지 않은 일이란 걸 알지만
자꾸 생각이 미치는 건 어쩔 수 없었다.

집은 작지만 예쁘게 꾸며져 있었다. 전체적으로 엷은 푸른색
벽지를 발랐고 현관 오른편 벽에 연한 회색 2인용 소파가 있었
다. 맞은편의 선반에는 TV와 작은 오디오 스피커가 있었고, TV
뒤 작은 격자 창문을 통해 주택 앞의 가로등 불빛이 어슴푸레하
게 새어 들어왔다. 건물 입구에 세워진 코란도의 앞바퀴가 창문
을 절반쯤 가리고 있었다. 102호라지만 반지하다. 창문 위로 어
딘가 휴양지 바닷가의 사진이 붙어 있었다.

문이 열리고 목욕 가운을 걸친 수정이 걸어 나왔다. 그녀는
머리에 작은 수건을 터번처럼 두르고 있었다. 안색은 여전히 파
리했고 멍은 좀 더 짙어졌지만 표정은 한결 나았다.

"이제 좀 살 것 같네요. 성욱 씨도 얼른 씻으세요."

그녀는 방에 들어가 곱게 갠 옷을 가지고 나왔다. 하얀색 니
트와 물이 빠진 청바지였다.

"씻고 이걸로 갈아입으세요. 좀 크긴 해도 입을 만할 거예요."

"누구 옷인데요?"

"동생요. 지금은 같이 안 살아요."

*

괜한 걸 물었어. 성욱은 수증기로 뿌옇게 된 거울을 문질러 닦으며 생각했다. 그런데 정말 동생 옷일까? 인영의 집에도 성 욱의 옷이 여러 벌 있었다. 그 옷은 어떻게 될까? 인영이 사귀는 어떤 남자의 차지가 될까? 아니면 버릴까? 성욱은 쓴웃음을 지 었다.

거울에 낯선 얼굴이 비쳐 보였다. 흠뻑 젖고 퉁퉁 부은 얼굴. 꼭 다른 사람을 보는 것 같았다. 눈은 생각했던 것보다 훨씬 심 하게 부어 있었다. 다행히 시야가 좁아지긴 했어도 앞은 그럭저 럭 보였다.

치아는 멀쩡한가 싶어 입을 벌리고 안을 살폈다. 오는 내내 입안에 피가 고여 걱정스러웠는데 여러 군데 살점이 떨어져 나 갔지만 상하지는 않았다. 성욱은 손가락으로 입안을 닦아냈다. 타액이 섞인 끈적끈적한 핏물이 타일 바닥에 떨어졌다.

그는 옷을 벗었다. 젖은 옷이 몸에 달라붙어 벗는 게 쉽지 않 았다. 샤워기를 틀자 뜨거운 물이 머리 위로 쏟아졌다. 이마와 목의 상처가 따끔따끔 쑤셨다. 성욱은 절반밖에 남지 않은 손톱 을 입에 넣고 한동안 쪽쪽 빨았다. 혀가 상처에 닿을 때마다 찌

릿함이 느껴졌다.

1, 2분 정도 물을 맞자 통증이 가라앉고 근육이 풀리기 시작했다. 그는 두 손으로 얼굴을 문질렀다. 갑작스레 공포가 밀려들었다. 성욱은 눈을 감고 충격이 가라앉기를 기다렸다. 쇳소리 섞인 욕설, 고통스러운 비명, 급정거하던 차량, 그리고 검붉은 핏물.

괜찮아, 다 지난 일이야. 너 때문에 벌어진 일도 아니고. 시간이 지나면 다 잊게 될 거야. 다른 모든 일이 그렇듯, 서서히 망각으로 넘어가 아주 가끔 툭 하고 떠오르는 정도로만 남게 될 거야.

지금까지는 늘 그랬다. 아무리 아픈 기억도 시간이 지나면 존재마저 흐릿해지고, 가끔씩 그런 일이 있었다고 떠올리며 씁쓸해하게 된다. 하지만 이번에도 그럴까? 그럴 수 있을까?

성욱은 한동안 물을 맞고 있다가 샤워기를 끄고 몸의 물기를 닦았다. 수건에 살짝 피가 묻어났다. 그는 젖은 수건을 빨래함에 쑤셔 넣었다.

수정의 동생은 덩치가 좋은 남자였다. 니트와 바지가 헐렁했다. 바지가 금방이라도 흘러내릴 것 같아 움켜잡은 채 살짝 화장실 문을 밀었다.

수정은 소파에 책상다리로 앉아 담배를 피우고 있었다. 무릎 위에 커다란 곰 인형이 놓여 있었다. 착하게 생긴 곰은 생글생글 웃고 있었고 담배에서는 뿌연 연기가 흘러나왔다. 그녀의 얼굴에 지친 빛이 역력했다. 처음 보았을 때의 씩씩함과 생기는 사라지고 피폐함과 피로가 느껴졌다. 상처 입은 영혼이 기운을 모으기 위해 자기 안으로 침잠해 들어가는 느낌.

성욱은 조심스레 문을 닫았다. 조금 있다가 다시 나가든가, 안에서 그녀를 부르는 편이 나을 것 같다는 생각에서였다. 하지만 수정이 먼저 그를 발견하고 짐짓 꾸민 듯 쾌활한 말투로 말했다.

"다 씻으셨어요?"

"예, 그런데…… 바지가 커서 흘러내리는데요."

"아, 잠깐만요."

그녀는 담배를 비벼 끄고 방에 들어가 허리띠를 가지고 나왔다.

"이걸 써보세요."

버클을 끝까지 당기니 그럭저럭 입을 만했다. 수정은 찬장에서 작은 상자를 꺼냈다.

"이리 와보실래요? 상처에 약 발라드릴게요."

상자 안에는 각종 응급약과 붕대, 가위 등이 들어 있었다. 수정은 솜에 빨간 약을 듬뿍 찍어 성욱의 이마와 눈에 발랐다.

"눈에 약 들어갈 거 같으면 얘기하세요."

그녀의 숨결이 닿자 얼굴이 화끈거렸다. 성욱은 쑥스러움을 감추려고 말을 꺼냈다.

"그런데 뚝섬에는 무슨 일이셨어요? 직장이 그 근천가요?"

"아뇨, 그건 아니고요. 아는 사람과 약속이 있었어요. 갑자기 사고가 터지는 바람에 만나지도 못하고 집에 왔네요."

"지금이라도 연락주셔야 하는 거 아닌가요?"

"문자메시지만 하나 보냈어요. 나중에 전화해서 사과해야죠. 성욱 씨는 거기 무슨 일이셨어요?"

여자 친구에게 차였다는 말은 너무 비참하다. 성욱은 고민 끝에 적당히 돌려 말했다.

"저도 친구 만나러 갔어요. 약속이 펑크 나는 바람에 영화 한 편 보고 나오는 길이었어요."

"어? 나도 영화 봤는데. 어떤 영환데요?"

성욱이 영화 제목을 말하자 수정은 신기한 듯 고개를 갸웃거렸다.

"저도 그 영화 봤어요. 신기한 인연이네요."

사실은 별로 신기한 일이 아니랍니다. 내가 당신을 따라갔으니까요. 성욱은 마음속으로 대답했다.

"집에 구급 키트가 있어서 다행이에요. 홈쇼핑에서 산 건데 이렇게 써보네요. 잠깐만요. 아직 잘 안 붙었어요. 자, 이제 됐어요. 완벽해요."

수정은 반창고를 붙이고는 만족한 얼굴로 손을 탁탁 부딪쳤다.

"거울 볼래요?"

"아뇨, 잘 붙이신 거 같은데요, 뭐. 고마워요, 수정 씨."

"고맙긴요. 이제 저도 발라주세요."

수정은 구급상자를 내밀었다.

"아, 맞다. 그래야죠."

성욱은 솜에 약을 묻히면서 주절주절 말을 늘어놓았다.

"그래도 다행이에요. 상처를 봐줄 사람이 있어서. 이대로 집에 갔으면 혼자서 끙끙 앓았을 거예요. 혼자서 아픈 것만큼 서러운 것도 없는데……."

그때 손등 위로 뜨거운 것이 떨어졌다. 이게 뭔가 하고 고개를 들어보니 수정이 울고 있었다. 성욱은 딱딱하게 굳었다. 내가 뭔가 잘못 말했나? 그는 조심스럽게 말했다.

"수정 씨? 괜찮으세요?"

수정은 어깨를 들썩이며 울었다.

"아직도 무서운데 분하고 억울해요. 처음 보는 놈이 갑자기……. 어떻게 모르는 사람한테 그럴 수가 있죠?"

성욱은 그녀의 어깨를 안고 등을 토닥였다.

"괜찮아요, 괜찮아. 다 끝났어요."

성욱은 그녀의 귓가에 계속해서 괜찮다고 말해주었다. 달리 해줄 말이 떠오르지 않았다. 수정은 성욱의 가슴에 얼굴을 묻고 한참 동안 울었다. 오늘 일뿐 아니라 그동안 쌓인 것들을 몽땅 털어내듯. 잠시 후 진정이 되는지 그녀는 천천히 울음을 그쳤다. 성욱은 수건을 가지러 일어나려 했지만 수정은 성욱의 옷자락을 잡고 놔주지 않았다. 그녀는 성욱의 가슴에 얼굴을 묻은 채 말했다.

"창피해서 그래요. 잠깐 이러고 있어요."

"창피할 일이 뭐가 있어요. 잠깐만 수건 좀 가져올게요."

"안 돼요. 창피해요."

성욱은 고개를 숙여 수정의 얼굴을 보았다. 수정이 움찔 놀라며 시선을 돌렸다.

"얼굴 보지 마요."

성욱은 억지로 수정의 얼굴을 끌어올렸다. 그녀의 눈 가득 눈물이 고여 있었다.

"저 지금 엄청 볼품없죠?"

성욱은 고개를 흔들었다. 부어터진 얼굴에 울고 있음에도 그녀는 아름다웠다. 처음 봤을 때보다 더. 쓸쓸하고 지친 눈빛이 그녀를 더욱 매력적으로 만들어주었다.

"다 괜찮아요. 제가 도와줄게요. 걱정 말아요."

성욱은 수정에게 키스했다. 수정은 처음에 고개를 돌려 피하려 했지만 곧 그를 받아들였다. 성욱은 수정을 꼭 안고 상처 하나하나에 키스해주었다.

4장

추적 1

아파트 단지 놀이터에는 아이 몇 명밖에 없었다. 어린애가 줄어든다더니 그래서 그런지, 아니면 다들 학원 다니느라 바빠 밖에서 놀 시간이 없는 것인지 일도는 알지 못했다. 그는 남들이 모르는 세상의 이면을 많이 알았지만 정작 평범한 세상이 어떻게 돌아가는지는 잘 몰랐다. 은퇴하면 결혼해서 아이를 가지고 싶은 마음은 있었지만 그건 나중 이야기다.

따뜻한 봄날이다. 어제의 봄비가 무색하게 하늘은 구름 한 점 없이 맑아 마치 초여름 같다. 일도는 선글라스를 끼고 114동을 향해 걸음을 옮겼다.

늙은 경비가 수도꼭지에 호스를 연결해 잡목이 우거진 화단에 물을 주고 있었다. 화단의 낡은 팻말에는 '나무가 죽으니 화분의 흙을 버리지 마시오'라는 문구가 적혀 있었다. 일도는 경비에게 경찰 신분증을 보여주며 말했다.

"성동서 장일도 형삽니다."

경비는 안경 너머로 일도를 힐끔 쳐다보더니 반문했다.

"그런데요?"

"여기 이 아가씨 살죠? 사기 사건 용의자인데……."

일도는 이수정의 사진을 경비에게 보여주었다. 경비는 사진을 보고는 고개를 흔들었다.

"처음 보는 얼굴인데?"

그러더니 다시 나무에 물을 주기 시작했다. 까다로운 노인네군. 일도는 마음속으로 혀를 찼다. 어떤 면에선 일반인을 상대하는 일이 깡패를 상대하는 일보다 힘들다. 때릴 수도, 협박할 수도 없기 때문이다. 일도는 부드럽게 말했다.

"그럴 리가 없는데요. 다시 한 번 자세히 봐주시겠어요? 낮에 잘 안 다니고 밤에만 다니는 아가씨라 모를 수도 있습니다만……."

"이름이 뭔데?"

"물론 가명이겠지만 이수정이라고 알고 있는데요."

"그런 사람 여기 안 살아요. 이 아파트에서 경비 일을 3년이나 했는데 어떻게 모르는 사람이 있겠어요. 그것도 이렇게 예쁜 아가씨를. 여기 안 사니까 다시 알아보세요."

일도는 이번에는 남자의 사진을 경비에게 내밀었다. CCTV에 찍힌 모습을 출력한 것이었다.

"그럼 이 남자는요?"

"이 사람도 모르겠는데. 처음 봐."

일도는 얼굴을 찡그렸다. 기사가 동수를 잘못 기억한 걸까? 아니면 경비가 거짓말을 하는 걸까? 둘 다일 가능성도 있었다.

"어제는 몇 시부터 몇 시까지 근무하셨죠?"

"아침 6시부터 저녁 6시까지."

"그럼 밤에 일하신 분은……."

"퇴근했지. 정동호라고 얼마 전에 선생질 그만두고 여기 취직한 친군데 환갑도 안 됐으면서 벌써부터 기력이 딸려서 하룻밤만 새도 맛이 가서 움직이질 못한다니까."

"그분은 언제 출근하죠?"

"내일 아침 6시에 오지."

일도는 머리를 긁적였다.

"그분 연락처를 알 수 있을까요?"

"관리사무소에 가봐. 거기 주소가 있을 테니깐."

그때 다른 경비가 어슬렁거리며 걸어왔다. 귀밑머리만 살짝 남은 대머리 노인이었는데 한 손에는 곤봉을 들고 있었다. 옷차림이나 걸음걸이 모두 훈련소 교관처럼 깐깐하게 느껴지는 남자였다.

대머리 경비가 말했다.

"누구랑 얘기하는 거야?"

"형사님이셔. 사기꾼을 찾고 계신다네. 우리 아파트에 산다는데 난 도통 본 일이 없는 사람들이라 다시 조사해보라고 했지. 맞다, 박 형, 전에 경찰이었다며? 젊은 친구에게 한 수 가르쳐줘."

전직 경찰? 일이 꼬이는군. 대머리 경비가 기수며 소속을 묻기 시작하면 골치 아프다. 그는 노인이 엉뚱한 소리를 하기 전에 사진을 보이며 말했다.

"이렇게 생긴 여자나 남자 못 보셨나요?"

대머리 경비는 곤봉으로 목뒤를 긁으며 사진을 들여다보았다.

"어디서 본 것 같기도 하고 아닌 것 같기도 하고. 왠지 낯이 익긴 한데. 근데 형씨는 어디 소속이야? 형사과? 수사과? 내가 지금은 은퇴했어도 전성기에는 수사과의 스피드 스타라 불린 사람인데. 워낙 발이 빨라서 관내 좀도둑의 씨를 말렸거든."

"아 그러셨군요. 그런데……."

"선배 좋다는 게 뭐야. 내가 도와줄게. 그런데 이 아가씨가 무슨 짓을 저질렀는데? 제보받고 온 거야? 누가 제보했어?"

일도는 상냥하게 대답했다.

"아직 수사 중인 일이라 알려드리기 곤란하네요."

대머리 경비가 갑자기 감탄사를 내뱉었다.

"아하, 알았다. 밤에 봤던 사람들이구먼."

"보셨다고요?"

"그래, 9시였나 10시였나. 아무튼 순찰 돌고 있는데 이 두 사람이 지나가더라고. 흠뻑 젖은 게 사람 몰골이 아니던데. 괜찮냐고 물어보려다 사랑싸움이라도 한 것 같아서 그만뒀지."

"어디로 갔죠?"

"저기."

대머리 경비가 단지 밖으로 나가는 계단을 가리켰다. 계단 아래로 크고 작은 단독주택들이 빽빽하게 들어차 있는 것이 보였다. 재개발을 앞두고 있는 구불구불한 골목과 낡은 연립주택들. 하꼬방처럼 작은 집들에 얼마나 많은 사람들이 살고 있을지 모른다.

일도는 혀를 찼다. 빌어먹을 연놈들. 깡통인 줄 알았더니 제법 머리를 쓸 줄 아는군. 추적을 피하려고 집에서 멀찌감치 떨어진 곳에 내린 게 틀림없다.

문제는 저런 재개발구역에 CCTV가 제대로 설치되어 있을 리 없다는 것이다. 몇 년 내에 다 허물고 아파트를 지을 곳에 뭐 하러 돈을 쓰겠나? 기껏해야 주차 문제로 연립주택 앞에 한두 대 설치한 게 고작일 것이다.

그럼 이제 어떡하나…….

일도는 수염이 자란 턱을 문지르며 궁리했다.

사실 방법은 얼마든지 있었다. 연립주택을 한 곳, 한 곳 찾아다니며 CCTV를 확인, 연놈들의 동선을 추적할 수도 있고, 주택가의 슈퍼와 편의점 등을 돌며 탐문 조사를 할 수도 있다. 시간과 비용이 문제일 뿐.

남익 선배는 늘 말했다. 발로 뛰지 말고 머리를 쓰라고. 그래야 일이 편해지고 결과도 좋다고. 일도는 차에 올라타 햇볕에 미지근해진 생수를 마시며 앞으로의 계획을 다듬었다. 다시 말하지만 방법은 얼마든지 있다. 그중에 어떤 방법이 가장 효율적인지 생각해야 할 때였다.

5장

교감

성욱은 악몽을 꾸다가 잠에서 깼다. 죽은 자들에게 저주받는 꿈, 산 자들에게 쫓기는 꿈. 땀으로 범벅이 되어 눈을 떴을 때 창밖으로 파란 하늘이 보였다. 수정은 바로 옆에서 그의 팔에 머리를 묻고 잠들어 있었다. 꿈이었구나. 하지만 곧 어제 있었던 일은 꿈이 아니라는 사실이 떠올랐다. 누군가 죽었고 다른 누군가 다쳤다. 온몸이 땀으로 축축했다. 성욱은 시간을 확인하려고 몸을 일으켰다. 수정이 졸린 목소리로 물었다.

"왜요?"

"아무것도 아니에요."

"좀 더 자요."

"예, 그래요."

성욱은 수정의 하얀 어깨를 쓰다듬었다. 곧 그녀는 다시 잠들었고, 새근거리는 낮은 숨소리가 들렸다. 성욱은 수정의 어깨에서 손을 떼지 않고 가만히 있었다. 그녀의 몸에서 흘러나오는 온기와 부드러운 피부의 촉감에 미친 말처럼 뛰던 심장이 서서히 가라앉았다.

성욱은 전날 밤에 있었던 일을 곱씹었다. 그는 수정과 섹스를 하고 소파에 누워 늦은 시간까지 이런저런 이야기를 나눴다. 두려움, 공포에 대한 이야기들. 성욱은 자신에 대해 솔직하게 털어놓았다. 지금까지 했던 수많은 걱정들. 겁나서 하지 못한 일들. 그러면서 품었던 분노. 스스로에 대한 실망. 그중에는 마음 한구석에 늘 품고 있던 후회도 있었다.

"저도 그래요. 다만 전 약한 모습을 남들에게 보이지 않으려고 갑옷을 두르고 있었을 뿐이죠······."

"수정 씨는 강한 분 같은데요."

"아니에요."

수정은 잠시 침묵하다 말했다.

"무서워서 그랬어요."

"뭐가요?"

"성욱 씨가 경찰한테 가야 되는 거 아니냐고 했을 때 그냥 가자고 한 거요. 그 자식 그냥 두면 안 된다는 생각은 드는데 발이 떨어지질 않았어요. 그 자식 얼굴을 다시 볼 용기가 안 났어요. 무서우니까 무서운 상황을 아예 만들고 싶지 않은 거죠."

수정은 사실 겁이 많다고 고백했다. 택시 기사에게 엉뚱한 주소를 말한 것도 오래전에 생긴 습관이라고 했다.

"옛날에 작은 주공 아파트에 혼자 산 일이 있어요. 스물두셋

됐나? 밤늦게까지 일을 하고 피곤에 절어서 택시를 타고 집에 오는데 기사 아저씨가 계속 말을 거는 거예요. 무슨 일을 하느냐? 남자 친구는 있나? 집에는 혼자 사나? 피곤하기도 하고 그만하라고 말하기도 뭐해서 적당히 대답해줬죠. 집에 들어가려는데 기사 아저씨가 자기랑 연애나 한번 하면 어떻겠냐고 묻더군요. 자기가 엄청 잘한다나 뭐라나. 어이없죠? 화를 내고 집으로 들어갔죠. 엘리베이터에서 내려서 복도로 나가는데 왠지 기분이 이상한 거예요. 목덜미가 오싹하고 다리에 힘이 풀리는 느낌? 난간을 잡고 서서 심호흡을 하는데 주차장에 택시가 있었어요. 아직 떠나지 않고 다른 차들 사이에 끼어 불까지 끄고서. 너무 놀라서 소리를 지를 뻔했어요."

"그래서요?"

"쪼그려 앉아서 계속 주차장을 훔쳐봤죠. 차를 세우고 어딜 간 걸까? 아니면 이 근처에 사나? 별별 생각이 다 들었어요. 배는 고프고 다리도 아프고. 그냥 집에 들어갈까 고민할 때 다른 차 한 대가 주차장으로 들어섰죠. 헤드라이트 불빛이 택시를 비췄는데 어땠는지 아세요?"

"어땠는데요?"

"캄캄한 차 안에서 기사 아저씨가 제가 있는 아파트를 노려보고 있었어요. 제가 몇 호에 사는지 들어갈 때까지 기다리고 있었던 거죠."

"그래서요?"

"별거 없어요. 복도에 쪼그려 앉아 5분 정도 더 기다렸더니 포기했는지 택시를 몰고 떠나더군요."

"진짜 수상한 놈인데요? 그러고 가만히 계셨어요? 경찰에 신고한다든가 해야 하는 거 아니에요?"

"신고했어요. 제가 무사히 들어가는지 확인하고 가려고 그랬다고 했대요. 그렇게 흐지부지 되긴 했는데 그 뒤로 한동안 집에 들어갈 땐 꼭 주위에 아무도 없나 확인해요. 엘리베이터를 탈 때도 수위 아저씨 있을 때만 타고."

"고생 많으셨어요."

"그때 기억 때문인가, 다음부터 택시 탈 때는 집에서 약간 떨어진 데서 내려달라고 하게 돼요. 연립주택은 더 위험하니까. 집에도 항상 불을 켜두고요. 안에 사람이 있는 것처럼 보이려고 커다란 곰 인형도 창가에 두고요."

성욱은 문을 열었을 때 거실 조명과 TV가 켜져 있었음을 떠올렸다. 씻고 나왔을 때 수정이 커다란 곰 인형을 안고 있었던 것도. 지금은 곰 인형 대신 성욱을 안고 있었지만.

수정이 속삭였다.

"이제 성욱 씨 이야기를 해줘요."

"예? 어떤 이야기를요?"

"아무 이야기나 좋아요. 성욱 씨에 관한 이야기라면."

성욱은 망설이다가 이야기를 꺼냈다. 인영과의 연애에 대한 이야기. 아무에게도 하지 않았지만 누구에게든 하고 싶었던 이야기였다. 인영과는 대학교 새내기로 처음 만났다. 오리엔테이션 때 옆자리에 앉으면서 가까워졌는데 그 뒤로 교양 수업까지 같이 들으며 쭉 함께 다녔다. 처음부터 사귄 건 아니었다. 오히려 인영은 성욱에게 각종 소개팅이며 미팅을 주선해주었다.

여자에게 차이고 슬퍼할 때 너 괜찮은 놈이니까 걱정 말라고, 더 좋은 애 소개시켜주겠다고 큰소리치던 것도 인영이었다. 그렇게 인영이 소개해주는 여자들을 몇 만나며, 성욱은 깨달았다. 자신에게 정말 소중한 사람이 누군지. 평생의 용기를 다 모은 심정으로 고백한 뒤 7년 넘게 만나면서 많이도 싸우고 많이도 화해했다. 그러다 결국 완전히 차이고 말았지만.

"안 좋은 일만 있었죠, 뭐."

수정이 성욱의 가슴을 꼬집었다. 꽤나 모질게 꼬집어서 성욱은 비명을 질렀다.

"아얏! 왜 그래요?"

"저 만난 것도 안 좋은 일이에요?"

"그건 아니고요. 그러니까……."

성욱은 말을 길게 끌며 적당한 단어를 생각했다. 수정을 세 번이나 우연히 마주쳤을 때 느꼈던 감정.

"운명요. 그런 느낌이 들어요."

말을 하고 나니 정말 그렇다는 생각이 들었다. 운명. 인영과 헤어지고 수정을 만나고 평생 처음으로 용기를 낸 일까지 전부 지금까지와 다른 인생을 살게 될 그의 운명인지도 몰랐다.

"그럴까요? 그런데 성욱 씨 정말 재미없는 사람이에요?"

"조금 그렇죠, 뭐."

"이상하다? 재미있을 거 같은데. 그리고 성욱 씨는 용기 있잖아요. 깡패한테 그렇게 달려들 만큼 용기 있는 사람이 얼마나 되겠어요?"

"솔직히 그건 실수였어요. 다음에는 절대 안 그럴걸요?"

"그렇지 않아요. 한 번 용기를 낼 수 있는 사람은 열 번, 스무 번도 낼 수 있어요. 스스로를 낮게 생각하지 마세요. 성욱 씨는 진짜 괜찮은 사람이에요."

"고마워요."

수정은 성욱의 품속으로 파고들었다.

"저 졸려요. 조금만 잘게요. 저 잘 때까지 잠들면 안 돼요."

"알았어요. 안 잘게요."

10분이 지나지 않아 수정은 잠이 들었다. 성욱은 수정의 머리를 쓰다듬으며 그 천사 같은 얼굴을 바라보고만 있었다.

*

그러다 깜빡 잠이 들었던 모양이다. 악몽만 꾸다 깬 셈이라 여전히 피곤하긴 했지만 아예 자지 않은 것보단 한결 나았다. 성욱은 수정이 깨지 않도록 조심하며 침대에서 내려와 화장실에 갔다.

세수를 하는데 뭔가가 손이 걸렸다. 거울을 보니 눈과 이마에 반창고가 붙어 있었다. 수정이 붙여준 반창고였다. 표면에 미키 마우스가 그려져 있었다. 어젯밤은 경황이 없어 그림이 있다는 것도 몰랐다.

미키마우스는 활짝 웃고 있었다. 그를 보며 미친놈처럼 웃던 뿔테 안경이 떠올랐다. 성욱은 어제 일을 머릿속에서 지우려 노력했다.

그가 화장실에서 나왔을 때 수정은 어느새 잠에서 깨 옷을 챙겨 입고 화장을 하고 있었다. 그녀는 성욱에게 가볍게 키스하곤 말했다.

"잘 잤어요?"

"예, 잘 잤는데 어디 가셔야 돼요?"

"회사요."

"회사 안 나가면 안 돼요? 오늘은 집에서 쉬는 게 좋을 거 같은데요."

그녀는 고개를 흔들었다.

"갑자기 그럴 수가 없어요. 교대 근무를 하는 회사라서 빠지더라도 나가서 다음 근무자가 올 때까진 기다려야 해요. 성욱 씨야말로 좀 쉬세요. 금방 다녀올 테니까. 이따 같이 밥이나 먹어요."

성욱은 고개를 흔들었다. 집에 혼자 있고 싶진 않았다. 뿔테 안경의 망령이 그를 괴롭힐 것이었다.

"아니에요, 저도 회사에 나가봐야죠."

"그럼 같이 나가요. 성욱 씨 옷은 제가 빨아둘 테니까 오늘은 제 동생 옷 입고 가요."

수정은 야구 모자에 선글라스, 그리고 약간 펑퍼짐한 느낌의 미니 원피스에 레깅스를 입고 면 점퍼를 걸쳤다. 모자와 안경 덕에 얼굴이 상당 부분 가려져 별로 다친 느낌이 들지 않았다. 그에 비해 성욱은 오가는 사람들이 모두 저 새끼 어제 술 먹고 싸웠나 보다, 라고 추측할 만큼 얼굴이 퉁퉁 부어 있었다. 컨디션도 영 좋지 않았다. 온몸이 욱신욱신 쑤시고 다리가 무거운 것이 10라운드 권투 시합을 뛴 기분이었다.

수정은 괜찮은 걸까? 그녀가 훨씬 심하게 충격을 받았을 텐데. 성욱은 걱정스러운 눈으로 그녀를 바라봤다. 하지만 겉보기에 수정은 아무렇지 않은 듯 보였다. 그녀는 오히려 성욱의 신발을 보고 혀를 찼다.

"그러고 보니 갈아 신을 신발이 없네요. 많이 축축하죠?"

"아니에요. 거의 말랐어요."

하지만 수정은 고개를 설레설레 흔들었다.

"모양이 망가져서 어차피 더 못 신겠어요. 지금 바로 출근해야 되는 거 아니죠? 집 근처에 신발 가게가 있으니까 거기 들러요."

지하철역 근처에 대형 신발 마트의 체인이 있었다. 두 사람은 마트를 돌며 진열된 상품을 살폈다. 나이키나 아디다스 같은 유명 브랜드부터 성욱은 처음 들어보는 생소한 이름의 브랜드도 있었다.

마트를 한 바퀴 돌자 입구가 다시 나왔다. 수정이 물었다.

"마음에 드는 게 없으세요?"

"아니, 그런 게 아니라······."

성욱은 머리를 긁적였다. 그는 쇼핑에 익숙하지 않았다. 어릴 때는 엄마가 사주는 대로 입었고 나이를 먹고서는 인영이 골라주는 대로 입었다.

"사이즈가 어떻게 되는데요?"

"270요."

"끈 있는 게 좋아요? 없는 게 좋아요? 정장보다는 캐주얼을 많이 입으시는 거죠? 그럼 끈이 없는 편이 낫겠네요. 참, 색깔은 어떻게 할까요? 검정색? 갈색? 여기 파란색 로퍼 예쁘지 않아요?"

폭풍우처럼 쏟아지는 질문 끝에 성욱은 간신히 대답했다.

"예쁘네요."

수정은 점원에게 파란색 로퍼를 보여주며 말했다.

"이 신발요. 270 사이즈 좀 볼 수 있을까요?"

판매원은 성욱을 힐끔 쳐다보곤 말했다.

"남자 친구분이 신으실 건가 보죠?"

"예."

수정이 아무렇지 않은 얼굴로 대답했다. 성욱은 가슴이 두근거림을 느꼈다. 판매원은 창고에 들어가 구두를 꺼내 왔다. 약간 뻣뻣하긴 했지만 딱 맞았다. 무엇보다 수정이 골라준 거니까. 수정은 성욱의 구두를 쓰레기통에 버렸다.

두 사람은 지하철역으로 들어갔다. 성욱이 물었다.

"그런데 어떤 회사에 다니세요?"

"그냥 뷰티숍이에요. 마사지, 사우나, 스파, 체형 관리, 아무튼 여자 몸매 관리에 관련된 건 전부 다 해요. 거기서 홍보 담당으로 일하고 있어요. 왜요? 놀라셨어요?"

"조금요. 어떤 회사를 다닌다는 걸까 고민해봤는데 그쪽은 전혀 생각 못했어요."

"그럼 어떤 생각을 하셨죠?"

"솔직하게 말해도 되나요?"

"그럼요."

"처음에는 패션 관련 일을 하는 게 아닐까 했어요. 모델이라든가 아니면 패션 디자이너? 요새는 디자이너도 예쁜 분이 많다고 하니까. 그런데 교대 근무를 하신다니 그건 아닌 것 같고……."

"지금 아부하시는 거죠?"

"아뇨, 절대 아닌데요."

성욱은 손사래를 쳤다. 수정은 말했다.

"사실은 저 연예인, 아니 그보다는 지망생이라고 해야 되나. 아무튼 그쪽 일을 조금 하긴 했어요."

"정말요?"

"예, CF랑 드라마도 몇 편 찍었어요. 다 주인공 뒤에 슬쩍 지나가는 단역이었지만. 대사 한두 마디가 고작인."

"아, 그런데 지금은 안 하시는 거예요?"

"그만뒀어요. 나이는 먹어가는데 배역이 안 들어와서요. 그쪽 일이 화려해 보이긴 해도 일이 없으면 그냥 백수거든요. 캐스팅 매니저가 저한테 그랬는데, 아, 이런 말 해도 되려나?"

수정은 쓸쓸하게 웃었다.

"해보세요."

"예쁘긴 한데 주연 얼굴이 아니라고. 이 바닥은 열심히 한다고 성공하는 게 아니라고. 어느 정도는 타고나는 거라고. 주인

공을 하는 사람 얼굴이 따로 있대요. 그래서 그만뒀어요. 이런 저런 일 해보다가 결국에 뷰티숍에 취직한 거죠, 뭐. 어쨌든 먹고살아야 하니까."

"다들 그렇죠."

성욱은 중얼거렸다. 그도 고시 준비를 하다 취직했다. 나이를 먹을수록 먹기 위해 산다는 말을 실감한다. 그가 아는 사람 중에도 하고 싶은 일을 하며 사는 사람은 많지 않다. 그래도 중간에서 포기했다는 사실에 열패감을 느낄 때가 있었다.

"성욱 씨는 무슨 일을 하세요?"

수정의 목소리가 상념을 깼다. 성욱은 정신을 차리고 입을 열었다.

"출판사에 다녀요. 저, 여기……."

성욱은 지갑에서 명함을 꺼냈다. 어젯밤 비 때문에 명함까지 너덜너덜해져 있었다. 이런 걸 줘도 되나 싶을 때 수정이 명함을 들여다보고는 감탄사를 내뱉었다.

"역시, 성욱 씨 인텔리인 줄 알았어요. 감이 왔다니까요."

"그런 거 아니에요. 출판사 다니면 인텔린가요?"

"그렇지 않나요? 많이 배운 사람들하고 일하실 거고 책 많이 팔리면 돈도 많이 받을 거 아니에요."

"요즘은 책이 많이 안 팔리는 시절이라서요."

출판사 종사자들이야말로 상병신에 돈 한 푼 없는 잉여들이라는 말이 목구멍까지 나오는 걸 참았다. 많은 사람들이 책을 낸다는 것에 대해 경외심을 가지고 있지만 실제로는 힘들고 비루한 일에 불과했다.

"어떤 책을 내셨어요?"

"말해도 잘 모르실 거예요. 그냥 아는 사람만 읽는 그런 책이니까."

"말해보세요. 혹시 모르잖아요. 저 의외로 책 많이 읽어요."

"주로 처세술 종류인데. 나중에 책 가져다드릴게요."

성욱은 갑자기 걸음을 멈췄다. 지하철 가판대에 신문이 쌓여있었다. 혹시 어제 사건에 관한 기사가 나지는 않았을까. 수정과 웃으며 이야기를 나눠도 머릿속에선 계속 어제 사건이 어른거렸다. 하지만 괜히 신문을 뒤적여 수정을 괴롭히고 싶지 않았다.

"신문에 기사가 났을까요?"

성욱은 수정을 돌아보았다. 조마조마한 얼굴. 그녀 역시 어제 일을 생각하고 있었던 것이다. 성욱은 고개를 끄떡였다.

"가능성 있죠."

두 사람은 신문을 사서 한 장, 한 장 기사를 넘겨보았다. 뇌물을 먹은 국회의원에 관한 기사와 북핵 관련 육자회담 기사가 두 면씩 이어져 있었다. 사회면 하단에 짧은 기사가 있었다.

뚝섬역 사거리에서 트럭과 승용차 간의 추돌 사고가 발생, 승용차를 몰던 이성보 씨(24세)가 숨졌다. 이성보 씨는 도로변에서 차에서 내리려다 뒤따라온 트럭에 변을 당했다. 트럭을 몰던 이 모씨(42세)는 혈중 알콜 농도 0.01퍼센트의 만취 상태에서 차를 몰다 사고를 낸 것으로 밝혀졌다. 검찰은 이 모씨에게 구속영장을 청구하고 승용차에 동승하고 있던 방태수 씨(33세)와 목격자들의 증언을 토대로 정확한 사고 원인을 조사 중이다.

역시 죽었군. 성욱은 가슴이 답답해졌다. 예상한 일이긴 했다. 트럭에 부딪혀 10여 미터를 끌려가고도 살아 있다면 그게 이상한 일이니까. 하지만 혹시 모른다는 기대를 품고 있었다. 그는 기사를 몇 번이고 반복해서 읽었다. 트럭 기사가 취해 있었다고? 하긴 너무 간단하게 사람을 들이받긴 했다. 덩치가 갑작스럽게 차도로 뛰어나온 건 사실이지만 그렇게까지 될 일은 아니었다.

수정이 불쑥 입을 열었다.

"다행이네요."

"뭐가요?"

"우리에 대한 이야기가 없잖아요."

성욱은 가슴이 서늘해졌다. 사람이 죽은 일보다 그 생각이 먼저 든 걸까? 이해가 안 가는 건 아니지만 왠지 신경이 쓰였다. 그는 망설이다 말했다.

"경찰에 가봐야 되는 게 아닐까요?"

"왜요?"

그녀는 계속 기사를 들여다보며 반문했다.

"트럭 운전사만 처벌받고 끝날 수가 있잖아요. 정작 나쁜 놈은 풀려나고……. 그러니까 그 뿔테 안경을 낀……."

"여기 이름이 있네요, 방태수."

"그래요, 방태수. 우린 목격자에 피해자니까 가서 무슨 일이 있었는지 확실히 말해줄 수 있잖아요."

"전 싫어요."

"왜요?"

"싫으니까요."

"예?"

그녀가 갑자기 고개를 쳐들며 말했다.

"어제 말했잖아요. 저, 지금도 충분히 힘들어요. 어제 있었던 일들, 전부 잊고 싶어서 미칠 것 같아요. 회사에 간다고 집을 나온 게 얼마나 마음 독하게 먹고 한 일인지 아세요? 그런데 경찰에 가자고요? 그래서 그 빌어먹을 자식 얼굴 한 번 더 보라고요?"

"하지만……."

"성욱 씨가 경찰서에 가는 건 상관하지 않을게요. 하지만 저더러 가자고는 하지 마세요. 그리고 경찰한테 제 이야기도 하지 마세요."

성욱은 더듬더듬 말했다.

"미안해요. 제가 괜한 얘길 했나 봐요."

수정은 고개를 숙이고 있다가 한숨을 쉬었다.

"아니에요, 성욱 씨도 많이 생각하고 하는 얘긴 거 알아요. 제가 제 생각만 하고 있다는 것도 알고요. 하지만 전 싫어요. 이해해주세요."

그때 열차가 도착했다. 수정은 고개를 숙여 인사를 건네고는 차에 올랐다. 문이 닫히고 열차가 떠났다. 성욱은 수정에게 한 말을 후회했다. 네가 언제부터 그렇게 정의롭고 용감한 놈이었다고 그런 쓸데없는 소리를 해.

*

성욱이 집에 들렀을 때 기찬은 침대에 대자로 뻗어 정신없이 자고 있었다. 인기척에 살짝 눈을 뜨더니 성욱의 얼굴을 확인하고는 졸린 목소리로 물었다.

"지금 몇 시냐?"

"알면 뭐하게. 더 자라."

"짐승 같은 놈. 아무리 섹스가 좋아도 그렇지⋯⋯. 여태 하다가 온 거냐. 인영이 걔는 나한테는 여자도 안 소개시켜주고⋯⋯."

기찬은 잠이 덜 깬 목소리로 말하며 반대쪽으로 돌아누웠다. 침대 아래로 낡은 법학서와 연습장이 굴러다녔다. 기찬은 룸메이트이자 대학 동기로, 지금껏 사법 고시에서 낙방을 거듭하고 있는 백수다.

성욱이 취직한 이후 혼자 도서관에 다니며 공부하고 있다. 부모님이 잘살아 돈 걱정 없이 시험 준비는 하는데, 성적을 보면 합격 가능성은 그리 높지 않았다. 하지만 잘 안 되면 로스쿨에 들어가도 되고, 아버지 건물 관리를 해도 된다며 별걱정 없이 살았다.

"헛소리 말고 자라."

"헛소리가 아니라……."

기찬은 갑자기 벌떡 일어나 성욱의 얼굴을 바라보았다.

"근데 너 얼굴이 왜 그러냐? 눈탱이가 아주 밤탱이가 됐네."

"좀 맞았어."

성욱은 부은 눈을 손으로 가리며 말했다. 기찬은 벌써 잠이 깼는지 팬티 바람으로 거실을 가로질러 성욱 얼굴을 이리저리 살폈다.

"그거야 보면 알지. 누구한테 맞았냐? 그보다 경찰서엔 신고 했냐? 진단서는 뗐어?"

"잘 합의 봤어."

"합의는 무슨. 너도 걔 때렸어? 그랬을 리가 없잖아. 너처럼 마음 여린 놈을 내가 본 일이 없는데. 몸도 약하고. 최소한 3백 은 벌 수 있겠다. 지금이라도 병원에 가자. 뒤처리는 내가 다 알 아서 할 테니까. 나 법 배운 놈이야. 알지?"

"나도 배웠어."

"넌 현업에서 떠난 지 오래됐잖아. 반반. 오케이?"

"나도 때렸어."

성욱은 냉장고에서 우유를 꺼내 마셨다. 입안이 쓰라렸다.

"진짜? 어떤 놈이었는데? 인영이가 예쁘다고 누가 집적거렸 냐? 참, 인영이는 괜찮아? 걔 성깔 있잖아."

"헤어졌다."

"뭐? 누가 뭐랑 헤어져?"

"인영이랑, 헤어졌다고."

성욱은 더 말하지 않고 방에 들어가 교정지를 챙겼다. 거울에 퉁퉁 부은 눈과 잘 익은 사과 같은 불그스름한 상처가 비쳤다. 갑자기 현기증이 몰려왔다. 두려움 때문일까. 수정과 함께 있을 땐 이렇지 않았는데.

기찬이 문 앞에 기다리고 있다가 질문을 쏟아냈다.

"무슨 소리야? 인영이랑 헤어지다니? 왜? 너희 좋아 죽고 못 사는 커플이었잖아."

성욱은 한숨을 쉬었다. 어젯밤 일의 충격 때문일까. 인영을 까맣게 잊고 있었다. 하지만 기찬에게 어제 무슨 일을 겪었는지 설명하고 싶지 않았다. 그는 짧게 말했다.

"인영이가 헤어지재."

기찬은 심각한 표정으로 물었다.

"걔가 때렸냐?"

"무슨 개소리야. 조용히 끝냈어. 이건 딴 일이고."

"그래, 그럴 리 없지. 지성인들이. 허허허!"

기찬은 어색하게 웃었다. 기찬과 인영, 그리고 성욱은 함께 대학을 다녔다. 인영은 대학 재학 중에 사법 고시를 통과해 검사가 되었고, 기찬은 지금껏 고시 공부를 하는 중이며, 그는 취업했다. 몇 년 전만 해도 같은 자리에 있던 친구들인데 지금은 각자 전혀 다른 곳에 있었다. 기찬은 말했다.

"세상일 모르는 거라더니. 인영이도 결국 마음 변했구나. 하긴 좋은 데서 선보자고 얼마나 말이 많겠냐? 괜찮아, 자식아. 세상 안 끝났어. 만나면 헤어지고 사는 게 다 그런 거지. 출세해서

갚아주면 돼."

"어깨 아파. 치지 마."

"조금만 기다려라. 내가 사법 고시만 통과하면 이제 고생 끝, 행복 시작이야. 나중에 정계에 진출해서 고무신 거꾸로 신는 여자애들 감옥에 넣는 법안 발의할 거니까."

"알았다. 기대하마. 근데 나 바빠서 가봐야겠다."

"출근? 그 꼴이 돼가지고? 병원에 가야지."

"가다가 들르려고."

성욱은 가방에 교정지를 쑤셔 넣으며 현관으로 나갔다. 쉬고 싶은 마음이 간절했지만 출간 일정이 잡힌 책이 있어 그럴 수 없었다. 쉬더라도 교정지는 출판사에 가져다줘야 했다.

기찬이 복도까지 따라 나오며 말했다.

"근데 누구랑 싸운 거냐?"

"뭐?"

"인영이랑 싸운 거 아니면, 누구랑 싸운 거냐고."

"나중에 얘기해줄게. 나 간다."

6장

추적 2

일도는 CCTV 영상을 다시 확인했다. 어둑어둑한 골목, 남자
가 뛰어들고 얼마 후 여자가 나타났다. 여자는 비틀거리며 골목
에 들어서 얼마간 망설이다가 안으로 천천히 걸음을 옮겼다. 일
도는 화면을 뒤로 돌렸다가 다시 플레이 했다.

이번에는 2분의 1 속도로 느리게.

여자가 걸음을 내디뎠다. 골목 한쪽에 맥주 상자가 쌓여 있
다. 겁이 나는지 다리가 아픈지, 여자는 움직이지 않고 그 옆에
살짝 웅크렸다. 그러다 천천히 일어나 다시 골목으로 들어갔다.

일도는 생각에 잠겼다. 처음에는 골목에 들어가도 될까, 망설
이는 것으로 봤는데 지금 다시 보니 그게 아니었다. 그녀는 맥
주 상자 옆에서 뭔가를 했다. 하지만 화면이 흐릿한 데다 카메
라에 걸치듯이 잡혀 무얼 하는지는 알 수 없었다.

일도는 처음부터 다시 플레이 해보았다. 남자가 뛰어들고 여

자가 나타났다. 비틀거리며 골목으로 들어가고…… 잠깐!

일도는 화면을 뒤로 돌렸다. 그리고 여자의 손을 주시했다. 그녀의 손에 핸드백이 들려 있었다. 일도는 화면을 10여 분 후로 건너뛰었다. 남녀가 손을 잡고 골목 밖으로 나왔다. 여자는 빈손이었다. 가방이 사라졌다. 빌어먹을. 진작 알아차렸어야 했는데.

일도는 노트북을 끄고 자동차의 시동을 걸었다. 여자는 골목 입구 맥주 상자 사이에 가방을 감췄다.

무거워서 그런 건 아닐 것이고.

그 안에 뭔가가 들어 있는 게 틀림없다. 중요한 물건이라면 다시 찾으러 가겠지. 그는 시계를 보았다. 운이 좋으면 여자와 마주칠 수 있을지도 모르겠군.

*

일도는 맹렬히 차를 몰아 목적지에 도착했다. 과속 카메라에 몇 번이나 걸렸지만 상관하지 않았다. 여자만 잡을 수 있다면 수십 배 이상 이익이라는 사실을 알기 때문이다.

그는 차에서 내려 골목으로 뛰었다.

가방에 뭐가 들어 있을까? 아마 지저분한 어떤 것이겠지. 그는 늙은 회장이나 야비한 비서가 하는 말을 하나도 믿지 않았다. 입주한 지 얼마 되지도 않은 사무실을 정리하는 꼴을 보란 말이다. 놈들은 분명 겁에 질려 있었다.

가방 속에 든 물건에 그 이유가 있을 것이다. 아마도 정신 나간 아들놈이 정신 나간 짓을 벌인 거겠지.

일도와는 상관없는 일이었다. 그가 할 일은 여자를 잡아 가는 것이지, 놈들이 무슨 짓으로 돈을 버는지 알아내는 것이 아니었다.

그는 자신에게 필요한 사항 외에는 알려고 하지 않았다. 더 많은 걸 알면 욕심이 생기기 마련이고 그러면 일이 틀어지는 걸 알기 때문이다. 남익 선배가 말한 대로 '맡은 일이 우선'이었다.

물론 이번 일의 경우에는 욕심이 생기는 게 사실이었다. 남익 선배를 생각하면 더욱더. 오래전 선배는 방 노인을 쫓다가 죽었고, 그는 일자리를 잃고 해결사가 되었다. 어찌 보면 이렇게 다시 만난 것도 운명이었다.

골목에는 여전히 맥주 상자가 쌓여 있었다. 일도는 상자 사이를 뒤져 여자가 감춘 가방을 찾을 생각이었다. 하지만 그럴 필요 없었다. 물에 흠뻑 젖어 더러워진 가방은 상자 위에 얌전히 놓인 채 텅 빈 배 속을 드러내고 있었다. 그가 오전에 이곳을 찾았을 때만 해도 가방은 그 자리에 없었다. 여자가 와서 필요한 물건을 챙겨 갔다는 뜻이었다.

일도는 머리를 굴렸다. 언제 왔을까? 떠난 지 얼마 지나지 않았다면 잡을 수 있지 않을까? 그는 시간 낭비하지 않고 돌아서서 뛰었다. 거리는 사람들로 붐볐다. 그는 행인들 사이를 지나쳐 큰길로 나갔다.

사거리에서 택시를 탔을까? 아니면 차를 몰고 왔을까?

그는 사고 현장으로 달리다가 걸음을 멈췄다. 꺼림칙해서라도 사람이 죽은 장소를 지나치기는 싫었을 것. 반대쪽으로 움직였을 가능성이 높았다.

그렇다면……. 그는 고개를 들었다.

머리 위에 열차가 지나가고 있었다. 지하철을 탔겠군.

그는 개찰구를 지나 열차가 들어오는 통로로 나갔다. 평일의 한낮이라 사람은 그리 많지 않았다. 일도는 주위를 둘러보며 통로를 지나갔다. 공중전화, 매점, 잡담을 나누는 학생 두엇. 하지만 여자는 보이지 않았다.

삐이익! 요란한 벨소리와 함께 안내양의 목소리가 들렸다. "지금 열차가 들어오고 있사오니 손님 여러분께서는 안전선 밖으로……"

일도는 맞은편 통로에 시선을 주었다.

여자는 거기 있었다. 그녀는 야구 모자와 큼지막한 선글라스로 얼굴을 한껏 가리고 한쪽 어깨에 백팩을 메고 있었다. 얼굴이 잘 보이진 않았지만 일도는 그녀가 누군지 한눈에 알아볼 수 있었다. 덜컹. 열차에서 들리는 소리인지 심장에서 들리는 소리인지 일도 자신도 알 수 없었다. 그는 큰 소리로 외쳤다.

"이수정!"

여자가 고개를 들어 일도를 쳐다보았다. 오케이. 제대로 찾았군.

"그 여자야! 잡아!"

일도는 지하철이 쩌렁쩌렁 울리도록 소리쳤다. 수정 오른편에 선 젊은 남자에게 마구 손짓까지 해가며. 물론 모르는 남자였다. 수정이 겁먹고 역 밖으로 도망치게 만들 생각이었는데, 그녀는 미동도 하지 않고 일도를 빤히 쳐다보기만 했다. 심지어 누가 옆에 있는지 돌아보지도 않았다. 오히려 주위에 선 사람들이 놀라 물러섰다.

보통내기가 아니군. 일도는 생각했다. 수정은 그가 허풍을 떨고 있음을 알고 있었다. 열차가 두 사람 사이를 가로질렀다. 창문 사이로 여자의 얼굴이 보였다가 사라지기를 반복했다. 수정은 아무렇지 않게 열차에 올랐다. 유리문 너머로 그녀가 보였다. 선글라스를 끼고 있어서 표정은 알 수 없었다. 일도는 손을 들어 수정을 가리키고 총을 쏘는 시늉을 했다. 다시 만날 때는 이렇게 쉽게 끝나지 않을 거다. 수정의 입꼬리가 살짝 올라갔다.

열차는 점점 멀어졌다. 일도는 손을 내렸다. 겁을 먹고 개찰구 쪽으로 도망치면 뒤쫓아 잡을 생각이었는데, 그가 허풍을 떨고 있다는 걸 단번에 알아차리다니. 쓸데없이 얼굴만 보여준 셈이 됐다. 마지막에 빈총을 쏘는 시늉을 한 것도 허세였다. 먹히진 않은 것 같지만.

일도는 골목으로 돌아갔다. 가방은 아직 거기 있었다. 그는 흠뻑 젖은 가방을 집어 들고 안을 살폈다. 전혀 기대하지 않았는데 경황 중이라 실수했던 걸까. 가방 구석에 '뷰티토탈케어 숍 잇걸'이라고 적힌 약봉지가 두 개 있었다. 빗물에 젖어 축축해진 약봉지.

약봉지를 하나 뜯어 손바닥 위에 기울이자 물기를 머금어 끈끈한 형형색색의 알약이 다섯 알 쏟아져 나왔다. 일도는 가슴이 철렁 내려앉았다. 방 회장이 직접 나선 이유를 알 것 같았다. 단순한 폭행 문제가 아니었던 것이다. 일도는 알약을 손바닥 위에 올린 채 생각했다.

큰일이군. 정말 큰일이야.

*

수정은 남자가 시야에서 사라지자 길게 숨을 내뱉었다. 다리가 후들거리고 심장이 미친 말처럼 쿵쾅대며 뛰었다. 다부진 체구에 눈빛이 사나운 남자였다. 시선을 돌리고 싶은 걸 억지로 참았다.

방태수가 고용한 자일까? 어떻게 찾은 걸까? 방심해선 안 된다. 상대에게는 돈과 권력, 거기에 네트워크까지 있다. 조금이라도 실수하면 끝장이다. 지금까지는 어떻게든 버텨왔지만 앞으로는 더더욱 조심해야 한다. 한 걸음 잘못 내디디면 언니처럼 죽는다.

수정은 약이 든 백팩을 고쳐 멨다. 그녀에게 남은 단 하나의 무기. 이것만 있으면 놈들과 싸울 수 있다. 수정은 이를 악물었다. 우릴 우습게 생각했지? 언제라도 죽일 수 있다고, 죽는다고 해도 누구도 신경 쓰지 않을 하찮은 인간들이라 생각했겠지? 그렇지 않다는 걸 보여주겠다. 하찮은 인간에게도 나름의 한 방은 있다. 반드시 후회하도록 만들어주겠다.

7장

균열

"좋은 아침입니다."

경비가 성욱을 보고 꾸벅 인사했다. 주름진 얼굴과 엄청난 똥
배 때문에 50대 초반으로 보이지만 실제는 성욱보다 세 살 많을
뿐이다. 사업을 말아먹고 지금은 경비실에서 숙식을 하며 하루
하루 근근이 사는 인생의 실패자. 하지만 성욱은 자신이 이 남
자보다 나은 점이 있는지 항상 궁금했다.

"근데 얼굴이 왜 그래요?"

"그럴 일이 좀 있어서요."

성욱은 적당히 대답하고 급히 그 앞을 지나쳤다. 엘리베이터
는 사람들로 가득했다. 찜질방까지 있는 12층짜리 건물임에도
엘리베이터는 한 대밖에 없어서 출퇴근 시간에 항상 사람들로
붐볐다.

문이 열리자마자 사람들이 한꺼번에 안으로 뛰어들었다. 보

는 것만으로도 피로가 밀려들었다. 성욱은 비상계단으로 올라가다 3층에 쪼그려 앉아 잠시 쉬었다. 어제 일 때문일까, 허리와 발목이 아팠다. 그나저나 회사 사람들한테는 뭐라고 해야 하나?

그때 또각또각 하이힐 소리와 함께 아래서 누군가 걸어 올라왔다. 파마머리의 40대 아줌마, 팀장이었다. 성욱의 직속상관이자 회사의 보스. 맹독을 품은 독사이자 썩은 시체를 물어뜯는 하이에나. 그녀는 성욱을 보자마자 특유의 화통한 목소리로 외쳤다.

"성욱 씨, 여기서 뭐해?"

"잠깐 쉬고 있었는데요."

호랑이도 제 말하면 온다더니 딱 그 짝이었다. 성욱은 고개를 숙여 인사하곤 바닥만 쳐다보며 팀장이 지나치길 기다렸다. 하지만 눈치 9단인 팀장은 성욱 앞에 서서 말했다.

"사무실이 얼마나 멀다고 여기서 쉬어? 사무실에서 쉬어야지. 아니지, 사무실에선 일해야지. 잠깐, 자기 뭔가 이상한데? 얼굴 좀 봐."

"좀 다쳤는데 별거 아니에요."

"별거 아니긴 뭐가 아니야. 누구한테 맞았어?"

"예, 조금요."

성욱은 말끝을 흐렸다. 팀장은 법 없이도 살 것 같은 선한 외모의 작고 통통한 아줌마였지만 실제로는 악덕 편집자요, 돈을 위해선 목숨도 팔 수 있는 경영인이었다. 성욱은 팀장이 대책 없이 끈질기고 뒤끝 있는 성격이란 사실을 알고 있었다. 비가 와서 굴렀다느니, 술에 취해 기억이 안 난다느니 해봤자 자기 무덤만 파는 격이다. 최대한 솔직하게, 그러면서 결정적인 부분만 감추는 편이 나았다.

"술 먹고 집에 가다가 싸움이 붙었어요. 좀 맞았죠."

"술? 성욱 씨 술 별로 안 좋아하잖아?"

"술을 마실 일이 있었어요."

성욱은 망설이다 비장의 카드를 꺼냈다.

"어제 여자 친구랑 헤어졌거든요."

"진짜? 인영인가 하는 그 검사 아가씨?"

성욱은 고개를 끄떡였다. 그런 이야기까지 하고 싶진 않았지만 팀장을 납득시키려면 다른 방법이 없었다. 여자 친구에게 차인 날, 울컥해서 술 마시고 싸움을 했다는데 더 뭐라고 하겠나.

"차인 거야, 찬 거야?"

"차였죠."

"그럼 집에서 쉬지, 왜 출근했어?"

"교정 원고 가져왔죠. 오늘 최종 뽑아야 되잖아요."

"성욱 씨 애사심이 이 정도일 줄은 몰랐네. 월급을 올려줘야 하는 거 아닌가 싶어."

"그럼 저야 고맙죠."

"농담하는 걸 보면 별로 아프진 않나 보네. 병원에는 가봤어?"

"아뇨, 말씀하신 대로 별로 아프지도 않은데요, 뭘."

"반창고는 직접 붙인 거야?"

"예."

팀장은 흠, 하고 콧소리를 냈다. 성욱은 왠지 신경이 쓰여 물었다.

"왜요?"

"아니, 미키마우스가 그려져 있는 반창고라. 성욱 씨 성격에 이런 걸 직접 골랐을 리는 없을 것 같아서."

하여간에 방심할 수 없는 아줌마다. 성욱은 적당히 둘러댔다.

"밤이라 경황이 없었어요. 약사가 골라주는 대로 받았거든요."

"그런데 그 옷은 뭐야?"

"무슨 옷요?"

"지금 입고 있는 옷. 처음 보는 거 같은데. 성욱 씨한테 좀 커보이는 것도 같고. 신발도 바뀌었네? 늘 신고 다니는 그거 아니잖아?"

성욱은 아무렇지 않게 대답했다.

"어제 비 왔잖아요? 길거리에서 싸움박질했는데 옷이 멀쩡하겠어요? 근처 구제 옷가게에서 아무거나 사 입었어요. 신발도 하나 샀고."

"고생 많았네."

팀장은 더 묻지 않고 사무실로 올라갔다. 문 위에 작은 간판이 붙어 있었다. '도서출판 로키'. 처음에는 북구 신화에 나오는 재난의 신 로키에서 딴 이름인 줄 알았는데 나중에야 실베스터 스탤론의 동명 영화를 보고 감명받아 만든 회사라는 걸 알았다.

팀장은 문을 열고 들어가다 성욱을 돌아보았다.

"근데 참."

이번에는 또 뭐야? 성욱은 바짝 긴장했다.

"성욱 씨도 그 사람 많이 때렸어?"

"맞은 만큼은 때렸죠."

"그럼 쌍방 폭행이네. 돈은 안 되겠다."

역시 팀장다웠다. 사무실 입구에 그동안 출판사에서 나온 책들이 쌓여 있었다. 한마디로 쓰레기, 잡동사니들. 편집자에 성욱의 이름이 들어간 책도 여러 권 있었지만 그렇게밖에 표현할수 없는 책들이었다. '도서출판 로키'는 돈이 되는 책이면 뭐든닥치는 대로 내는 곳으로 악명 높았다.

출판사 오너는 80년대 복싱 프로모터로 큰돈을 번 할아버지였다. 늘그막에 문화 사업에 관심을 가지면서 출판사를 시작했는데 처음 낸 책이 바로 본인 일생을 다룬 자서전이었다. 그 뒤로도 출판 장사꾼에 속아 허접한 외국 번역서에 강남 유한부인이 쓴 시집까지 내주며 적자에 적자를 거듭하다 지금의 팀장을만나 되살아났다.

팀장은 돈 냄새를 귀신처럼 맡았다. 특히 영화나 드라마의 경우 플롯과 주연 배우만 보면 대박 여부를 알아차렸다. 일단 된다는 확신이 서면 첫 회가 방송되기 1, 2주 전에 같은 소재의 소설을 시장에 풀었다. 직접 스토리를 짜서 문예창작과 학생들에게 아르바이트로 한 챕터씩 나눠 쓰게 한 다음 간단한 교정 후책을 내는 식이었다. 판매량은 언제나 5천 부에서 만 부 사이를오갔고 출판사는 흑자를 냈다.

사무실 직원들이 성욱의 얼굴을 보고 놀랐다. 입사 동기인 디자이너가 물었다.

"어머, 성욱 씨, 얼굴이 왜 그래?"

팀장이 대신 대답했다.

"깡패랑 싸웠대."

"세상에! 성욱 씨 생각보다 터프하다. 그런데 병원은 안 가봐도 되겠어? 얼굴이 많이 부었는데."

이번에도 팀장이 대신 대답했다.

"오늘 교정 볼 원고가 있어서 회사에 왔대. 자기들 성욱 씨 책임감의 절반만 따라가."

"어머! 성욱 씨, 진짜야? 진짜 그랬어?"

"그럼."

성욱은 어색하게 웃으며 대답했다. 직원들은 성욱이 머리를 맞고 정신적 문제가 생긴 것 같다는 둥, 그게 아니라 이제야 회사 생활이 뭔지 깨달은 거라는 둥 활달하게 잡담을 나눴다.

열 평 남짓한 사무실에 여섯 개의 책상이 서로 마주 보게 배치되어 있었다. PVC로 만든 칸막이로 간신히 서로의 책상을 가리고 있었지만 고개만 들어도 바로 맞은편에 앉은 사람의 얼굴이 보일 정도로 낮았다.

팀장도 다른 직원들과 마찬가지로 책상 하나 의자 하나가 전부였지만 외따로 떨어진 곳에 앉아 있었다. 직원은 책상 수처럼 여섯이지만 영업 담당인 조 이사는 사무실에 있는 것보다는 총판을 도는 일이 대부분이라 보통 사무실에는 다섯 사람만 있을 때가 많았다.

성욱은 가방에서 교정지를 꺼냈다. 요즘은 영화, 드라마 소설을 내는 출판사가 많아져 팀장은 처세, 자기 계발 분야로 라인업을 넓혀가고 있었다. 그녀가 팀장이라는 직함을 고집하는 것도 『팀워크 경영학』이라는 책이 대박 난 다음부터다. 그녀는 자신을 편집장이 아닌 팀장이라 부르라고 했다. 요즘 보는 책은 직장에서 오래 살아남는 법에 대한 책이었다. 제목은 『회사에서 살아남기』. 소니에서 30년을 근무한 일본인이 쓴 책이라는데 핵심은 존버 정신이었다.

존나게 버텨라.

그 외에는 전부 쓸데없는 소리였다. 성욱이 보기에는 팀장이 직접 썼거나 일본에서 프리터로 일하는 재일 교포 백수에게 써 달라고 한 것 같았다.

성욱은 교정지를 들여다보려 애쓰다 모니터 옆의 사진 액자에 시선을 주었다. 인영과 함께 찍은 사진이 놓여 있었다. 저기가 에버랜드였나? 그때만 해도 지금처럼 헤어질 거라곤 생각하지 못했다.

성욱은 액자를 서랍에 넣고 컴퓨터를 켰다. 유력 정치인의 말실수와 연예인의 결혼이 포털 사이트의 메인에 떠 있었다. 성욱은 혹시나 하는 마음에 사건을 검색했다. 어딘가에서 더 자세한 기사를 실었을지도 모른다는 생각에서였다.

대부분 〈연합뉴스〉에서 낸 기사를 인용한 수준이었고 아예 기사를 싣지 않은 언론사도 여럿 있었다. 사람 하나 죽은 건 아무 일도 아닌 걸까? 성욱은 욱신거리는 눈을 문질렀다. 트럭에 박살 나던 덩치의 모습이 자꾸 머릿속에 떠올랐다. 이름이 뭐더라? 맞다. 이성보.

방태수와 이성보.

두 사람 모두 깡패였을 것이다. 최소한 세상에 도움이 되는 인간들은 아닐 것이다. 폭력과 협박으로 남을 괴롭히는 것에 익숙한 자들 중 하나가 죽은 것이다. 전혀 슬퍼할 일이 아니다. 스물넷밖에 안 된 녀석이긴 하지만, 아니 스물넷밖에 안 되었기 때문에 앞으로 오랫동안 나쁜 짓을 하고 다녔을 것이다.

하지만 이성보의 겁에 질린 눈빛을, 아스팔트 위에 펼쳐진 벌건 핏물을 잊을 수 있을까? 시간이 지나면 다른 일들처럼 이 일도 흐릿하게 지워질까?

성욱은 교정지로 시선을 돌렸다. 머리가 복잡할 땐 일을 하는 게 제일이지만 심란한 마음 때문인지 원고가 눈에 들어오지 않았다. 그는 원고지에 낙서를 하다가 이수정에 대해 생각했다. 그녀는 지금 무슨 생각을 하고 있을까?

정말로 힘든 건 그가 아니라 그녀였다. 직접적인 폭력의 대상이었고 방태수에게 붙들려 어딘가로 끌려갈 뻔했으니까. 그런 여자에게 경찰서에 가자는 소리를 했으니. 전날 밤, 그녀에게 두렵다는 고백을 듣고도 그랬다. 그는 쓸데없는 일에서만 정의로운 척하는 한심한 인간이었다.

성욱은 더 참지 못하고 팀장에게 갔다.

"병원에 가보고 오겠습니다. 아무래도 쑤셔서 안 되겠네요."

"일은 다 했어?"

성욱이 움찔하자 그녀는 씩 웃었다.

"농담이야. 남은 건 나한테 줘. 내가 볼 테니까. 솔직히 자기
보다는 내가 낫지. 회사 다시 나올 필요 없으니까 바로 퇴근해."

"감사합니다."

뒤에서 다른 직원들이 그새 애사심이 어딜 갔냐며 난리를 피
웠다. 팀장은 성욱을 따라 복도로 나오더니 빙글빙글 웃으며 물
었다.

"어떤 아가씨야?"

성욱은 흠칫 놀라 반문했다.

"예? 누구요?"

"누구긴 누구야. 자기한테 옷 준 아가씨지. 어쩌다 만난 거
야? 양아치가 집적대는 걸 구해준 거야? 성욱 씨한테 그런 면이
있을 줄 몰랐는데? 여자 친구한테 차인 날, 다른 아가씨 만난 걸
보면 성욱 씨 여자 복이 있나 봐."

"무슨 말씀이시죠? 구제 옷 가게에서 샀다고 말씀드린 것 같
은데."

"아직은 남들에게 공개하기 좀 그래?"

성욱은 가만히 팀장을 바라보았다. 뭔가 감 잡은 모양인데 끝
까지 우겨봐야 소용없을 것 같았다. 중요한 건 어제 있었던 일
을 들키지 않는 거니까.

"어떻게 알았어요?"

"성욱 씨 지금 입고 있는 옷, 전부 다 명품이야. 프라다 이번
시즌 니트에 루이비통 허리띠, 바지는 음…… 디젤인 것 같은

데? 전부 다 해서 5백은 될걸? 구제 옷가게에서도 돈 백은 받을 텐데 그걸 자기가 자기 돈 주고 샀겠어?"

*

일도는 일을 시작한 후 지금까지 제대로 된 의료 서비스를 못 받고 살았다. 직장이 있을 때는 4대 보험에 가입해 꼬박꼬박 돈을 냈고 지금도 지역의료보험에 가입해 꼬박꼬박 돈을 내고 있음에 도 그랬다. 옆구리에 칼침을 맞거나 종아리에 공기총 구멍이 난 이유를 병원에 설명하긴 쉽지 않다. 합법적인 진료를 받을 수 있는 건 충치 치료가 고작인데 그건 어차피 의료보험이 안 된다.

다쳤을 때는 닭을 찾아갔다. 닭은 도박 혐의로 자격이 취소된 전직 의사지만 본명이 무엇인지는 아무도 모른다. 닥터의 줄임 말인 닥^{Doc}으로 자신을 불러달라고 해서 닭이 되었다.

닭은 강남역 뒷골목의 미용실 2층에 숙식하며 수상쩍은 외과 수술로 먹고살았다. 대형 병원의 외과 과장으로 일한 적도 있다 고 했는데 정말 그런지는 일도도 알지 못했다. 다만 실력이 빼 어난 것은 사실이라 정상적인 의료 서비스를 받을 수 없는 수상 쩍은 자들에게 인기가 있었다.

닭은 외과 수술 외에 성형수술도 했는데 사실 그쪽이 더 쏠쏠 했다. 근처 호스트바에서 일하는 바보들 상당수가 닭을 통해 코 를 높이고 볼에 보톡스를 넣었다. 세금 한 푼 안 내는 현금 장사 에 불을 본 나방처럼 바보들이 몰려드니 돈방석에 오르는 건 시간 문제처럼 보였지만, 닭에게는 개인적인 문제가 있었다.

도박 중독과 마약중독, 거기에 알코올중독까지.

아마도 그 이유로 병원에서도 잘렸으리라. 닭이 불법 수술을 통해 돈을 갈고리로 긁어모으면서도 미용실 2층에 세를 사는 것도 그 때문이었다.

일도는 근처 슈퍼에 들러 닭에게 줄 스카치블루를 한 병 샀다.

미용실은 운동장처럼 넓었다. 입구를 제외한 삼면이 거울로 이뤄진 내부에는 직사각형 형태로 미용 의자가 놓여 있었다. 중앙에는 대기 손님을 위한 소파가 있었고 그 옆에 최신 잡지들이 산더미처럼 쌓여 있었다. 저녁이 되면 유흥가로 출근하는 남녀가 몰려와 북적댈 테지만 지금은 미용사 셋에 손님은 한 명뿐이었다. 보라색 머리에 짙은 화장을 한 미용사가 그를 쳐다보며 말했다.

"머리 자르러 오셨어요?"

일도가 2층을 가리키자 미용사는 TV로 시선을 돌리며 말했다.

"문 열려 있어요."

일도는 뒷문을 열고 계단을 올라갔다. 낡은 나무 문을 열자 퀴퀴한 냄새가 코를 찔렀다. 닭은 소파에 누워 코를 골고 있었다. 바닥에는 빈 술병이 굴러다녔고 TV는 켜진 채였다. 일도는 닭의 가슴 위에 스카치블루를 내려놓고 맞은편 의자에 앉았다.

닭이 눈을 떴다. 그는 술병을 품에 안으며 말했다.

"오랜만이네. 이거 나 주려고 가져온 거야?"

닭은 못 본 사이에 많이 늙어 있었다. 윤기가 흐르던 머리칼은 힘없이 늘어졌고 은회색의 수염이 지저분하게 자랐다. 옷은 언제 갈아입었는지 체크무늬 셔츠에는 지저분한 얼룩이 잔뜩 묻어 있었다.

일도는 놀라지 않았다. 중독자는 갑자기 약해지는 법이다. 어제까지 생생하게 기운이 넘쳐서, 난 약이 체질인가 봐 하던 인간이 갑자기 고꾸라지는 꼴을 그는 여러 번 보았다.

닭은 냉장고에서 얼음을 꺼내 온 더 락을 만들었다.

"너도 한 잔 줄까?"

"됐어."

일도는 엉망인 방을 둘러보고 혀를 찼다. 수술 의자로 쓰는 미용실 의자 위에는 소주가 궤짝째 놓여 있었고, 메스를 비롯한 수술 도구는 싱크대 위에 설거지거리와 함께 쌓여 있었다. 죽고 싶어 환장하지 않았다면 이런 꼴을 보고도 수술을 받겠다고 말하지 못하리라. 하지만 세상에는 별별 인간들이 다 있고 그중에는 죽지 못해 환장한 인간들도 잔뜩 있었다.

닭은 술을 한 잔 들이켜곤 휴우 한숨을 내쉬었다.

"이제 좀 살 것 같군. 고마워."

"마지막으로 일한 게 언제야?"

닭은 손을 들었다. 하얗고 긴 손가락이 조금씩 떨렸다.

"보름쯤 됐나? 수술을 망쳤어. 술이 부족했거든. 그 뒤로는 일거리가 안 들어와."

"안됐군."

말은 그렇게 했지만 일도는 닭을 동정하지 않았다. 닭은 실패했고, 지금 실패의 대가를 치르고 있었다. 누구나 얻는 게 있으면 잃는 것도 있다. 닭의 경우에는 쾌락을 얻은 대신 신임을 잃은 것이다. 일도도 마찬가지였다. 과거에 비해 돈은 많이 벌었지만, 옳은 일을 한다는 자부심은 더 이상 없었다.

닭은 조금씩 음미해가며 술을 마셨다. 서서히 손의 떨림도 사라지고 눈빛도 원상태로 돌아왔다. 알코올중독이라고 술만 보면 물 마시듯 벌컥벌컥 들이켤 거라 생각해선 곤란하다. 그들도 보통 사람과 다를 바 없이 조금씩 먹는다. 단지 기절할 때까지 멈추지 않는다는 게 다른 점이다. 닭이 어느 정도 정신을 차렸다고 판단되자 일도는 술을 빼앗았다.

"왜 이래!"

"이야기 도중에 혀가 꼬이면 곤란하니까. 얘기가 끝나면 돌려주지."

"뭔데? 빨리 말해."

"이게 무슨 약인지 알 수 있을까?"

닭은 뜯어진 약봉지를 받아 들고 알약을 손바닥 위에 털었다. 다양한 색깔의 알약 다섯 개. 캡슐에 싸여 있는 놈도 있고 아기 손톱만큼 작은 약을 반으로 자른 놈도 보였다. 닭은 심드렁하게 말했다.

"글쎄, 내가 무슨 슈퍼맨도 아니고 생긴 것만 보고 어떻게 알아?"

닭은 약봉지에 적힌 이름을 읽었다.

"뷰티숍 잇걸? 여긴 뭐하는 데야?"

"다이어트, 체형 관리에 마사지, 스파 뭐 그런 종류 같던데."

"그래?"

닭은 알약들을 목구멍에 털어 넣었다. 일도가 말리려 했을 땐 이미 늦었다. 닭은 술로 마무리를 하고 꺼억 트림을 했다.

일도는 욕설을 내뱉었다.

"이런 미친 새끼!"

"성분이 뭔지 알려달라며. 이게 제일 빨라. 나한테 무슨 분석실이 있는 것도 아니고 내가 이게 뭔지 어떻게 알아? 잠깐만 기다려. 내 뇌로 분석해줄 테니까. 기껏해야 다이어트 약일 거 같지만."

"다이어트 약?"

"정확히 말하면 향정신성 식욕억제제. 향정신성의약품에 속하는데. 그렇게 말하니까 좀 알겠지? 너 옛날에 향정신성의약품 파는 놈들 잡으러 다니고 그랬잖아."

일도는 한숨을 쉬었다.

"옛날 얘기는 하지 말고."

"옛날 생각하고 나한테 가져온 거면서 왜 그래? 이거 마약이라고 생각하는 거지?"

"그래."

일도는 솔직히 인정했다. 마약이 아니라면 그런 사달이 났을 리 없었다. 방 노인이 친분이 있는 검경 인사들을 동원해 여자를 찾지 않고 그를 고용한 것도 설명이 되고.

닭이 말했다.

"네 생각이 꼭 틀린 건 아니야. 히로뽕의 주재료인 암페타민도 한때 다이어트 약으로 쓰였다는 거 알아? 말이 좋아 다이어트 약이지, 기본적으로는 마약이란 이야기지. 물론 지금이야 기술이 발달해서 예전만큼 위험하지는 않아. 식욕억제제 부작용보다 비만으로 생기는 문제가 더 크다고들 하니까. 하지만 어떻게 쓰느냐에 따라 충분히 위험해질 수도 있다는 점은 변함없지. 물뽕이라고 알지? 파티 마약이자 데이트 강간의 필수품. 정식 명칭은 GHB. 감마히드록시부티르산이야. 대표적인 식욕억제제 중 하나지."

일도는 어이가 없어 웃었다.

"그런 이름을 잘도 외우는군."

"내 전문 분야니까. 요즘 약쟁이들 어렵게 히로뽕이나 엑스터시니 찾아다니지 않고 다이어트 클리닉에 들어가 약을 서너 종류 처방받아서 칵테일로 먹어. 그럼 아주 끝내준다고. 대한민국 마약 인구가 점점 줄고 있다는 거 알아? 골방에서 약 처먹고 부들부들 떠는 꼴이 별로 멋있지 않아서 그런 거야. 이제는 클럽에서 파티하면서 한두 알 먹고 살 뺄 때나 한두 알 먹는 시대지. 나 같은 악성 중독자는 머지않아 시대의 유물이 될걸?"

"그런 걸 아는 놈이 보자마자 처먹었냐?"

"뭔지 알고 싶다며. 아까 보니까 다섯 알 중 두 알은 이뇨제랑 궤양 치료제 같던데. 아마 나머지 셋이 식욕억제제겠지?"

닭은 눈을 감고 신음을 냈다.

"슬슬 입질이 온다."

"야, 자지 마. 다이어트 약 처방받으려면 어떻게 해야 돼?"

"그냥 아무 병원에나 가면 돼. 식욕억제제는 불법이 아니야. 선진국일수록 비만에 대한 공포가 하늘을 찌르니까. 4주 이상 장기 투약이나 다른 종류의 약을 섞어 먹으면 문제가 되지만 기본적으로는 안전하다고 해. 이제는 마약도 안전한 시대인 거지."

닭은 천천히 눈을 감았다. 그리고 졸린 목소리로 중얼거렸다.

"중추신경에서 노르아드레날린 분비를 자극하는 거야. 그걸로 시상하부에 있는 베타 아드레날린 수용체가 자극되면 식욕이 억제되는 거지. 대신 부작용이 있는데…… 물론 나야 그 부작용 때문에 좋아하는 거긴 하지만…… 예전에는 나도 선생님 소릴 들으며 대접받고 살 때가 있었는데."

닭의 목소리가 점점 느려지다 멈췄다. 이럴 줄 알았지. 일도는 닭의 멱살을 잡고 뺨을 때렸다.

"자지 마. 마저 얘기를 해야지. 식욕억제제 맞아?"

쿵. 닭의 머리가 바닥으로 떨어졌다. 완전히 맛이 간 모양이었다. 일도는 혀를 차며 닭을 일으켜 도로 소파에 앉혔다. 그때 닭이 갑자기 경련을 일으켰다. 눈을 부릅뜨고 진짜 닭이 울듯 괴성을 질러댔다. 몇 번이고 허리를 꺾고는 고꾸라지더니, 입술을 타고 피와 타액이 주르륵 흘러내렸다.

일도는 닭을 똑바로 눕히고 인공호흡을 했다. 기도를 열고 심장을 압박하고 입안에 공기를 불어넣었다. 있는 힘을 다해 몇 번이고 반복했지만 닭은 미동도 하지 않았다. 일도는 인공호흡을 멈추고 검지 끝으로 닭의 목을 짚어보았다. 맥박이 뛰고 있

지 않았고 동공은 퉁방울처럼 커진 상태로 굳어 있었다. 그야말
로 확실하게 뒈졌다.

빌어먹을. 이게 다 무슨 일이야. 닭은 죽었다. 생판 처음 보는
약을 한꺼번에 삼켰더니 심장이 멈춰버렸다. 119를 부르거나
경찰에 신고할 수도 없다. 그들에게 뭐라고 설명하겠나. 불법
처방한 다이어트 약을 줬더니 처먹고 죽던데요? 당장 체포되지
않으면 다행이다.

일도는 손수건으로 소파와 문, 그리고 전등 스위치 등 손이
닿았던 곳을 하나씩 닦아나갔다. 시체를 소파에 똑바로 눕히고
옷장에서 꺼낸 이불을 덮어주었다. 마지막으로 본 닭의 얼굴은
평화로웠고 깊이 잠든 것처럼 보였다.

잘 가라. 멍청한 자식. 다음에는 똑바로 살아.

일도는 남은 약봉지와 술병을 챙겼다. 미용실로 다시 내려가
사람들의 이목을 끌 생각은 없었다. 그는 계단 옆에 있는 창문
을 통해 밖으로 기어 나가 벽을 타고 이어진 가스 배관을 잡고
조심조심 지상으로 내려갔다. 가볍게 바닥에 착지해 무릎을 탁
탁 털고 차를 향해 걸어갔다.

닭은 왜 죽은 걸까? 마약이 아니라 독약인 걸까? 아니면 마약
을 과도하게 먹은 탓일까? 아니면 술과 다이어트 약이 상승작
용을 일으킨 걸까? 어쩌면 죽을 때가 되어서 죽은 것인지도 모
른다. 밥도 먹지 않고 그렇게 약을 해댔으니 지금까지 버틴 것
도 용하다. 그나저나 이놈의 약은 뭘까?

일도는 차에 앉아 남은 알약 봉지를 손바닥에 올려놓고 던졌

다가 받았다를 반복했다. 괜한 짓을 했다. 방 노인이 시키는 대로 여자만 잡으면 됐을 것을. 쓸데없이 남익 선배 생각을 하다가 일이 꼬였다. 이제는 방 노인에게 한 방 먹이기는커녕 그가 먼저 다치게 생겼다.

내일이나 모레 누군가 시체를 발견하고 경찰을 부를 것이다. 그가 2층으로 올라가는 걸 봤다고 바보들이 참새처럼 떠들어대겠지.

가끔 들르는 사람이었어요.

그가 누군지 아는 자는 없겠지만, 인상착의는 말해줄 수 있을 것이다. 재수가 없으면 그가 세워둔 차를 본 놈이 나올 것이고 경찰 수사력이 제대로 작동한다면 슈퍼에서 술을 산 것까지 추적해낼 것이다. 그다음은? 최악의 경우 그의 신원을 파악하고 수배를 때리는 경우까지 생각해야 한다. 운 좋게 중간에서 수사가 종결된다고 해도 데이터베이스에 그의 몽타주가 남을 것이다. 다시 말해 앞으로 일하기 골치 아파질 것이란 얘기다.

지금까지 매사 조심스럽게 일해왔다. 많은 일을 했지만 경찰은 그의 존재 자체를 알지 못했다. 하지만 이제는 아니다.

남은 선택은 둘 중 하나다. 얼른 일을 마무리하고 잠수를 타든가, 아니면 이왕 이렇게 된 거 끝까지 가보든가. 방 노인 일이 터지면 경찰 인력도 전부 그리로 쏠릴 것이다. 일도 따위의 피라미야 아무렇지 않게 빠져나갈 수 있다.

문득 남익 선배 얼굴이 떠올랐다. 그가 아는 한 누구보다 머리 좋고 냉정했던 사람. 하지만 방 노인 때문에 죽었다.

일도는 약봉지를 꽉 쥐었다. 좋아, 한번 가보자. 그는 최석원 사장에게 전화를 걸었다.

"밥이나 한번 먹자고. 할 말도 있고."

일도는 전화를 끊으며 중얼거렸다.

"받은 게 있으면 돌려줘야지."

*

방태수는 차에 탈 때까지 한마디도 하지 않았다. 뒷좌석에 오르고 차가 출발하자마자 성질을 부렸다.

"진작 꺼내줬어야 할 거 아냐. 구치소가 얼마나 좆같은지 알아? 좁고 냄새나고. 그런 데는 또 잡범밖에 없어. 씨발 새끼들 거지 근성이 장난 아냐. 다 내 옆에 붙어서 질질 싸는데 아주 돌아버리는 줄 알았다."

태수는 담배를 꺼내 입에 물고는 석구에게 턱을 까딱였다.

"불."

석구는 라이터를 꺼내 불을 붙여주었다. 잡범은 잡범끼리 재운다는 말은 하지 않았다. 태수를 지탱하는 건 허세와 아버지의 돈 뿐이라는 걸 알기 때문이었다. 살인범과 잡범을 같은 방에 넣는 건 영화에서나 나오는 일이다. 대신 석구는 신중하게 말을 골랐다.

"미안, 미안. 사정이 좀 복잡해서 시간이 걸렸다. 성보네 가족들도 자꾸 뭐라고 해서. 거기 정리하고 너 꺼내는 게 나을 것 같더라."

"성보? 그게 누구야?"

"이름도 모르냐? 네 운전기사."

"그 병신 새끼. 그 새끼 땜에 일이 이렇게 됐어. 그 새끼 유도 선수 출신에 어디 조직에 있던 놈이라고 하지 않았어? 차도 못 피하는 새끼가 무슨 운동선수야. 걸음마부터 다시 배워야지. 다음에는 좀 제대로 된 새끼를 뽑아라."

"알았어."

"피곤해 죽겠다. 좆나 좁아터진 데 여섯 명씩 재우는데 돌아눕기도 쉽지 않아. 다 때려죽이고 독방으로 갈까 고민했다니까. 지금도 뻐근해 죽겠다. 안마 받고 사우나나 하게 '더블유'로 차 돌려."

"집에 가봐야 하지 않겠냐? 회장님이 너 기다리는데."

"아, 씨발 지금 내가 아버지 만날 기분이야? 꼰대 기분은 네가 잘 좀 풀어줘. 난 좀 쉴 테니까."

"그래도 되겠냐?"

석구는 넌지시 물었다. 태수는 잠시 침묵하다 대답했다.

"아버지 그 일 모르시지?"

태수는 아버지를 무서워했다. 이상한 일은 아니었다. 대부분의 사람들이 방 노인을 두려워하니까. 방 노인은 아들의 무능력과 무책임함을 경멸했다. 피가 섞인 자식이 아니라면 진작 팔다리를 잘라 바다에 던져버렸을 것이다. 방 노인의 부하 중 몇 명은 그렇게 죽었다. 평생 개처럼 충성하고 많은 돈을 벌어다 준

자라도 한 번 실수로 그렇게 되었다. 방 노인은 태수를 죽이진 않았지만 사업에는 철저히 배제했고 없는 인간 취급을 했다. 태수가 몰래 회사를 차리고 금지된 약을 거래하는 무리수를 둔 것도 아버지에게 인정받고 싶은 욕구 때문이었다.

"아직 모르신다. 내가 잘 막을 테니까 그 일은 걱정 마."

"그래, 잘했다. 계속 그렇게 해. 나 대신 아버지 잘 달래드리고. 나중에 나한테 지랄 안 하게."

"알았어."

태수는 고개를 끄떡이며 담배 연기를 깊이 빨아들였다. 그는 미간을 모은 채 뭔가 생각하다가 도넛 모양으로 연기를 내뿜었다.

"수정이는 어디 있냐?"

"찾는 중이야. 전문가를 고용했으니까 얼마 안 걸릴 거다."

"빨리 찾아. 그 쌍년 얼굴 보고 싶으니까. 이번 일까지 해서 아주 내가 쪽쪽 빨아먹으면서 예뻐해줘야지. 쌍년이 완전 딴사람 됐더라. 처음에는 누군지 못 알아볼 뻔했다니까. 처음부터 내 뒤통수치려고 작정을 한 거지. 꼭 찾아라. 그년 못 찾으면 아무리 너라도 가만 안 둘 거다."

태수는 충혈된 눈을 부릅뜬 채 말했다. 그에게는 과대망상과 분노 조절 장애가 있었다. 당장 입원이 필요한 중증이었다. 덕분에 석구가 중간에서 돈을 벌 수 있게 된 셈이지만.

석구는 웃으며 대답했다.

"걱정 마. 찾을 테니까."

• 8장 •

의혹

한낮의 주택가는 밤의 그것과 전혀 달랐다. 비슷비슷하게 생긴 연립주택이 줄지어 있어 어디가 어딘지 분간하기 쉽지 않았다. 성욱은 동네를 몇 바퀴 돌며 수정의 집을 찾다가 결국 포기하고 처음 왔을 때처럼 아파트 단지 앞에서부터 수정의 집까지 더듬어가기로 했다.

늙은 경비가 땀을 뻘뻘 흘려가며 재활용 쓰레기를 정리하고 있었다. 성욱은 바닥에 떨어진 페트병을 쓰레기 함에 넣었다. 경비는 고마운 듯 웃다가 갑자기 표정을 굳혔다. 그는 성욱의 앞을 가로막으며 말했다.

"저기, 당신 말이야."

"예? 저요?"

"그래, 당신 이름이…… 아, 맞다. 이름을 안 들었네. 아무튼 당신 사기꾼 맞지?"

"무슨 말씀인지 모르겠는데요."

"사기꾼 말이야. 경찰이 수배 내렸다면서!"

경비는 흥분한 목소리로 손까지 휘저어가며 말했다. 성욱은 경비를 피해 주춤주춤 뒤로 물러섰다.

"아저씨 뭔가 오해가 있는 모양인데요. 저 이 동네 안 살아요."

"거짓말하지 마. 조금 전에 경찰이 와서 사진 보여줬어. 당신이랑 여자 사진을. 그 여자 이름이 그러니까 이수정 맞지?"

이수정? 수정 씨를 어떻게 알지? 성욱은 섬뜩했지만 애써 모른 척하고 경비를 지나쳐 계단을 내려가려 했다. 경비는 재빨리 성욱의 앞을 가로막으며 말했다.

"모르긴 뭘 몰라? 경찰이 왔다니까. 어젯밤에 어떤 여자랑 같이 여길 지나갔다며. 내가 눈 뜬 장님인 줄 알아? 한 번 본 얼굴을 잊어먹게. 비 맞고 부어터진 사진도 다 봤다고."

경찰이 그와 수정을 쫓아 여기까지 왔다고? 정말일까? 하지만 사기꾼이라니 무슨 소리지? 도무지 이해할 수가 없었다. 성욱이 머뭇거리는 모습을 보고 경비가 회심의 미소를 지었다.

"내 말이 맞지? 당신 사기꾼 맞지?"

"아니라니까요. 좀 비켜주시겠어요? 저 갈 데가 있단 말입니다."

"가긴 어딜 가. 죄를 지었으면 벌을 받아야지. 경찰 좀 부를 테니까 잠깐 기다리라고."

경비는 품속에서 핸드폰을 꺼냈다.

"비켜주세요."

성욱은 목소리를 높였지만 경비는 꿈쩍도 하지 않았다.

"아니라며? 그럼 경찰이 올 때까지 기다려보자고. 그래서 젊은이가 사기꾼이 아닌 게 밝혀지면 내 사과할게."

"사과가 문제가 아니라 그동안 제 시간은 어떻게 합니까. 저 바쁜 사람이에요."

그때 경비가 활짝 웃으며 성욱의 어깨 너머로 손을 흔들었다.

"아, 김 형! 범인 찾았어! 내가 경찰 부를 동안 잠깐만 잡고 있어!"

뒤를 돌아보니 무시무시하게 생긴 곤봉을 든 대머리가 달려오고 있었다. 낯익은 얼굴이었다. 어젯밤 계단에서 만난 작자였다. 성욱은 경비를 밀치고 계단으로 뛰어갔다. 경비가 엉덩방아를 찧으며 에구구 소리를 냈다.

"거기 서라!"

대머리가 소리쳤다. 성욱은 대답하지 않고 단지 뒤쪽의 계단을 따라 달려 내려갔다. 조금 따라오다 그만둘 줄 알았는데 대머리는 노인네답지 않게 다리에 힘이 있었다. 집요하게 성욱을 따라붙더니 이놈! 하고서는 다짜고짜 곤봉을 휘둘렀다. 곤봉이 등허리를 스치고 지나갔다. 머리털이 쭈뼛 섰다.

미친 영감탱이, 처음 보는 사람 머리를 깰 생각일까?

성욱은 젖 먹던 힘을 다해 달렸다. 뙤약볕 아래서 두 사람은 꾸불꾸불한 주택가를 따라 달리고 또 달렸다. 가끔 행인과 마주쳤지만 다들 기묘한 표정으로 쳐다보기만 할 뿐 누구도 성욱을 막지 않았다.

어제 일 때문일까, 걸음을 뗄 때마다 발목이 부러지는 것처럼 아팠다. 차라리 노인네와 한판 붙는 게 낫지 않을까? 아니면 저치 말대로 경찰을 불러 무슨 일인지 알아보든가.

그런 생각을 하며 모퉁이를 돌았을 때 연립주택 사이에 좁은 골목이 보였다. 입구에 녹슨 철조망이 쳐져 있었지만 뛰어넘을 수 있을 것 같았다. 그는 난간을 밟고 펄쩍 뛰어올랐다. 바지가 찢어졌지만 상관하지 않고 골목 안쪽 무릎 높이까지 자란 잡초 사이에 머리를 묻고 납작하게 엎드렸다. 대머리 경비가 숨을 헐떡이며 골목을 가로질렀다.

이마를 타고 땀이 뚝뚝 떨어졌다. 성욱은 신경질적으로 잡초를 비틀어 뽑았다. 막다른 골목에 숨는 일이 어제에 이어 두번째다. 어떻게 이런 일이 이틀 연속으로 벌어질 수 있지? 그나저나 이제 어떻게 해야 하나?

문득 수정의 말이 떠올랐다. 막다른 골목에 갇히면 도망도 못 간다고 했지. 성욱은 용기를 내어 조심스럽게 골목을 빠져나왔다. 대머리는 보이지 않았다. 다행이란 생각에 안심할 때 담벼락 너머로 대머리의 목소리가 들렸다.

"이 새끼가 대체 어디에 숨은 거야?"

성욱은 반대쪽으로 죽어라 내뺐다. 골목을 따라 몇 분이나 내달리다 낯익은 연립주택을 발견하고 걸음을 멈췄다. 수정의 집이었다.

그녀는 집에 없었다. 아직 회사에서 돌아오지 않은 모양이었다. 성욱은 102호 문을 등지고 주저앉았다. 그늘진 복도는 서늘했다. 찢어진 바지를 들춰보니 살이 찢어져 피가 흘러내리고 있었다. 정말 가지가지 하네.

거리 위로 하얗게 햇빛이 부서지고 있었다. 목이 말랐지만 슈퍼를 찾아다닐 엄두가 나지 않았다. 대머리 경비는 여전히 근처를 배회하고 있을 터였다. 어쩌면 경찰에게 연락을 했을지도 모르지. 괜히 움직였다가 붙들릴지 모른다.

그는 땀에 젖은 뺨과 이마를 차가운 콘크리트 벽에 대고 문지르며 경비가 한 말을 생각했다. 경찰이 탐문 수사를 했다고? 거기까지야 그럴 수 있다고 쳐도 사기꾼은 또 뭐야? 뭐가 뭔지 도무지 모르겠다. 혹시 수정이 사기꾼인 걸까? 성욱은 고개를 흔들었다. 말도 안 되는 소리였다. 방태수란 자가 뭔가 수를 쓴 것이리라. 하지만 어떻게? 게다가 경비는 그의 사진을 봤다고 했다. 비 맞고 부어터진 얼굴의 사진. 그런 사진은 어디서 구했을까?

성욱은 덜컹 심장이 내려앉았다.

혹시 집이나 회사에 연락하진 않았을까?

그는 핸드폰을 꺼내 집에 전화했다. 기찬의 졸린 목소리가 들렸다.

"여보세요?"

"혹시 나 찾는 전화 없었어? 누가 찾아왔다든가."

"없었는데. 왜? 무슨 일 있냐? 너 때린 놈 찾았어?"

"아냐, 공부 열심히 해라."

성욱은 회사로 전화했다. 동료 중 한 명이 받기를 기대했지만 수화기 너머로 팀장의 씩씩한 목소리가 들렸다.

"도서출판 로키입니다."

그냥 끊을까? 아니다. 무슨 일이 있었는지 알아야 대비를 한다.

"팀장님? 저 이성욱인데요."

"아, 성욱 씨, 무슨 일이야? 지금 병원이야?"

"아직요. 혹시 절 찾아온 사람 없었나요?"

"있었어."

가슴이 두근거렸다.

"누군데요?"

"김민수 작가. 지나다 들렀다는데 성욱 씨 없으니까 실망하더라."

성욱은 안도했다가 정신을 차리고 다시 물었다.

"다른 사람은 없었어요?"

"없었는데. 왜? 자기 무슨 일 생겼어? 어제 싸운 사람이 고소한대? 괜찮아, 다 별거 아니야. 성욱 씨가 구속돼도 안 자를게. 무급 휴직 어때?"

"나중에 다시 전화드릴게요."

성욱은 전화를 끊고 생각에 잠겼다. 시골집에도 전화해봐야 하지 않을까. 성욱은 점점 극단적으로 뻗어가는 상상을 멈추려 애썼다. 사진만 구했을 뿐 그가 누군지 파악하지 못한 게 틀림없었다. 그러니까 경비들에게 탐문을 했겠지. 수정의 집이 아니라 아파트 단지를 돈 걸 보면 택시를 추적한 것이겠지? 수정이 아파트 앞에 택시를 세워서 다행이었다. 그렇지 않았다면 벌써 잡혔을지도 모를 일이었다.

그때 밖에서 사람의 발소리가 들렸다. 성욱은 깜짝 놀라 벌떡 일어났다. 중국집 배달부가 기운차게 2층으로 올라가고 있었다.

성욱은 한숨을 쉬며 다시 주저앉았다. 수정의 충고대로라면 도망갈 길이 있는 밖에서 기다리는 편이 낫겠지만 피로했다. 여기까지 그를 추적해올 인간이 있을 것 같지도 않고. 있다면 그냥 잡히는 게 낫겠지. 핸드폰을 꺼내 시간을 확인했다. 액정에 뜬 대기 화면은 아직 인영의 얼굴로 되어 있었다. 인영에게 전화해서 도와달라고 해볼까? 최소한 경찰이 낀 것이 사실인지는 알아볼 수 있을 텐데.

하지만 그녀와는 헤어졌고 음성 사서함에 나쁜 년이라고 메시지도 남겼다. 지금 전화해서 도와달라고 하면 그보다 비루한 일이 없을 것이다.

그나저나 수정은 괜찮을까? 집에 들어오다가 재수 없이 경비를 만나 봉변을 당하는 게 아닐까? 성욱은 번쩍 정신이 났다. 이러고 있을 때가 아니다. 수정을 찾아봐야겠다. 성욱은 다급한 마음에 밖으로 뛰어나갔다.

막 현관을 지나 밖으로 나갈 때 달콤한 향이 코끝을 간질였다. 성욱은 걸음을 멈췄다. 수정이 막 집으로 들어오고 있었다.

*

　최석원은 지방 건설업체 지원책을 이용해 한몫 잡은 건달이
었다. 건설업체 지원책이란 대형 건설사가 공공사업에 입찰할
때 그 지역 건설업체와 컨소시엄을 구축하면 5퍼센트에서 7퍼
센트가량의 가산점을 주는 제도를 말한다.

　최석원은 법안이 통과되자마자 본거지인 마산에 건설사를
차리고 평소 형님 아우 하던 공무원들을 통해 서울의 대형 건설
사에 선을 댔다. 그가 가지고 있는 건설 회사는 공사 장비도, 직
원도 없었다. 서류상으로 존재하는 페이퍼 회사일 뿐이지만 정
부 지원책 덕에 계속해서 공사를 따냈고 석원은 일정 부분의 지
분을 차지했다.

　그는 그런 식으로 번 돈으로 서울에 진출해 일원과 망원 등지
에 대형 한우집을 차렸고 마산에 있는 한우 목장에서 일등급 육
우를 싼값에 공급받아 중간 유통 없이 직접 팔아치워 큰돈을 벌
었다. 지금은 마산뿐 아니라 서울에서도 나름 이름 있는 기업인
이 되어 있었다.

　일도가 약속 장소인 한우집에 도착했을 때 1층 홀에서 체육
대학 유도부의 신입생 환영회가 열리고 있었다. 최석원은 환영
회 상석에 앉아 버럭버럭 소리를 지르고 있었다.

　"자, 고기 마음껏 먹고 금메달 따서 국위 선양하는 거다. 다들
금메달을 위하여!"

　일도를 보고 정장 차림의 이호재가 나는 듯이 달려왔다.

"사장님도 금방 올라오실 겁니다. 잠깐 위에서 기다리시죠."

호재는 마산 시절부터 최 사장의 오른팔로 지금은 한우집의 지배인이었다. 영업이 천직이었는지 조직에 있을 때보다 훨씬 말끔해졌고 일처리도 깔끔했다.

호재가 안내한 곳은 최상층의 10인용 룸이었다.

"기다리시는 동안 고기라도 좀 가져다드릴까요? 오늘 꽃등심이 아주 좋습니다."

평소라면 호탕하게 3인분쯤 가져오라고 말했겠지만 오늘따라 식욕이 나질 않았다. 닭이 죽는 꼴을 봤기 때문일까. 일도는 제산제를 꺼내 들며 말했다.

"뜨거운 물이나 가져다줘."

조금씩 물을 마셔가며 15분쯤 기다리자 최 사장이 나타났다. 술에 취해 벌건 얼굴에, 어깨에는 '세계 최강 대한 유도부'라 적힌 수건을 두르고 있었다.

"미안, 내가 오늘 좀 바빠서. 근데 고기도 안 먹고 뭐하고 있었어? 무슨 수도승도 아니고. 야! 이 새끼야! 등심 가져와!"

"내가 필요 없다고 했어. 속이 안 좋아."

"이제 마흔 먹은 게 벌써부터 소화불량이야? 관리 좀 해라. 근데 너 살 빠진 거 아니냐? 쉬엄쉬엄 일해. 그러다 과로사 한다."

"아직은 괜찮아. 그런데 1층에 뭐하는 거야?"

"내 후배들. 이번에 입학한 애들 불러서 고기 좀 사주고 있지."

"최 사장 체육대학 나왔어? 유도부?"

최석원은 갑자기 손을 뻗어 일도의 옷깃을 휘어잡았다. 일도가 뿌리치려 했을 땐 이미 늦었다. 옷깃이 팽팽하게 당겨지며 목을 조였다. 일도가 버둥댈 때, 석원은 손을 풀고 씩 웃었다.

"내가 이래 봬도 국가 상비군 출신이야. 난다 긴다 하는 건달들도 내 손에 걸리는 순간 뼈가 부러지지."

"대단한데?"

일도는 마른기침을 내뱉으며 대꾸했다. 최석원은 물수건으로 기름이 번들거리는 얼굴을 닦으며 득의하게 웃었다.

"운동 좀 해. 실력 믿고 놀기 시작하면 금방 느려져."

일도는 호흡을 가다듬고 남은 물을 마셨다. 목구멍이 아팠다. 한물 간 건달인 줄 알았는데 엘리트 체육인이라니. 석원이 진심이었다면 일격에 당했을지도 모른다.

일도는 속내를 드러내지 않으려 애쓰며 말했다.

"모교 사랑이 대단한데? 장사 중지하고 후배들 밥도 사 먹이고. 운동선수들이면 고기도 많이 먹을 거 아냐."

"투자야, 투자. 저 중에 올림픽 금메달이라도 나오면 나도 국위 선양하는 거니까."

"최 사장 생각보다 애국심 있네."

석원은 일도의 비아냥을 이해하지 못했는지 목청을 높였다.

"잘 아네. 건달이야말로 이 나라에서 제일 애국심 있는 사람들이지. 김두한, 시라소니, 다 나라를 위해 몸 바친 사람들 아냐? 머리나 쓰고 입으로만 나불대는 놈들, 전쟁 나면 다들 도망갈걸? 난 죽을 때까지 싸운다. 넌 어떻게 할 거냐?"

한때 일도도 나라에 봉사하는 것에 자부심을 느끼며 살 때가 있었다. 주머니에 돈은 없어도 마음만은 뿌듯하던 때가. 그때라면 당연히 싸운다고 대답했겠지만 지금은 모르겠다.

"닥쳐봐야 알겠는데."

"뭐, 꼭 국위 선양이 아니더라도 이렇게 눈도장 찍어놓으면 나중에 똘똘한 놈들 스카우트할 때 유리하니까."

"스카우트라니? 무슨 스카우트?"

"체대에서 격투기 배운 애들이 나중에 뭐하는지 알아? 싸움 제일 잘하는 놈은 국가대표가 되고 그다음 잘하는 놈은 건달이돼. 싸움 제일 못하는 놈들이 경찰 하는 거야. 실력 있는 애들 잡으려면 미리 공을 들여야 돼. 다른 조직에서도 탐을 내거든. 그런데 진짜 고기 안 먹을 거야? 오늘 고기 마블링이 굉장한데."

일도는 아랫배를 문질렀다. 속은 여전히 별로였지만 끼니를 거르는 것도 좋지 않았다. 한두 점 맛을 보는 건 괜찮겠지.

"그럼 조금만 먹지."

석원은 직원을 불러 등심 2인분을 주문했다. 숯불이 올라가고 고기가 나오자 석원은 떡심을 잘라 팬 위에 올려놓으며 말했다.

"좋은 소고기는 떡심이 별미야. 익으면 꼭 한번 먹어봐. 그런데 난 왜 보자고 했어?"

"일을 하나 맡았어. 최 사장이 소개해줬다고 하던데."

"아, 방 회장님이 전화했구나? 그 집 아들이 소문난 망나니야. 이번에 아주 대형 사고를 쳤다고 들었는데. 사람이 죽었다며? 그 일 관련해서 찾을 사람이 있다고 입이 무거운 사람을 찾아서 네 연락처를 알려줬지. 왜? 일이 별로야?"

"그냥 좀 분위기가 묘해서. 너한테 힌트 좀 얻으려고."

"너 분위기 같은 거 별로 안 따지잖아? 전에 네가 뭐라고 했더라?"

"시간과 금액만 맞으면 무슨 일이든 맡는다고 했지."

"맞아, 그거야. 그런데 왜? 신념이 바뀐 거야?"

사람이 죽었고 마약 비슷한 게 나왔으니까. 상대가 방 회장이니까. 하지만 석원에게 이런 말까지 할 필요는 없을 것이다.

"신념 같은 건 아니었어. 그저 습관이지. 습관이란 언제고 버려야 할 때가 오는 법이니까. 담배처럼."

"너 담배 끊었냐?"

"아니, 말이 그렇다고."

석원은 피식 웃고선 담배를 꺼내 입에 물었다.

"그럼 신념이나 습관이나 무슨 차이냐? 난 담배 못 끊겠더라. 넌 어떤지 모르겠지만 난 그래."

석원은 담뱃갑을 일도에게 내밀었다. 일도는 고개를 흔들었다.

"오늘부터 끊으려고."

석원은 담배에 불을 붙이고 한 모금 빨아들였다.

"이 좋은 걸? 잘 생각해."

"생각 많이 했다. 이제 끊을 때가 된 거 같아."

"그럼 그러든지. 암튼 아까 하던 얘기로 돌아가서. 방 회장은 대단한 부자야. 명동 제일의 사채업자거든. 현금 동원력만 놓고 보면 국내에서 다섯 손가락 안에 들걸? 서울에 있는 대형 조직 중 절반은 그 노인네한테 선을 대고 있어. 그러니까 잘해. 한 번 신임을 얻으면 앞으로 덕 볼 일이 많을 테니까."

"그 노인네는 나도 잘 알지."

"알아? 어떻게?"

"한 번 부딪친 적이 있어. 정확히 말하면 그자 부하들과 부딪친 거지만."

"용케도 살아 있구나."

"운이 좋았지. 같이 일하는 선배는 죽었지만. 그런데 그런 사람이 뷰티 케어 같은 곱상한 사업에 뛰어들 줄은 몰랐네."

"그거 방 회장이 하는 회사가 아니야. 아까 얘기한 방 회장 아들이 만든 건데…… 걔 이름이 뭐더라?"

"방태수."

"그래, 방태수. 걔가 계속 집에서 놀기만 했잖아? 무슨 일을 하세요, 했는데 백숩니다, 하면 본인도 그렇고 부모도 그렇고 창피하니까. 무슨 일이든 해보라고 방 회장이 돈을 줬던 모양이야. 그 돈으로 차린 회사야. 의외로 장사가 잘돼서 강남에만 직영점을 다섯 개 내고 충무로엔가에는 사업 본부 거하게 지었다고 들었다."

"사업 본부는 한 번 가봤지. 회사 정리하는 것 같던데. 무슨 일 있나?"

최석원은 어깨를 으쓱했다.

"뭐, 아들이 잡혀갔으니까. 방 회장이 보기에 뭔가 마음에 안 드는 구석이 있었을지도 모르고. 노인네가 보기에는 여자 살 빼 주는 회사라는 게 한심하게 보였을 거 아니냐? 뭐 그 영감 마음이지, 내가 알 거 있냐? 고기 좀 먹어라. 딱 적당하게 익었다."

일도는 지글지글 익어가는 고기를 쳐다보다 불쑥 물었다.

"마약은?"

잠시 침묵이 흘렀다. 석원이 신경질적으로 앞접시에 꽁초를 비벼 껐다.

"무슨 소리야? 마약이라니?"

"거기 다이어트 약에 문제가 있다고 들었는데? 불법 약품을 처방한다고 하던데. 아니야?"

"난 전혀 모르는 일이야. 뭐 그렇다면 사업을 정리할 만하네. 안에서 새는 바가지 밖에서도 샌다더니. 어쩐지 별 볼 일 없는 회사가 어찌 그리 장사가 잘되나 했다. 그런데 그런 말은 어디서 들었어?"

시험 삼아 한번 찔러본 것인데 제법 반응이 있었다. 정색하며 잡아떼는 꼴이라니. 최석원도 잇걸과 관련이 있는 걸까? 가능성이야 충분했다. 돈이 벌린다면 마약이 아니라 마약 할아버지라도 취급할 위인이니까.

"최 사장도 알지? 내가 안 하는 일은 딱 두 개야."

"알지, 사람 안 죽이고 마약 안 건드린다고 했잖아."

"그래, 그 두 개는 너무 위험하니까. 그런데 이번 일은 그 두 가지가 다 들어 있네."

"살인도?"

"어쩌면."

일도는 물티슈로 입술을 닦고 일어섰다. 고기를 한 점밖에 먹지 않았지만 벌써부터 속이 부대꼈다.

"잘 먹었다. 이제 가봐야겠다."

"어떡하려고? 방 회장한테 그만두겠다고 할 거야?"

"아직 생각 중이야."

"잘 생각해. 방 회장 성질이 보통 아니야. 내가 아까 방 회장 아는 사람 많다고 했지? 다들 그 노인네 눈에 들고 싶어서 안달이 났다고. 방 회장한테 잘못 보이면 재미없어."

"나도 성질 있는 놈이야."

"아까 신념이 어쩌니 습관이 어쩌니 했지? 난 잘 모르겠지만 말이다. 사람 좀 죽고 마약 좀 거래했으면 어떠냐? 네 목숨이 더 중요한 거 아니야? 신념이든 습관이든 버릴 때는 버리는 거지."

"생각해볼게."

석원은 젓가락으로 팬 위의 떡심을 가리켰다.

"이건 안 먹을 거냐? 이게 별민데?"

"다음에. 다음에 먹지."

*

차에 올랐을 때 이석구에게서 전화가 왔다. 타이밍 한번 절묘하군. 꼭 누가 귀띔을 해준 것처럼. 일도는 전화를 받았다.

"여보세요."

"장 선생님, 저 이석구입니다. 조사는 어떻게 진행되고 있나 싶어서 전화드렸습니다."

"그 양반 성질 한번 급하시네. 아직 하루도 안 지났는데 뭘 알아냈겠어요?"

"일처리가 보통 빠른 게 아니시던데 별말씀을 다 하십니다. 반나절도 안 돼서 이수정의 집 근처까지 찾아내시고 지금은 의뢰하지 않은 일까지 캐내고 있다고 들었는데요. 아닙니까?"

흠, 이수정 이야기는 최 사장에게 안 했는데 어떻게 알았을까?

일도는 백미러를 살짝 움직였다. 듬성듬성 주차된 승용차들 사이로 검정색 에쿠스가 보였다. 불이 꺼져 있었지만 사람이 차에 타고 있음을 알 수 있었다. 시동이 걸려 있었으니까.

미행당했군. 일도는 혀를 찼다. 진작 알아차렸어야 했다. 다른 때라면 뚝섬에서 놈들을 발견하고 따돌렸을 것이다. 몸이 안 좋아서일까? 일을 연달아 해서 피로한 걸까? 긴장이 풀려 있었다. 이래선 남익 선배처럼 당해도 할 말이 없었다.

일도는 백미러로 에쿠스를 노려보며 말했다.

"잘 아시네요. 따라다니면서 본 것처럼."

"이해해주십시오. 회장님께서 중요하게 생각하시는 일이라 사람을 몇 명 붙여두었습니다. 일하시는 도중에 골치 아픈 일이 생겨도 뒤처리 같은 거 신경 안 쓰셔도 됩니다. 저희 애들이 다 알아서 처리할 테니까요."

닭의 시체도 처리했다는 뜻일까? 일도는 말했다.

"그렇게 말씀하시니 마음이 든든하네요. 그런데 일을 하면 할수록 그쪽에서 한 말과는 다른 증거들이 나오는데 어떻게 된 겁니까? 잇걸 마크가 새겨진 마약성 식욕억제제라든가. 그걸 잘못 먹고 죽은 사람이라든가."

"하하하! 재미있는 말씀이군요. 클리닉에서 다이어트 약 처방한 게 뭐가 문젠지 모르겠지만요. 그런데 말입니다. 맡은 일만 열심히 하는 분이라는 평판이던데 제가 잘못 들은 걸까요?"

"아뇨, 제대로 들었습니다. 단지 지나치게 위험한 일은 안 한다는 게 제 신조라서 말이죠. 마약이나 살인과 관련된 일은 입맛이 쓰거든요."

"만에 하나, 그런 일이 생긴다면 모른 척하고 넘어가주십시오. 저희 애들이 뒷일을 처리할 테니까. 살짝 귀띔을 드리자면 벌써 한 번 선생님께서 하다 만 일을 끝냈답니다."

닭의 시체를 처리했군. 일도는 확신했다. 속병이 도졌는지 배 속이 부글부글 끓었지만 시체를 치웠냐고 물어볼 만큼 흥분하진 않았다. 이건 게임이었다. 먼저 흥분하는 쪽이 지는 게임.

"그러니까 걱정 말고 일을 진행하시면 됩니다."

주도권을 잡았다고 생각했는지 이석구의 말투가 거만해졌다. 하지만 일도의 다음 물음에 석구는 꿀 먹은 벙어리가 되었다.

"지금까지 한 이야기, 회장님도 알고 계십니까?"

석구가 간신히 입을 열었다.

"당연히 알고 계시죠."

모르는군. 내가 그럴 줄 알았지. 일도는 미소를 지었다. 비서 놈이 전화를 걸어 발정 난 강아지처럼 안달할 때부터 짐작하고 있었다. 방 회장은 잇걸의 마약 건에 대해 아무것도 모른다. 단지 귀한 아들이 꽃뱀에게 당해 경찰서에 끌려갔다고 생각하고 있는 거겠지.

일도는 느긋한 어조로 말했다.

"그렇다면 다행이군요. 상황이 정리되면 회장님께 직접 브리핑을 하도록 하죠. 오해가 있다면 풀어야 할 테니까."

석구의 목소리가 다급해졌다.

"회장님 바쁘십니다. 그냥 저한테 말씀하시죠."

바로 속을 드러내는 걸 보면 역시 애송이였다. 일도는 잠시 상황을 즐기다가 천천히 입을 열었다.

"참, 한 가지 깜빡한 게 있는데."

"뭡니까?"

석구는 긴장한 어조로 물었다.

"이수정에 대한 자료, 보내준다고 했잖습니까. 아직 안 와서요."

"바로 보내드리겠습니다."

일도는 전화를 끊고 의자에 몸을 기댄 채 기지개를 켰다. 온종일 뛰어다녔기 때문일까. 어깨며 등허리가 뻐근했다. 그는 담배를 꺼내 물었다. 아무래도 오늘은 못 끊겠다.

그는 담배를 피우며 그를 감시하고 있는 에쿠스를 쳐다보았다. 남익 선배가 옆에 있었다면 뭐라고 했을까? 아마도 비웃었을 것이다. 이런 일을 시작한 것부터가 잘못이라면서.

그는 고개를 흔들었다. 남익 선배는 오래전에 죽었다. 그 후로 세상은 많이 변했고 그 또한 달라졌다. 이제는 선배의 태도가 유용할 때가 있고 아닐 때도 있다.

일도는 사건에 대해 생각했다. 처음부터 차근차근.

방태수. 회장의 개차반 아들. 녀석이 문제의 시작이다. 방태수는 다이어트 회사를 차려 마약 성분이 든 식욕억제제를 팔았다. 이수정이라는 꽃뱀이 그 사실을 알고 협박을 했고, 멍청한 방태수는 조용히 처리할 생각은 하지 않고 번화가에서 다짜고짜 여자에게 달려들어 주먹을 휘둘렀다. 우여곡절 끝에 운전기사가 죽고 방태수는 용감한 시민들에 의해 경찰에 넘겨지고 말았다.

그래서 알게 된 사실은? 이석구는 방태수의 일을 돕고 있다. 어쩌면 바보 같은 부잣집 아들을 뒤에서 휘두르고 있는지도 모른다. 최석원 사장도 한 패일 가능성이 높다. 돈이 되는 일이라면 앞뒤 안 가리고 달려들 위인이니까.

회장에게 알려지면 셋 다 곤란해질 것이다.

그나마 방태수는 낫다. 아들이니까. 방 회장 같은 꼰대는 가족을 목숨보다 아낀다. 평소에 매섭게 화를 내고 눈물이 나도록 혼쭐을 내도 최악의 순간에는 감싸 안는 것이 그런 노인네의 본성이다.

하지만 다른 둘은? 눈 하나 깜짝하지 않고 없애버릴 것이다. 아들을 위해서라면 더욱더. 그렇기 때문에 그들 모두 일도가 쓸데없이 주둥이를 놀리지 않을까 걱정하고 있는 것이리라.

다시 말하면 옴팡지게 잘못 걸렸다. 마약도 마약이지만 이해관계자가 이런 식으로 얽혀 있는 사건은 곤란하다. 어떤 식으로 일을 해결하든 누군가에게 원한을 사게 되기 때문이다.

일도는 창밖으로 꽁초를 날렸다. 어찌되었건 끝까지 가야 한다. 첫째, 그만두겠다고 말해봐야 알아들을 만큼 똑똑한 놈들이 아니고 둘째, 닭이 죽은 이상 그도 이해관계자 중 한 명이 되어버렸기 때문이다. 그리고 셋째, 이렇게는 그냥 못 물러나겠다.

일도가 일하는 업계는 정글이었다. 약육강식의 세계. 약한 모습을 보이면 그것으로 끝이었다. 그를 무시하고 업신여긴 자들을 그냥 내버려둔다면 다른 자들에게도 업신여김당할 것이다.

그는 노트북을 꺼내 메일함을 열었다. 이석구가 보낸 메일이 도착해 있었다. 빠른 해결을 바란다는 멘트와 함께 한글 문서가 첨부되어 있었다. 누군가 이수정의 뒷조사를 하고 작성한 보고서였다. 보고서는 만난 사람과 찾아간 장소가 꼼꼼하게 정리되어 있었고 마지막에 간단한 결론이 있었다.

이름, 나이, 학력 모두 거짓임. 거주지 동사무소와 구청, 대학 학적과 어디에도 존재하지 않는 인물. 명의 등록이 되지 않은 불법 개조된 선불폰을 사용. 이수정이 단골 가게라고 소개한 곳들도 지난 석 달간 집중적으로 드나들었던 곳들임. 방태수 씨를 만나기 전부터 알던 가게는 한 곳도 없고 직원들과 개인적인 관계도 없음. 처음부터 끝까지 방태수 씨의 돈을 뜯기 위해 작업한 것으로 보임.

간단명료하고 정확한 보고서였다. 하지만 이석구가 말한 것처럼 전문가는 아니었다. 상상력이 부족했다. 일도는 보고서만 읽고도 이수정을 찾아낼 몇 가지 단서를 발견했다.

제일 먼저 갈 곳은……. 그는 두 사람이 드나들었다는 가게를 차례대로 살피다 한 곳에 시선을 멈췄다.

'칵테일 바 일리아스'

그는 백미러를 보았다. 검정색 에쿠스는 아직 거기 있었다. 뒤통수에 거머리가 들러붙으면 될 일도 안 된다. 일도는 안전벨트를 매고 글러브박스에서 마우스피스를 꺼냈다. 자동차로 험한 일을 할 때는 꼭 마우스피스를 낀다. 머리와 치아의 충격을 절반 이하로 줄여주기 때문이다. 그는 준비를 마치고 시동을 걸었다.

에쿠스는 먼저 골목 밖으로 나가 있을 생각인지 천천히 옆으로 미끄러졌다. 장일도는 기다렸다가 적당한 때에 차를 후진시켰다.

쾅! 라이트 불빛이 지그재그로 요동치고 검은 승용차의 옆구리가 정어리 통조림처럼 움푹 패었다. 에쿠스에 타고 있던 사내들의 당황한 얼굴이 보였다.

일도는 힘껏 엑셀을 밟아 에쿠스를 차도로 밀어냈다. 금속이 찢어지는 날카로운 소리. 놈들은 어떻게든 빠져나가려고 핸들을 꺾었지만 일도의 위치가 훨씬 좋았다. 승용차 한 대가 달려오다 에쿠스의 꽁무니를 들이박았다. 에쿠스는 빙그르르 돌아 차도 중간에 걸쳐 섰다. 다른 차량들이 급정거하며 경적을 울렸다. 순식간에 차들이 뒤엉켜 거리는 엉망으로 변했다.

　일도는 출발했다. 백미러를 통해 에쿠스에서 내리는 남자들이 보였다. 그는 그들을 향해 가볍게 손을 흔들어 보였다. 부글부글 끓던 속이 조금 가라앉았다.

·9장·

진실

"성욱 씨? 여기서 뭐하세요? 회사는요?"

성욱은 입을 벌렸다가 다물었다. 하얀 햇살이 마치 후광처럼 하얗게 수정의 머리를 비추고 있었다. 수많은 생각이 머리를 스쳤지만 무슨 말부터 해야 할지 알 수 없었다. 수정을 믿을 수 있을까? 그녀가 한 말들이 전부 사실일까? 그녀는 정말 사기꾼이 맞는 걸까? 그래서 경찰의 추적을 받고 있는 걸까?

그러다 불현듯 대머리 경비가 그들을 찾고 있음이 떠올랐다. 일단은 잡히지 않는 게 중요했다.

"잠깐만요. 일단 이리 들어와요."

성욱은 수정의 손을 잡아 주택 안으로 이끌었다. 현관 안 복도에 수정을 세우고 물었다.

"수정 씨, 별일 없었어요? 쫓아오는 사람이라든가 덤비는 사람 없었어요?"

수정은 선글라스를 살짝 들췄다. 멍들고 부은 눈이 보였다. 지켜줘야 할 어린 양. 그녀에게 과연 무슨 말을 할 수 있을까? 수정은 놀란 표정으로 고개를 흔들었다.

"그런 사람 없었는데. 무슨 일 있었어요? 어머, 땀 흘리는 것 좀 봐. 성욱 씨야말로 무슨 일 있었어요?"

"우릴 찾는 사람이 있어요."

"우릴 찾다뇨? 누가요?"

성욱도 그 답을 알지 못했다. 그는 대답 대신 빌라 밖 거리를 살폈다. 경비는 보이지 않았다. 수정이 손을 뻗어 이마의 땀을 닦아주었다.

"심장이 엄청 크게 뛰어요. 일단 진정하고 들어가서 얘기해요."

집 안은 바깥보다 훨씬 쾌적했다. 성욱은 밖에 아무도 없음을 마지막으로 확인하고 문을 잠갔다. 수정은 소파에 백팩을 내려놓고 냉장고에서 주스를 꺼내 성욱에게 내밀었다.

"쭉 들이키세요."

차가운 액체가 몸속으로 들어가자 흥분이 가라앉았다. 그는 거실 소파에 앉아 길게 숨을 들이마셨다. 조금 전까지 있었던 일이 모두 비현실적으로 느껴졌다. 30년 넘게 평범하게 살았는데 지난 이틀간 너무 많은 일들이 있었다. 영화나 드라마에서나 보던 일들. 뭔가 달라지길 원했지만 막상 그런 일이 닥치니 정신이 하나도 없었다.

문득 수정이 거실 소파에 내려놓은 백팩에 시선이 닿았다. 안에 뭐가 들었는지 제법 빵빵했다. 아침에는 빈 백팩이지 않았나? 안에 뭐가 들었을까 생각할 때 수정이 백팩을 옆으로 치우고 그 자리에 앉으며 말했다.

"이제 얘기해보세요. 무슨 일인데요?"

무슨 이야기부터 해야 할까? 그녀에게 품고 있는 의구심을 털어놔야 할까? 아니면 방금 겪은 일부터 이야기해야 할까? 더 이상 머리를 쓰고 싶지 않았다. 성욱은 처음부터 끝까지 순서대로 솔직하게 털어놓았다. 팀장이 했던 말들, 아파트 앞에서 경비를 만난 일, 사기꾼 취급을 받고 도망친 일까지 전부 말했다.

수정은 이야기를 듣고 골똘히 생각에 잠겼다. 성욱은 그녀가 입을 열 때까지 기다렸다. 주스를 조금씩 들이마시며 속마음을 모조리 털어놓으니 이상하게도 마음이 편안했다.

"경찰이 정확히 무슨 말을 했다고 하던가요?"

"수정 씨와 제가 사기꾼 커플이라고 했어요. 우릴 보면 연락달라고 전화번호를 남겼다고 했고. 다른 말도 했던 것 같은데……. 워낙 경황이 없어서, 아! 수정 씨 이름을 알고 있었어요."

수정의 얼굴이 어두워졌다.

"경찰이 아니에요."

"뭐라고요?"

"경찰이 아니라고요. 방태수가 보낸 자들일 거예요."

성욱은 자신의 귀를 의심했다.

"방태수? 어제 그놈? 저한테는 그 사람과 전혀 모르는 사이라고 했잖아요?"

수정은 작은 목소리로 말했다.

"미안해요. 성욱 씨한테 뭐라고 말해야 할지 몰랐어요."

"수정 씨가 왜 거짓말을 했는지 모르겠어요. 그 남자랑 아는 사이면 뭐 어때서요. 전후 사정이야 어찌됐건 그 사람이 갑자기 나타나서 일방적으로 폭력을 휘둘렀잖아요. 그런 자랑 뭔가 안 좋은 일이 있었다고 해도…… 그러니까 혹시……."

그 사람한테 사기를 친 게 맞나요? 수정 씨는 사기꾼인가요?

성욱은 뒷말을 삼켰다. 하지만 수정은 성욱의 속내를 알아차리고 고개를 흔들었다.

"전 사기 친 적 없어요."

"정말요? 그 말 믿어도 되겠어요?"

"정말이에요."

수정은 간절하게 말했다. 성욱은 고개를 돌렸다. 수정의 눈을 보고 있으면 그녀가 무슨 말을 해도 믿을 것 같아서였다. 성욱은 창밖을 보며 말했다.

"그 말을 어떻게 믿죠? 이미 거짓말을 했잖아요."

"사기꾼 커플이라고 했다면서요? 성욱 씨가 사기꾼인가요?"

"저는 아니지만…… 수정 씨랑 함께 있는 걸 보고 그렇게 생각했을 수도 있죠."

수정은 한숨을 쉬었다.

"저도 사기꾼이 아니에요. 우릴 찾아왔다는 사람들이 경찰이 아닌 것처럼. 그쪽에서 마음대로 죄목을 붙인 거예요. 경찰 행세를 하려면 뭐든 죄목이 있어야 하니까요."

성욱은 참지 못하고 수정을 바라보았다.

"그러니까 왜 진짜 경찰이 아니라고 생각하느냔 거예요. 방태수와 수정 씨 사이에 무슨 일이 있었는데요? 그 사람 대체 뭐 하는 사람이에요?"

수정은 길게 한숨을 내쉬었다. 한동안 침묵하다 떨리는 목소리로 말했다.

"이번 일, 모른 척해주시면 안 될까요? 절대 성욱 씨한테 해가 가는 일은 없도록 할게요. 경찰이라는 자들이 찾아가는 일도 없을 거예요. 제가 약속할게요."

"이게 대체 무슨 일인지나 말해주세요. 모른 척하든 안 하든 그건 제가 결정할 테니까."

"위험한 일이에요. 성욱 씨, 다칠 수도 있어요."

수정은 속삭였다. 성욱은 벌컥 화를 냈다.

"위험한 일인 거 누가 몰라요? 사람들 죽고 다칠 때 저도 거기 있었어요. 수정 씨 구하려다 저도 못 볼 꼴 보고 못 볼 일 당했다고요. 그런데 이제 와서 위험한 일이니까 빠지라고요? 저, 무슨 일인지 들을 자격 있어요. 이렇게 모른 척 넘어갈 순 없다고요. 무슨 일인지 듣고 수정 씨 돕고 싶어요."

"성욱 씨 좋은 사람인 거 저도 알아요. 그러니까 모르는 사람을 위해 나서서 싸우고 지금 저희 집에 와서 이런 얘기까지 해주는 거겠죠. 그래서 더 성욱 씨가 이 일에 끼지 않기를 바라는 거예요."

그녀는 성욱의 눈을 똑바로 쳐다보며 말을 이었다.

"지금이라면 빠질 수 있어요. 하지만 제 얘길 들으면 빠질 수 없을지도 몰라요. 위험한 비밀은 그걸 아는 사람까지 잡아먹는 법이거든요. 그래도 알고 싶으세요?"

성욱은 망설였다. 수정이 거짓말을 하는 게 아님을 느낄 수 있었다. 지금 그의 대답이 평생을 결정할 것이었다. 뿔테 안경 같은, 아니 그보다 더한 놈들과 마주치게 될지도 모른다.

여느 때의 그였다면 위험한 일을 피하려고 했을 것이다. 그대로 집으로 돌아가 수정을 잊으려 노력했을 것이다. 하지만 지끈거리는 눈의 통증이, 쿵쾅거리는 가슴이 그를 그렇게 놔두지 않았다. 수정의 간절한 눈빛을 피할 수가 없었다.

달라질 기회다. 인영이 불평했던, 답답하고 평범한 인생을 벗어날 때다. 지금 결심하면 된다. 하지만 그럴 수 있을까? 심장이 쿵쿵대며 뛰었다. 좋아하는 여자를 지키는 기사가 될 수 있을까?

성욱은 눈을 감고 마음을 가라앉혔다. 수정과 처음 만났을 때가 떠올랐다. 세 번을 우연히 마주쳤으니 운명이라고 기뻐했지. 그래, 이것도 운명이다. 그는 눈을 뜨고 수정을 쳐다보며 말했다.

"모르는 사람 아니에요."

"예?"

"수정 씨를 극장에서 처음 봤어요."

성욱은 그날 있었던 일을 사실대로 털어놓았다. 인영에게 차이고 집에 가다가 극장 앞에서 그녀를 본 일부터 뒤를 따라갔던 일, 그리고 정류장에서 그녀를 다시 만난 일까지.

"정말 솔직하게 말하면 전 수정 씨가 진짜 사기꾼이어도 아니, 사람을 죽였어도 상관 안 해요. 돕고 싶어서 그래요. 수정 씨가 다치지 않기를 바란다고요. 그러니까 무슨 일인지 얘기해 봐요."

"그럼 얘기할게요. 대신 너무 부담 가지지 말아요. 이야기만 듣고 그냥 가셔도 돼요. 아무에게도 성욱 씨 얘기 안 할 테니까."

"안 그래요. 아무튼 이야기나 해봐요. 어찌된 일인지."

"제가 뷰티숍에서 홍보 일을 한다는 얘기 했죠? 잇걸이라는 회사예요. 혹시 들어봤어요?"

"아뇨."

"하긴 여자들에게 유명한 곳이니까. 서울에 지점이 여러 곳 있는데 전 그중에 청담 지점에서 일했어요. 1년 정도 일했는데 나름 괜찮았어요. 다들 저한테 손님을 끌어들이는 솜씨가 있다고 하더군요. 정말 열심히 일했어요."

성욱은 수정의 말에 귀 기울였다. 지금까진 문제될 게 전혀 없어 보였다. 도대체 무슨 일일까? 사채라도 쓴 걸까? 아니면 악질 손님에게 걸린 걸까?

"기본적으로 잇걸은 여성의 머리부터 발끝까지 모든 부위를 케어하지만 가장 중점을 두는 건 다이어트예요. 몸무게야말로 세상 모든 여자의 고민거리니까요. 여자들이 살 문제로 얼마나 스트레스를 받는지 알면 놀랄 거예요. 영양실조 직전의 여배우들도 살을 더 빼야 한다고 SNS에 적을 정도의 세상이잖아요. 젊든 늙었든 다들 날씬해지려고 해요. 그 부분에 있어서 잇걸은 확실한 성과를 냈어요. 짧은 시간 내에 원하는 만큼 살을 빼주거든요. 그런 입소문 덕분에 단시일 내에 고객을 늘릴 수 있었던 거고요."

수정은 속이 타는지 주스를 한 잔 따라 마셨다.

"잇걸에서는 약을 써서 살을 빼요. 사실 체중 감량은 운동요법과 식이요법을 병행해서 하는 것이 맞아요. 그래야 몸이 축나는 일 없이 살을 뺄 수 있으니까요. 하지만 워낙 힘들고 시간이 오래 걸리니까 다들 다른 방법을 생각하게 되죠. 그게 약물요법이에요. 부작용이 있고, 약을 끊으면 다시 체중이 늘게 되지만 단기간에 살을 빼는 가장 확실한 방법이니까요. 회사에서도 회원들에게 다른 방법보다 약물요법을 많이 권하는 편이었어요. 그쪽이 홍보 효과도 크고 돈벌이도 많이 되니까. 사실은 제가 하는 일이 그거였죠. 약물요법으로 살을 뺐다고 하면서 사람들을 끌어모으는."

"정말로 그랬어요?"

"아뇨, 고등학교 이후로는 늘 이 몸무게였어요. 아무튼 그때만 해도 나쁜 짓을 한다는 생각은 없었어요. 체중 때문에 고민 많은 여자들을 돕는 일이라고 생각했죠. 사실은 그게 아니었지만."

수정은 말을 멈췄다. 성욱은 조바심이 나서 말했다.

"그럼 어떤 일이었는데요?"

수정은 한참을 망설이다 말했다.

"잇걸에서는 다이어트를 위해 불법 처방 약을 사용했어요. FDA에서 금지 약품으로 분류한 약을. 그것도 세 가지 종류를 한꺼번에. 거기에 이뇨제와 우울증 치료제, 간질 치료제 등을 함께 넣었죠. 다이어트 약의 부작용을 막기 위해서요. 케어숍 내에서는 그걸 다이어트 칵테일이라고 불렀는데 전 처음에 그게 뭔지도 잘 몰랐어요. 어쨌든 겉보기엔 효과가 좋으니까 인기 만점이었죠. 장사가 아주 잘됐죠. 그런데 문제가 생긴 거예요. 사람이 죽었어요."

성욱은 심장이 내려앉는 기분이었다. 뭔가 일이 꼬인다는 생각은 했지만 그런 일일 거라곤 생각하지 못했다.

"혼자 사는 아가씨였어요. 대기업에서 일하는 능력 있는 커리어우먼이라고 들었는데 체중이 스트레스였던 것 같아요. 제가 보기엔 약간 통통한 정도였는데, 선배나 동료 사원들에게 놀림을 많이 받았던 모양이에요. 처음에는 식이요법으로 살을 뺐는데 요요 현상으로 처음보다 더 살이 찌고 말았어요. 결국은 약물요법으로 넘어갔죠. 처음에는 그분도 만족해했어요. 눈에 보일 만큼 빠르게 살이 빠졌으니까. 그런데…… 갑자기 죽어버렸어요."

"왜 죽은 거죠?"

수정은 말했다.

"심장마비였어요. 전신 마사지 후에 직원이 깨우다가 알게 됐죠. 제가 마사지실에 갔을 땐 몸이 차디차게 식어 있었어요. 당장 난리가 났어요. 담당 의사부터 지점장, 거기에 본사에서 사장까지 전부 다 왔어요. 그제야 사용이 금지된 약을 불법 처방한 걸 알게 됐죠. 다들 그 사실을 알고 있었는데 저만 몰랐어요. 심장에 무리가 가서 식약청에서 국내 사용을 금지시킨 약이었대요. 그래도 효과가 좋으니까 계속 쓰고 있었던 거죠. 사람이 죽은 게 알려지면 경찰 조사가 시작될 거고 불법 약물을 투약한 사실도 드러나겠죠. 사장은 일을 감추기로 결정했어요."

성욱은 이해가 가지 않았다.

"어떻게 감추죠? 그러니까 사람이 죽은 걸……."

"저도 정확히는 몰라요. 사장이 어딘가로 전화를 하니까 사람들이 와서 시체를 내갔어요. 병원에 가는 게 아니란 사실은 알 수 있었어요. 잠바 차림의 남자들이 시체를 둘둘 말아 봉고에 태워 갔으니까. 그러고 나서 시체를 본 사람들을 한 명씩 불러서 면담을 했죠. 사장은 입 다물고 있으라고, 일부러 저지른 일도 아닌데 이런 일로 피해를 받아야겠냐고 하더군요. 저한테는 월급을 올려주고 다음 지점에 지점장 자리를 약속했어요."

수정은 고개를 숙이고 머리를 감싸 쥐었다. 성욱은 그녀를 위로해주고 싶었지만 참았다. 수정은 작은 목소리로 말했다.

"며칠 동안 잠을 못 잤어요. 눈만 감으면 죽은 아가씨 얼굴이 떠올랐으니까. 나이도 비슷하고 외모나 취향도 닮은 구석이 있어서 언니 동생 하면서 친하게 지냈거든요. 그런데 그런 식으로 입을 다물고 있어야 하다니……. 사람 한 명이 죽었는데 누구하나 관심이 없었어요. 경찰이 오지 않을까 걱정했는데 그런 일도 없었어요."

"그러면 죽은 아가씨는……."

성욱은 말을 하다가 멈췄다. 생각만 해도 끔찍했다. 영화나 드라마에서는 아무렇지 않게 묻고 답하는 말인데 실제 있었던 일이라 생각하니 두려웠다. 뿔테 안경이 휘두르는 압도적인 폭력을 경험해봤기 때문일까? 그는 간신히 뒷말을 내뱉었다.

"그대로 없어진 건가요?"

"아니에요. 사장 몰래 찾아봤어요. 집에서 죽은 걸로, 그러니까 수면제 과다 복용에 의한 심장마비로 처리되어 있었어요. 불면증 때문에 정신과 치료를 받고 있었대요. 목욕 도중 잠자듯이 죽은 것 같다고. 물이 넘쳐서 아래층으로 쏟아지는 바람에 시체가 금방 발견되었다고 하더군요. 자살인지 사곤지 얘기가 많았는데 결국 사고로 결정 난 모양이었어요. 특별히 자살할 이유가 없는 사람이었으니까."

"부검은 안 했나요?"

수정은 고개를 끄떡였다.

"안 했어요. 별로 의심쩍은 죽음이 아니었던 모양이에요. 일주일쯤 지나고 사건이 정리되자 사장이 로커룸에서 물건을 빼서 가져다 버리라고 하더군요. 절 완전히 공범이라고 생각한 거죠. 로커룸 문을 열고 안에 든 추리닝과 신발, 가족사진을 꺼내서 쓰레기봉투에 담았죠. 그때 이래선 안 된다는 생각이 들었어요. 멀쩡하게 잘 살던 아가씨가 죽은 걸 모른 척한 것만으로도 부끄러운 일인데 오히려 그런 일을 돕기까지 하다뇨. 그래서 사무실에 있는 증거물을 몽땅 들고 나왔죠. 그녀의 신분증과 소지품, 그리고 캐비닛에 남아 있던 약까지 전부 다."

성욱은 침을 꿀꺽 삼켰다.

"그래서……."

"그날 정류장에서 경찰과 만나기로 했어요. 그 사건 담당자와. 그런데 경찰 대신 사장이 직접 나타났던 거죠."

"사장이라뇨? 그럼……."

"그래요, 뿔테 안경을 낀 남자요. 방태수. 그 사람이 잇걸의 사장이에요. 운전기사도 제가 아는 사람이에요. 평소에는 생글생글 웃으며 실없는 농담이나 걸던 사람인데. 둘 다 어딘가 이상하다는 건 알았지만 그 정도로 위험한 사람들인 줄은 몰랐어요. 제가 증거물을 경찰에 넘기려는 걸 알고 잡으러 왔던 거겠죠."

"그럼 증거물은……."

"가방에 있었죠."

성욱은 말을 멈췄다. 그녀가 골목에 나타났을 때 빈손이었다는 사실이 떠올랐기 때문이다. 그는 목소리를 낮췄다.

"빼앗긴 건가요?"

수정은 고개를 흔들었다.

"잡히더라도 그것만은 빼앗길 수 없다고 생각했어요. 정신없이 도망치다가 골목 입구에 가방을 감췄어요. 그때 골목 안에 있던 성욱 씨가 절 불렀던 거고요."

그랬군. 그래서 골목 어귀에 웅크리고 있었던 거구나. 그가 숨어 있음을 알고 머뭇거렸던 것도, 놀란 표정을 지었던 것도 아니었다.

"그럼 가방은 아직 거기 있겠군요? 지금 빨리 찾아와야 하는 거 아니에요?"

성욱은 다급한 마음에 벌떡 일어섰다. 수정이 고개를 흔들었다.

"아니에요, 지금 가져오는 길이에요. 걱정돼서 가만히 있을 수가 없었거든요."

수정은 백팩을 테이블 위에 내려놓고 지퍼를 열었다. 안에 약봉지가 가득 들어 있었다.

그녀는 가방에서 사진을 꺼내 성욱에게 보여주었다.

"이 아가씨예요, 죽은 아가씨가."

예쁘장한 아가씨였다. 이미 죽었다고 생각했기 때문일까? 살짝 웃고 있지만 어딘가 처량해 보였다.

"이름이 뭐죠?"

"조혜연. 스물여덟 살이에요."

성욱은 한숨을 쉬었다. 이런 일일 거라곤 생각하지 못했는데……. 그는 문득 떠오른 생각에 물었다.

"잠깐만요. 회사에서 수정 씨 주소는 모르나요?"

"모를 거예요. 이리로 이사 온 지 얼마 안 됐거든요. 집주인이 원해서 주소지 이전도 안 했어요. 회사에선 전에 살던 집만 알 텐데 거긴 지금쯤 재개발 들어가서 아무것도 없을 거고요."

"아버님을 찾아가서 행패를 부리진 않을까요?"

수정은 고개를 흔들었다.

"아버지는 양로원에 계세요. 치매시거든요. 누가 가서 뭘 물어보더라도 대답 못 하실 거예요. 특별히 왕래가 있는 친척도 없고. 이상한 말이지만 외톨이라는 게 이럴 땐 도움이 되네요."

성욱은 곰곰이 생각에 잠겼다.

"아파트까지 쫓아온 거야 택시 기사를 추적했다고 해도 제 사진은 어떻게 찾았을까요?"

"그건 저도 모르겠어요. 하지만 어떻게든 방법을 찾은 거겠죠. 그럴 힘과 권력이 있는 사람이니까요. 사장도 사장이지만 사장 아버지가 보통 사람은 상상도 못할 엄청난 거물이라고 들었어요."

"이제 어떻게 할 생각이죠?"

"저도 모르겠어요. 경찰에 가기에는 너무 무섭고. 그렇다고 이제 와 모른 척하기에는 너무 깊숙이 들어온 것 같고. 지금에 와서 손 뗀다고 해도 절 용서해줄 사람들이 아니잖아요. 어디 외국에 가서 숨을 돈이 있는 것도 아니고. 당장 다음 달 카드값도 막기 어려운데. 다른 일을 시작하다가 갑자기 그 사람들이 들이닥치면 어떡하나 싶기도 하고. 막말로 방태수를 감옥에 넣는다고 제가 안전해진다는 보장이 있는 것도 아니잖아요. 착한 일 한번 해보려고 한 건데 왜 일이 이렇게 된 건지 모르겠어요."

수정은 속에 있는 말을 모조리 쏟아내곤 잠시 입을 다물고 있다가 말했다.

"성욱 씨한테는 정말 미안해요. 괜한 일에 말려들게 해서."

수정에게서 미안하다는 말을 들으니 마음속 걱정과 공포가 녹아내렸다. 수정이 위험한 일이라고 했을 때부터 어떤 말이 나올지 두려웠다. 하지만 지금은 괜찮았다. 인영에게 차인 날, 수정을 만난 건 운명이었다. 지금껏 목적 없이 그럭저럭 살았다.

그런 인생이 부끄럽지만 달라질 방법을 알지 못했다. 하지만 지금은 다르다. 수정과 함께라면 뭐든 해낼 수 있을 거란 믿음이 있었다.

"아니에요, 제가 아까 말했죠? 수정 씨를 돕고 싶다고. 수정 씨가 좋은 사람이란 걸 알았으니 이제 됐어요. 극장 앞에서 수정 씨 만나서 여기까지 온 것도 운명이라고 생각해요. 그렇다면 운명에 충실하고 싶어요. 제가 도와줄게요."

성욱은 손을 내밀었다. 수정이 손을 잡았다.

"고마워요. 성욱 씨는 정말 좋은 사람이에요."

・10장・
증거

   '일리아스'는 한산했다. 다들 '오디세이'를 따라 떠나버린 걸까? 일도는 홀에 들어가 주위를 살폈다. 직장인으로 보이는 남자 둘이 스탠드체어에 앉아 술을 마시며 잡담을 나누고 있었다. 중년의 바텐더는 하얀 수건으로 글라스를 닦고 있었다. 진열장의 술병들은 가지런히 열을 짓고 있었고, 수십 개의 글라스는 황홀하게 빛났다.

   일도는 바의 의자에 걸터앉으며 바텐더에게 말했다.

   "진토닉 한 잔."

   바텐더는 싹싹한, 하지만 직업적인 미소를 지으며 말했다.

   "오늘 날씨 참 좋죠? 야구 할 시간인데. 오늘은 엘지가 이기겠죠?"

   일도가 엘지 점퍼를 입은 걸 보고 야구 팬이라 생각한 모양이지만 그는 야구 팬이 아니었다. 남익 선배에게 선물받은 유광 점퍼였다. 선배는 MBC 청룡 시절부터 야구 팬이었지만, 일도는 보는 것보다 직접 뛰는 걸 좋아했다. 일도는 경찰 신분증을 테이블 위에 내려놓으며 단도직입적으로 물었다.

"이수정 씨라고 기억나시죠? 방태수란 분과 여길 자주 찾아온 걸로 알고 있는데……."

바텐더는 얼굴을 찡그렸다.

"알죠. 원래도 자주 오시던 분들인 데다…… 얼마 전에도 다른 형사님이 오셔서 이것저것 묻고 가셨거든요. 그때 제가 아는 걸 전부 이야기했는데 무슨 일로 오셨는지……."

보고서를 작성한 놈도 경찰 행세를 한 모양이었다. 하긴 그쪽이 가장 쉽게 정보를 얻는 길이니까. 일도는 입에 침도 안 바르고 거짓말을 했다.

"그 친구가 다른 부서로 전출을 가서 제가 재수사를 하게 됐습니다. 아, 그렇게 부담스럽게 보진 마시고요. 꼭 사건 때문에 온 건 아니고 여기 칵테일이 맛있다는 소문이 있어서 겸사겸사 온 거니까."

그제야 바텐더가 표정을 풀었다. 세상에 칭찬을 싫어하는 사람은 없다. 자부심을 느끼는 분야를 정확하게 짚어주면 누구든 경계심을 늦추는 법이다. 바텐더는 테이블 위에 진토닉을 내려놓으며 말했다.

"제가 좀 무뚝뚝하게 느껴졌다면 죄송합니다. 그때 오신 분은 별말 없이 질문만 잔뜩 하다 가셔서 굉장히 답답했거든요. 그뿐인 줄 아세요? 아무것도 안 시키고 물만 먹고 갔어요."

"그랬군요. 그 자식이 원래 싸가지가 없어서 그래요."

바텐더는 한결 편한 어조로 말을 받았다.

"그런 거 같긴 했어요. 그런데 무슨 일입니까? 이수정 씨나 방태수 씨나 범죄에 연결될 분들 같진 않았는데. 두 분 다 매너 좋게 술만 드시다 가셨거든요."

"얼굴만 봐서는 사람을 모르죠."

"하긴 그래요."

다른 손님이 바텐더를 불렀다. 바텐더가 자리를 비운 사이 일도는 진토닉을 마셨다. 맛이 괜찮았다. 속만 쓰리지 않았다면 두어 잔 더 시켜보고 싶을 정도였다. 가격을 생각하면 이 정도 맛은 내줘야겠지만 세상에는 인테리어만 화려할 뿐 술이 맛없는 가게가 얼마든지 있다.

바텐더가 돌아왔다. 일도는 말했다.

"방태수와 이수정, 두 사람은 늘 칵테일만 마셨나요? 다른 술은 마신 적 없어요?"

"예, 밤에 오셔서 칵테일 한두 잔만 드시고 가셨으니까. 아! 잠깐만요. 맞아요. 딱 한 번 위스키를 드신 적이 있어요."

바텐더는 테이블 아래서 수첩을 꺼내 확인했다.

"싱글몰트로. 헤이즐번 12년이네요. 이제 기억이 나네요. 그 때가 저희 가게에 처음 오셨을 땐데 두 분이 한 잔씩 드셨죠. 그 뒤로는 쭉 칵테일을 드셨고요."

일도는 두근거리는 마음을 감추고 입을 열었다.

"그럼 술이 남았겠네요?"

"키핑해놨죠. 어디 있으려나. 아, 여기 있네요."

바텐더는 진열장 문을 열고 병을 꺼내려 했다. 일도가 말했다.

"그 병입니까?"

"예."

"잠깐만요. 제가 꺼내죠."

이걸 기대하고 있었다. 둘이 먹던 술병. 일도는 라텍스 장갑을 낀 다음 바 안으로 들어가 병을 꺼냈다. 병목에 포스트잇이 붙어 있었는데 예쁘장한 글씨로 '태수 씨 꺼'라고 적혀 있었다.

"이건 누구 글씨죠?"

"저희 직원은 아닙니다. 이수정 씨가 쓴 것 같은데요."

잘됐군. 일도는 가지고 온 가방에서 비닐팩을 꺼내 병을 담았다. 바텐더의 표정이 바뀌는 걸 보고 얼른 물었다.

"술을 가져가고 싶은데 괜찮겠죠?"

"그건 좀 곤란한데요."

"방태수 씨나 이수정 씨나 술을 마시러 돌아오는 일은 없을 겁니다. 그 점은 제가 보장하죠."

"그렇다고 해도 기다리는 게 바의 일이니까요. 나중에라도 첫값을 치르고 오실지 모르잖습니까."

일도는 타협안을 제시했다.

"그럼 제가 술값을 부담할 테니까, 그분들이 오면 새 병을 따는 건 어떨까요?"

"그건 그분들의 추억을 건드리는 일이 되지 않을까요?"

추억이라. 그들에게 추억이란 게 남아 있을까? 악덕 사장과 꽃뱀의 일인데도? 일도는 반짝반짝 빛나는 진열장을 바라보았다. 유리 위로 일도의 얼굴이 비쳤다. 살짝 머리가 빠지고 초췌해진 얼굴. 하긴, 시간이 지나면 무슨 일이든 추억이 된다. 실패의 기억도, 동료의 죽음도. 어쩌면 추억 말고는 아무것도 남지 않을지도 모르지.

일도는 부드럽게 입을 열었다.

"금방 돌려드리죠. 며칠 안 걸릴 겁니다."

바텐더는 내키지 않는 얼굴이었지만 결국 허락했다. 일도는 병을 가지고 차로 돌아왔다. 이런저런 일들이 있었지만 기분이 날아갈 듯 좋았다.

술병이나 종이에 지문이 남아 있다면 이수정이 누군지 알아내는 건 시간문제다. 지문을 채취하고 신원을 파악하는 게 쉽진 않지만, 그건 그 분야의 전문가에게 맡기면 될 일이다.

오랜만에 친구를 만나봐야겠군. 일도는 술이 든 가방을 옆에 내려놓고 차를 출발시켰다.

*

어느새 12시가 넘었지만 강남 경찰서는 아직 불 켜진 창문이 여럿 보였다. 일도는 본관을 지나쳐 신관 2층의 과학수사팀으로 향했다. 그는 증거 분석실 앞에 서서 호흡을 가다듬었다.

들어가도 될까? 그래도 괜찮을까?

개인적인 장사를 시작한 뒤 옛 동료들과 연락을 끊었다. 지저분한 일을 한다는 사실이 부끄럽기도 했고, 만에 하나 문제가 생기더라도 동료들이 피해를 입는 일은 하고 싶지 않았기 때문이다. 지금까지 잘 지켜왔지만 이번만은 어쩔 수 없었다. 발등에 불이 떨어진 셈이니까. 자칫 잘못하면 살인죄를 뒤집어쓸 수도 있다. 이석구란 놈이 닭의 시신을 그냥 치웠을 리 없다. 일도를 옭아맬 증거를 남겨두었을 것이다. 그가 문제를 일으키면 터뜨려버릴 수 있도록.

문득 남익 선배의 말이 떠올랐다.

'절대로 원칙을 어기지 마. 괴물을 잡기 위해 원칙을 어기면 너도 괴물이 되기 마련이야.'

오래전 이야기였다. 선배와 함께 경찰로 일하던 시절의. 그는 씁쓸하게 웃었다. 그는 이미 괴물이 되어버렸다. 이름 없는 괴물. 그렇다면 걱정할 것도 없지.

일도는 증거 분석실로 들어갔다. 예상했던 대로 형일은 아직 사무실에 있었다. 부스스한 머리에 색이 바랜 실험 가운. 그리고 끝없는 야근. 2년 가까운 시간이 지났지만 전혀 달라지지 않았다.

형일은 일도를 보고 눈을 깜빡거리다 환하게 웃었다.

"야! 장일도, 오랜만이다. 여태 어디서 뭐하고 있었어?"

"죽지 못해 살았다."

뭐라고 말을 꺼낼지 고민했는데 막상 형일의 얼굴을 보니 말이 술술 나왔다. 기분까지 좋아지는 건 오랜만에 옛 동료를, 아무 속셈 없이 함께 고생하던 남자를 만났기 때문이리라.

두 사람은 힘 있게 악수했다. 일도는 테이블 위의 잡동사니를 걷어내고 쿵 소리 나게 술병을 내려놓았다.

"뭐야, 이거? 위스키잖아. 같이 술 먹자고?"

"아니, 여기서 지문 좀 찾아줘."

형일은 얼굴을 찡그렸다.

"2년 만에 찾아와선 한다는 소리가 지문 찾아달라는 소리냐? 너 요새 뭐하는데? 어디서 흥신소라도 시작한 거야?"

일도는 소파에 주저앉으며 말했다.

"그런 건 아니고. 그냥 개인적으로 아는 사람들 돕고 있어."

"휴직은 언제까지 할 건데? 또 1년 연장했다며?"

"1년만 더 쉬려고."

형일은 일도의 얼굴을 유심히 살피다 말했다.

"남익이 형 죽은 것 때문에 그러냐? 그거 네 탓 아니야. 그렇게 생각하는 사람 아무도 없어."

"나도 알아. 누가 뭐라고 했냐?"

일도는 담배를 꺼냈다. 형일에게도 한 개비 내밀었지만 형일은 고개를 흔들었다.

"왜? 끊었어?"

"그게 아니라 금연 구역이라서. 경찰서 전체 다 금연이야."

"쥐꼬리만 한 봉급에 야근에 힘든 일은 다 시키면서 이제는 담배까지 못 피우게 하는 거야? 섹스 횟수 제한은 안 하냐?"

"아직은 없는데 빨리 만들었으면 좋겠다. 넌 2년 동안 어디서 뭐했어? 전화도 안 받고. 설마 나 몰래 결혼한 건 아니지?"

"아까 말했잖아. 아는 사람들 돕고 있다고. 여자 만날 시간도 없이 바쁘다. 찾아줄 거야, 말 거야?"

형일은 쯧쯧 혀를 찼다.

"그놈의 성질머리는 여전하구나. 오랜만에 봤으면 친목 좀 다지고 넘어가야지. 일부터 하자 이거냐? 알았어, 잠깐만 기다려."

그는 장갑을 끼며 말했다.

"네가 찾는 사람이 손댄 게 언젠데? 오래됐어?"

"정확히는 모르겠고. 아마 2, 3주 정도?"

"만진 사람은 얼마나 되는데? 많아?"

"몰라."

"이 새끼는 뭐 아는 게 없어."

형일은 자성 형광 분말을 술병에 얇게 바른 다음 불을 끄고 푸른빛이 도는 자외선 등을 비췄다. 술병 위에 파랗게 손자국이 떴다. 형일은 지문을 하나하나 살피다 고개를 흔들었다.

"너무 흐릿해. 이걸로는 신원 파악이 안 돼."

일도는 얼굴을 찡그렸다. 걱정하긴 했다. 진열장의 술병은 먼지 한 톨 없이 깨끗했으니까. 부지런한 바텐더가 틈날 때마다 병을 닦아 애꿎은 지문마저 지워버린 것이리라.

형일은 종이에 스프레이를 뿌리며 말했다.

"하지만 비장의 카드가 있지. 이걸로도 안 되면 안 되는 거니까 포기해라. 닌히드린 용액인데 아미노산과 결합하면 빛을 내. 손가락으로 물체를 만지면 단백질이 묻을 거 아냐? 단백질이 분해되면 아미노산이 되고. 오케이? 내 말 알아들었냐?"

"그딴 건 너 혼자 알고 빨리 해보기나 해."

형일은 작업을 마치고 종이가 빨리 마르도록 다리미로 다리고 줄에 걸었다. 서서히 종이가 마르며 지문이 파랗게 드러났다.

"두 사람 지문이 찍혀 있어. 엄지와 검지 지문이 각각 하나씩. 법정에서 증거로 쓸 수 있는 수준은 아닌데 식별은 가능하겠다."

"법원 갈 일 없으니까 괜찮아. 둘 다 확인해줘."

형일은 지문을 리프팅페이퍼로 옮겨 지문 자동 검색 시스템 AFIS에 넣었다.

"전과자야?"

그렇다면 검색 시간을 절약할 수 있으니까 묻는 것이었다. 일도는 잠시 생각하다가 말했다.

"일단 전과자로 해줘."

"오케이."

컴퓨터가 바쁘게 돌아가며 지문을 검색하기 시작했다.

"자, 이제 기다리는 일만 남았다."

형일은 일도 맞은편에 앉으며 말했다.

"이거 먹어도 되냐?"

"안 돼."

"왜?"

"누군가의 추억이거든."

"그럼 우리 추억은?"

일도는 가방에서 맥주와 골뱅이 안주를 꺼냈다.

"여기 있다. 근데 우리 회식 자주 하던 치킨집은 없어졌더라?"

"작년에 문 닫았다. 너 거기에 외상 있었지? 그거 너희 팀장이 대신 냈어. 너 돌아오면 이자까지 받아낼 거라고 하던데?"

"하여간에 그 양반도, 참."

"네 걱정 많이 해. 가끔 전화나 해줘."

"그냥 네가 얘기해줘. 나 괜찮더라고."

둘은 조용히 술과 안주를 비웠다. 형일이 말했다.

"그런데 누구 지문이냐?"

"나도 잘 모르는 여자야. 어디 사는지 찾아달라는 부탁을 받았어."

"흥신소 맞네."

"뭐 조금 다르긴 하지만 비슷하지."

일도는 말끝을 흐렸다. 사람을 찾아줄 뿐만 아니라 납치하고 때리는 일까지 한다는 사실을 알리고 싶진 않았다. 범죄 조직 사이의 분쟁을 조정해주는 일까지 하고 있다는 걸 안다면 입에 거품을 물지도 모른다.

"그거 돈 좀 되냐?"

"그럭저럭."

"안 걸리게 조심해. 휴직 중에 그딴 알바 뛰다가 걸리면 잘리는 거 알지?"

"알아."

"언제 돌아올 거냐?"

"모르겠다."

"그래도 돌아올 생각이니까 계속 휴직 연장을 하는 거 아냐?"

일도는 대답하지 않았다. 경찰로 돌아가기엔 너무 멀리 왔다. 최 사장을 비롯한 의뢰인의 일부는 그가 경찰 출신이라는 사실을 알고 있었다. 휴직 상태가 아니라 완전히 그만둔 것으로 알고 있지만. 경찰에 복직하는 순간 협박이 시작될 것이다.

그가 그만두지 않는 건 추억 때문이었다. 나이 스무 살 때 시험을 보고 들어와 10년 가까이 경찰로 일했다. 사건 해결에 실패하고 파트너였던 남익 선배가 죽기 전까지는.

경찰이 천직이라 생각했다. 퇴원하자마자 휴직 신청을 했고 그 뒤로 자기 장사를 시작했다. 언제까지나 휴직 연장이 받아들여지지는 않을 거란 사실은 안다. 하지만 돌아갈 곳이 있다는 건 언제나 위안이 됐다. 실제로는 돌아갈 수 없다는 걸 알면서도.

"넌 너무 감상적이야."

형일이 조그맣게 중얼거렸다. 옳은 말이었다. 하지만 감상적이지 않으면 지금 하는 일을 견딜 수가 없었다.

형일은 더 이상 일도가 하는 일에 대해 묻지 않았다. 두 사람은 옛날에 해결했던 사건 이야기를 하며 시간을 보냈다. 다시는 돌아오지 않을 시절에 관한 이야기들, 외롭지 않은 시절의 이야기들.

외로움은 무엇이든 바꿀 수 있다. 일도는 그 사실을 잘 알고 있었다. 단단한 감정의 벽을 허물고 해묵은 원한조차 아무 일 아닌 것처럼 지워버린다. 어떤 사람은 외로워서 죽기도 하고, 어떤 사람은 외로울까 봐 죽지 못한다. 친구가 많다고 덜 외로운 것도 아니며, 돈이 없다고 더 외로운 것도 아니다.

남익 선배가 죽고 일도는 외로워졌다. 일을 하고 돈을 벌어도 그때뿐, 방심하는 순간 외로움은 다시 찾아와 마음 한구석을 차갑게 만들었다. 이렇게 가끔 친구를 만날 때는 잠시 그 존재를 잊곤 하지만, 결국 일도의 곁에 남는 건 외로움뿐이었다.

· 11장 ·

협박

노천카페에 인영이 보였다. 하얀색 셔츠에 검정색 미니스커트를 입은 채 서류를 살피는 그녀의 모습은 오가는 남자들의 시선을 한눈에 사로잡을 만큼 예뻤다.

성욱은 길가에 서서 그녀의 옆모습을 바라보았다. 7년간 그녀를 만났지만 지금처럼 그녀가 꾸미고 나타난 건 처음 봤다. 늘 목 늘어난 티셔츠에 물 빠진 청바지 차림으로 다녔는데.

새로운 남자가 생긴 걸까? 성욱은 기분이 상했지만 곧 마음을 풀었다. 그는 이미 자신의 새로운 짝을 발견했으니까.

인영은 학창 시절부터 인기가 많았다. 동기들 대부분이 인영을 짝사랑했다. 예쁘고 똑똑하고 세련된 아가씨, 게다가 외모와는 어울리지 않게 털털한 성격도 좋았다. 많은 학우들이 운을 걸어봤지만 그녀는 난공불락의 요새처럼 끄덕도 하지 않았다. 사람들은 그녀가 성욱을 택한 이유를 의아해했다.

솔직히 말하면 성욱도 이유를 몰랐다. 아니, 그때는 안다고 생각했던 것 같지만 지금은 전혀 모르겠다. 다만 실패를 할 때마다 인영 덕분에 무너질 뻔한 자존심을 지킬 수 있었다. 그래서 늘 고마웠다. 인영이 이별을 통보했을 때 충격이 컸던 데는 그 이유도 있었을 것이다. 그에겐 인영 말고 아무것도 없었으니까.

"미안, 오래 기다렸니?"

인영은 서류를 내려놓으며 투덜댔다.

"야, 넌 오늘도 늦니?"

"미안, 어딜 좀 들렀다가 오느라."

성욱의 얼굴을 확인하고 인영의 눈이 휘둥그레졌다.

"어? 너 얼굴이 왜 그래?"

성욱은 헛기침을 했다. 모자를 눌러쓰고 선글라스를 꼈지만 부어터진 얼굴을 감출 수가 없는 모양이었다.

"많이 다친 거 같은데? 싸운 거야? 병원에는 가봤냐?"

"그냥 조금 다쳤어."

성욱은 선글라스를 벗기려는 인영을 밀어내며 말했다.

"별거 아니라니까."

인영은 정나미가 떨어진다는 듯 말했다.

"관심을 보이면 좀 고맙게 받아라. 얼굴 좀 보여주면 어떻다고. 쓸데없이 자존심만 강해요."

"자존심이 센데 너한테 전화했겠냐. 창피해서 그래, 창피해서. 그보다 내가 부탁한 건?"

인영은 가방에서 서류 봉투를 꺼냈다.

"그 안에 있어. 사건 자료랑 방태수 신상 서류."

"고맙다."

"나 진짜 위험을 무릅쓴 거다. 너한테 이런 정보 넘긴 거 소문 나면 나 잘릴지도 몰라."

"소문 안 낼게. 어쨌든 고맙다. 너한테 욕도 하고 그랬는데."

"무슨 욕? 아, 음성 사서함에 남긴 거? 난 뭐 그보다 더한 욕을 들을 각오도 있었는데."

"진짜?"

"그럼, 나쁜 년 될 각오 가지고 한 말인데. 너는 절대 그런 소리 못 할 테니까. 내가 총대를 멘 거지."

"그게 무슨 뜻이냐?"

"그냥 그런 줄 알고. 다음부터는 이런 부탁 하지 마. 나 갈등되니깐. 오늘은 너한테 미안한 게 있으니까 가지고 나온 건데……."

"이번이 마지막이야. 약속할게."

인영은 성욱을 가만히 쳐다보다 고개를 갸웃거렸다.

"너 좀 달라진 것 같다?"

"그래? 얼굴이 부어터져서 그런가 보지."

"그게 아니라 분위기가……."

인영은 묘한 표정으로 성욱을 쳐다보다 갑자기 화제를 돌렸다.

"참, 방태수 풀려났는데. 알고 있니?"

"뭐? 왜?"

"직업 확실하고 도주의 위험이 없으니까. 거기에 목격자들이랑 피해자가 증언을 바꾼 게 결정적이었지. 처음에는 방태수가 차에서 내려 행인들을 때렸다고 했는데. 심지어 손가락이 부러진 사람까지 있었거든. 갑자기 죽은 이성보가 소란을 피웠고 방태수가 말렸다는 식으로 말이 바뀌었어. 그것도 전원이 입을 맞춘 것처럼. 워낙 경황이 없어서 두 사람을 헷갈렸다는 거야."

성욱은 어이가 없어 헛웃음을 흘렸다.

"그게 말이 돼? 피해자는 뭐래? 그 사람도 누가 자기 손가락을 부러뜨렸는지를 헷갈렸대?"

"좀 이상하긴 하지."

인영은 순순히 인정했다.

"하지만 피해자한테 위증을 하는 게 아니냐고 캐물을 수는 없는 노릇이잖아? 결국 법원에서도 받아들였어. 보석금 내고 밖으로 나갔는데 내가 봐서는 집행유예로 끝날 것 같아."

분명히 사람들을 회유 또는 협박했을 것이다. 어쩌면 둘 다 했을지도 모르지. 살짝 겁을 준 뒤 돈을 주는 것이다. 돈과 권력을 지닌 악당들을 상대해야 한다던 수정의 말이 실감 났다.

"혹시 너니?"

"뭐가?"

"네가 방태수랑 싸웠어? 목격자 증언 중에 그런 게 있었어. 방태수가 어떤 여자를 차에 태우려는 걸 막고 주먹다짐을 한 남자가 있었다고. 날짜 보니까 너랑 나랑 헤어진 날이던데."

"나 아냐."

성욱은 말이 끝나기도 전에 재빨리 대꾸했다. 하지만 7년이나 만난 여자를 속일 수는 없었다. 인영은 놀란 목소리로 중얼거렸다.

"너구나! 진작 의심했어야 했는데. 변호사 선배 일이라도 돕나 보다 했지. 도대체 무슨 일이야? 담당 검사도 정확히 어떤 사건인지 파악이 안 되는 모양이던데. 갑자기 벤츠가 버스정류장 앞에 서고 방태수가 차에서 내려 행인을 폭행……."

성욱은 인영의 말을 끊었다.

"방태수가 아니라 운전기사겠지. 그렇게 증언이 바뀌었다고 들은 것 같은데? 그러다 갑자기 트럭이 달려와서 기사를 치고. 끝! 그거 아냐? 네 말대로라면 간단한 사건이잖아."

"그게 사실이 아닌 건 너가 더 잘 알잖아. 그러니까 나한테 온 걸 거고."

"난 모르겠는데?"

성욱은 잡아뗐지만 인영은 속지 않았다.

"방태수가 여자를 때린 다음 차에 태우려 했대. 여자와 아는 사이인 것 같았다는 사람도 있고 전혀 모르는 사이로 보였다는 사람도 있어. 다만 한 가지는 분명해. 여자를 강제로 차에 태우기 직전 어떤 남자가 달려들어 싸움이 벌어졌다는 거."

"운전기사는 언제 나와?"

"말하기 싫어? 그렇다면 그렇게 해. 나도 억지로 듣고 싶은 생각은 없으니까."

"그렇다면 다행이네."

인영은 입술을 삐죽 내밀고 있다가 갑자기 물었다.

"그런데 한 가지만 묻자. 네가 구해줬다는 여자는 누구야? 나도 아는 사람이니?"

"아니, 넌 몰라."

"그럼 나랑 헤어지자마자 만난 거야? 아니면 전부터 알던 사이?"

성욱은 발끈했다.

"헤어지자고 한 건 너야. 내가 아니라."

"화내지 마. 그냥 물어본 거니까. 네가 나한테 뭔가 부탁한 거, 이번이 처음이잖아. 전에는 내가 뭘 해주려고 해도 못 하게 말리더니. 갑자기 태도를 바꾼 이유가 뭔지 궁금해서 물어보는 거야. 너처럼 자존심 강한 애가 갑자기 연락해서 도와달라고 할 정도면 이유가 있을 테니까."

"내가 자존심이 강하다고?"

"엄청 강하지. 쓸데없이."

"나도 달라지려고. 계속 그렇게 살 순 없잖아."

인영은 천천히 고개를 끄떡였다.

"아쉽네. 진작 달라졌으면 좋았을 텐데. 뭐하는 아가씨야?"

"회사 다녀."

"사귈 생각이야?"

그런 이야기를 더 하고 싶지 않았다. 성욱은 일어섰다.

"이거 고맙고. 나 먼저 간다."

"잠깐만. 한 가지만 이야기할게."

인영은 진지하게 말했다.

"방태수 말이야, 위에서도 관심이 많아. 그 사람 본인이 문제가 아니라 그 사람 아버지가 상당히 수상쩍은 사람이거든. 정말 위험한 사람이야. 잘못 건드리면 무슨 일이 있을지도 모르는."

"그럼 니들이 잡아야 하는 거 아니냐?"

"워낙 거물이라 함부로 손 못 대고 있어. 높은 분들 중에도 그 양반 돈 받은 사람이 한둘이 아닐걸? 진짜 확실한 건이 아니면 못 잡아넣어."

"그렇겠지."

성욱은 경찰에 신고했다가 수정이 무슨 꼴을 당했는지 떠올리며 중얼거렸다. 경찰 대신 방태수가 나타나서 개 잡듯 사람을 때려잡기 시작했지.

"그래도 그 사람들 잡고 싶어 하는 분들도 있어. 그분들 통하면 확실히 도움이 될 거야. 다만……."

"다만 뭐?"

"무슨 일인지 말해줘야 해. 처음부터 끝까지 전부 다. 무슨 일인지 모르지만 혼자 해결할 생각 말고 우리한테 도움을 청해."

성욱은 서류 봉투를 흔들었다.

"도움은 이걸로 충분해. 바쁜데 시간 뺏어서 미안하고. 다음에 보자. 내가 밥 한번 살게."

"무슨 일 있으면 연락해. 내가 할 수 있는 일이면 뭐든 도와줄 테니까. 진심이야."

성욱은 몇 걸음 걷다가 인영을 돌아보았다. 인영은 걱정 가득한 눈으로 그를 쳐다보고 있었다. 조금이지만 마음이 뭉클해졌다. 결말은 좋지 않았지만 7년이나 만난 사이였다. 서로의 좋은 모습, 아름다운 모습뿐 아니라 온갖 추하고 더러운 꼴까지 보고 느끼고 맛보고 심지어 위로까지 해주었다. 그것도 인생에서 가장 빛나던 20대의 시간을. 죽을 때까지 기억에 남을 상대였다. 인영이 위험에 처하면 그도 도울 것이다. 그녀 때문에 상처를 받긴 했지만 인영이 불행해지는 걸 보고 싶진 않으니까. 그녀도 그런 마음으로 그를 돕는 것이리라.

성욱은 물었다.

"마지막으로 한 가지만 물어볼게."

"뭐든."

"왜 나 만났냐?"

"무슨 소리야, 갑자기?"

"너 좋아하는 애들 진짜 많았잖아. 왜 나랑 7년이나 만났냐고. 내가 어디가 좋아서?"

"꼭 무슨 장점을 보고 누굴 좋아하니? 그냥 좋아하는 거지. 그래도 굳이 말하자면 네가 착해서 좋았어."

"고작 그거 때문에?"

성욱은 실망했다. 인영은 부드럽게 웃었다. 그녀가 정말로 성욱을 좋아했던 시절처럼. 찰나의 순간이었지만 성욱은 왠지 마음이 아팠다. 지나간 시절이 그립고 앞으로 오지 않을 시간이 아쉬워서. 인영은 말했다.

"고작이라니. 남자에겐 그게 제일 중요해. 착한 거."

"그다음은?"

"음. 똑똑한 거? 근데 너 지금 똑똑하게 굴고 있니? 방태수 일 물어보는 것 보면 그렇지 않은 것 같은데."

*

쨍쨍한 햇빛이 성욱의 머리 위로 쏟아졌다. 버스며 승용차가 빠르게 차도를 지나갔다. 겁먹을 거 없어. 아무도 네가 누군지 몰라. 아무리 마음속으로 되뇌어도 두려움은 쉬이 가시지 않았다. 제 발로 놈들의 소굴로 찾아가다니, 세상에 이런 바보짓이 없었다. 하지만 세상에 이런 인간들이 실제로 존재하고 있음을 두 눈으로 확인하고 싶었다. 지금까지 그가 알게 된 사실은 모두 남에게 들은 이야기니까. 그의 두 눈으로 놈들의 악의를 확인하고 싶었다.

성욱은 모자를 깊이 눌러쓰고 건물로 들어섰다. 정부 기관부터 문방구 업체까지 온갖 회사가 입주한 대형 오피스 빌딩이었다. 양복 차림의 남녀가 바쁘게 로비를 지나다녔고 한쪽의 커피숍에는 출입증을 목에 건 사람들이 모여 앉아 시끄럽게 떠들고 있었다.

성욱은 1층의 편의점에 들러 커피를 한 잔 사 들고 엘리베이터로 향했다. 마치 그곳에서 일하는 회사원인 것처럼 아무렇지 않게. 서늘한 에어컨 바람에 땀이 식었다.

꼭대기 층으로 올라가 복도로 나갔다. 반투명한 유리문에 '뷰티토탈케어숍 잇걸' 간판이 보였다. 성욱은 숨을 크게 들이 마셨다. 결국 여기까지 왔다. 놈들이 천연덕스럽게 장사하는 꼴 을 직접 보고 싶었다. 하지만 문은 굳게 닫혀 있었고 유리문에 는 '임대'라고 적힌 종이가 붙어 있었다.

성욱은 당황해 그 자리에 못 박힌 듯 서 있다가 가볍게 문을 밀어보았다. 무심코 해본 일인데 스르륵 열렸다. 하얀색 대리석 바닥 위에는 유리문 아래로 밀어 넣은 신문, 잡지 등이 쌓여 있 었다.

들어가도 될까? 마음을 정하기도 전에 그는 문 안으로 발을 내딛고 있었다. 사무실은 축구장으로 써도 될 만큼 컸고, 완전 히 비어 있었다. 싸구려 PVC로 만든 칸막이 몇 개와 속을 빵빵 하게 채운 20리터들이 쓰레기봉투 몇 개가 구석에 놓여 있었다.

성욱은 사무실 옆으로 난 문을 하나씩 열고 안을 살폈다. 다 들 비슷비슷했다. 에어컨을 떼어낸 휑한 벽, 책상을 끌어내다가 생긴 바닥의 흠집.

사장실 역시 비어 있었지만 바닥에는 골프 코스가 남아 있었 다. 바닥을 굴러다니는 매끈한 골프공. 성욱은 창밖을 보았다. 도심의 전경이 한눈에 내려다보였다. 약삭빠른 놈들. 아예 회사 를 정리했을 줄은 몰랐다.

성욱은 갑자기 분노가 치밀어 골프공을 맞은편 벽에 던졌다. 벽이 움푹 팼다. 사무실이 비었기 때문인지 동굴처럼 소리가 울 렸다. 생각보다 소리가 너무 커서 처음에는 철렁 가슴이 내려앉았지만 곧 후련해졌다. 그는 다 마신 커피 잔을 바닥에 내려놓고 잇걸 사무실을 빠져나왔다. 문을 닫기 전에 그는 사무실을 돌아보았다. 너희들, 사람을 죽인 죗값을 치르게 될 거야. 성욱은 빈 사무실을 노려보다 있는 힘을 다해 문을 쾅, 닫았다.

성욱은 건물을 나서며 수정에게 전화했다.

"서류 받았어요. 저 지금 잇걸에 들렀다가 나오는 길이에요."

"세상에. 거길 왜 갔어요?"

"지나가는데 본사라고 건물이 보이잖아요. 도대체 어떻게 생긴 곳일까 궁금해서 들어가봤죠."

"괜찮아요? 별일 없는 거죠?"

"예, 사무실이 완전히 비었어요. 이사한 모양이에요. 아직 간판도 제대로 못 떼냈어요. 본사가 이렇게 된 걸 보면 지점들도 전부 비지 않았을까 싶어요."

"조심해요. 다치지 말고."

"걱정 마요. 나 아주 약삭빠른 사람이니까."

성욱은 자신만만하게 말했지만 사무실 천장에 동작 카메라가 설치되어 있음을 알지 못했다. 홀hole형 카메라. 일명 두더지 구멍이라 불리는 놈이 그가 문을 열고 들어와 나갈 때까지 한 행동을 모조리 저장했음은 더더욱 알지 못했다. 성욱을 찍은 영상은 클라우드 서버를 통해 이석구의 노트북으로 전송되었다.

*

  성욱은 길가 벤치에 앉아 인영이 준 서류를 읽었다. 담당 형사의 보고서, 목격자들의 증언, 그리고 사건 관련자의 신상 서류까지 사건과 관련된 모든 자료가 거기 있었다.

  위험을 무릅썼다는 인영의 말은 절대 거짓말이 아니었다. 이런 자료를 유출한 사실이 드러나면 정직 정도로 끝나지 않을 것이다.

  인영에게 고맙고 미안했다. 그리고 무엇보다도 부끄러웠다. 생각해보면 참 많이도 신세를 졌다.

  성욱에게도 자신감이 넘치던 시절이 있었다. 번번이 시험을 낙방하다 졸업을 했을 때도 대기만성이란 말을 믿었다. 언젠가 대붕大鵬처럼 커다란 날개를 펴고 날아오를 수 있을 거라 생각했다. 몇 년을 더 허탕 친 후에야 대기만성이 아니라 재주가 없는 거란 사실을 알았다.

  간신히 출판사에 취직해 관심도 없는 책을 내면서 대충대충 시간을 때웠다. 인영을 만나면 늘 성공한 친구를 욕하는 일로 시간을 보냈다.

  너도 그 새끼 알지? 우리 동기였잖아. 어제 TV 나오더라. 민법 씨뿔 맞은 놈이 무슨 전문가라도 되는 거처럼 거만하게 굴어. 하여간에 재주도 없는 새끼가 입만 살아서.

  성욱은 인영이 재미없다는 말을 한 이유를 깨달았다. 늘 같은 곳만 다녔기 때문이 아니다. 늘 같은 말만 했기 때문이다. 그는 그가 욕한 사람들보다 못한 인간이었다. 성욱이 자기 연민에 빠져 입으로만 떠들 때 그들은 어떤 식으로든 행동했으니까.

달라져야 할 때였다. 오늘이 바로 그 시작이고. 수정을 돕기로 결정했을 때 마음을 정했다. 잇걸 사무실로 들어갔을 때 마음의 벽을 넘었고 이제는 물리적인 선을 넘을 때였다.

그는 택시에서 내려 공중전화 부스로 향했다. 한적한 골목, 사람들이 잘 오가지 않는 외진 곳이었다. 이곳이라면 방해 없이 이야기를 나눌 수 있을 것 같았다. 그는 동전을 넣고 방태수의 핸드폰으로 전화를 걸었다. 가슴이 쿵쾅쿵쾅 뛰었다. 지금이라도 전화를 끊으면 아무 일 없이 집에 갈 수 있었다. 평범한 일상으로의 귀환. 하지만 그다음의 일생은?

그때 누군가 전화를 받았다.

"여보세요."

성욱은 침을 삼켰다. 괜찮을까? 그가 하려는 일이 과연 옳은 일일까? 입술을 깨물었다. 옳냐, 옳지 않느냐는 이제 중요하지 않았다. 오직 행동한다는 사실이 중요하다.

"방태수 씨 맞습니까."

"그런데. 누구야, 넌?"

"며칠 전 뵈었던 사람인데요. 버스 정류장에서. 몸싸움을 했던. 기억나십니까?"

잠시 정적이 흘렀다. 성욱의 예의 바른 말투에 어리둥절한 모양이었다. 그러다 사태를 파악했는지 성난 목소리로 외쳤다.

"너 이 새끼가. 너 진짜 죽고 싶냐? 내 전화번호는 어떻게 알

왔어? 이수정 옆에 있지? 빨리 바꿔. 빨리!"

성욱은 놈의 말을 잘랐다.

"잔말 말고 내가 하는 말 잘 들어요. 네가 마약으로 사람 죽인 증거, 내가 가지고 있어요. 감옥 가기는 싫죠?"

"지금 날 협박하는 거니? 너 같은 좆병신이?"

성욱은 숨을 깊이 들이마셨다. 그리고 택시를 타고 오면서 생각했던 말을 내뱉었다.

"그래요. 협박입니다. 10억. 현금으로 10억을 내놔요."

태수는 미친놈처럼 웃었다.

"미친 새끼! 너 완전히 돌았구나? 내가 씨발, 너 같은 새끼한테 돈이나 털릴 호구로 보이니?"

"그럼 경찰에 연락해야겠네요."

성욱은 전화를 끊고 기다렸다. 곧바로 공중전화의 전화벨이 울렸다. 전화를 받자 방태수의 씩씩대는 목소리가 들렸다.

"너 지금 어디야?"

"그건 네가 알 바 아니고. 10억이야. 가능해?"

"이 새끼가……."

성욱은 더 듣지 않고 전화를 끊었다. 다시 전화가 왔고 이번에는 벨소리가 열 번 울릴 때까지 기다렸다가 전화를 받았다. 수화기 너머로 들리는 목소리는 방태수가 아니었다.

"10억이면 되는 겁니까?"

"넌 누구야?"

"전 이석구라고 합니다. 방태수 아버님의 비서를 맡고 있죠.

방태수 씨가 조금 흥분해서 제가 대신 통화하게 됐습니다."

"그래서?"

"10억이면 너무 큰 금액 아닙니까?"

"감옥에 가는 것보다야 낫지. 네놈들이 가진 돈에 비하면 아무것도 아니잖아? 이미 사무실과 지점을 전부 폐쇄했던데. 조사 들어가면 문제 될 일이 더 있으니까 그랬겠지. 안 그래?"

"하지만……."

성욱은 전화를 끊었다. 다시 전화가 왔다. 석구가 말했다.

"좋습니다. 드리죠. 가지고 계신 증거물을 모두 저희에게 넘기고 입 다무는 조건이라면요. 가능할까요?"

전화기 너머에서 방태수의 고함 소리가 들렸다.

"뭐야, 너! 너 누구 편이야?"

잠시 목소리가 끊겼다. 논쟁이 이어지는 모양이었지만 성욱에게는 들리지 않았다. 그러다 다시 석구의 침착한 목소리가 들렸다.

"어떻게 생각하십니까? 가능하시겠습니까?"

"좋아, 그렇게 해."

"그런데 돈은 어떻게 전달하죠? 증거물은 어떻게 받고?"

"내일 저녁 6시까지 시청역 2호선."

"거기서 교환하자 이 말입니까?"

"그래, 방태수보고 직접 나오라고 해."

"사람이 너무 많은 곳인데요. 게다가 퇴근 시간 아닙니까."

"그러니까 너희들이 허튼짓 못 하겠지."

성욱은 공익 요원들 곁에서 물건을 거래할 생각이었다. 석구가 불쑥 물었다.

"현금 10억이면 덩어리가 얼마나 될 거 같습니까?"

성욱은 말문이 막혔다. 돈의 무게는 생각해본 일이 없었다.

"제가 그런 일 여러 번 해봐서 잘 아는데요. 5만 원권 백 장 묶음 스무 다발이 1억입니다. 그게 2킬로그램이고요. 007 가방 가득 담아도 3억밖에 안 들어가요. 그럼 가방 세 개 하고도 쇼핑백 하나. 가방 무게까지 치면 22킬로그램 정도 되겠네요. 그걸 사람들 붐비는 퇴근 시간의 지하철에서 가져가겠다고요? 너무 눈에 띌 텐데요. 두 분이서 가져가실 수나 있겠습니까?"

"그건 우리가 알아서……."

"게다가 10억이란 돈을 갑자기 어디서 구하죠?"

"무슨 소리야? 너희가 얼마나 돈이 많은지 아는데……."

"전부 예금이나 펀드, 또는 부동산에 들어 있으니까요. 아무리 부자라고 해도 하룻밤 사이에 현금화할 수 있는 돈은 그렇게 많지 않습니다. 그렇다고 갑자기 돈을 회수하기 시작하면 주변에서도 이상하게 생각하겠죠."

"그거야 너희가 알아서……."

"알겠습니다. 알아서 해보죠. 그런데 이름이 뭡니까?"

"뭐라고?"

"왜 그렇게 놀라세요? 이름 정도야 알려줘도 상관없잖습니까. 이름만 가지고 그쪽을 찾을 수 있는 것도 아니고."

"개수작은 집어치우지."

"괜히 흥분하시네. 수정이랑은 어떻게 아는 사이예요? 원래 아는 사입니까? 아니면 이번 일로 만났습니까?"

성욱은 입술을 깨물었다. 녀석의 페이스에 말리는 느낌이었다. 그대로 녀석과 계속 대화하다간 자신도 모르는 새 어떤 정보를 주게 될 것 같았다.

"생각해보고 다시 전화하지. 그때까지 돈이나 마련해둬."

*

이석구는 전화를 끊었다. 방태수가 씩씩댔다.

"그 새끼한테 내 돈을 왜 줘? 내 피 같은 돈을! 너 누구 편이야? 그 새끼한테 뒷돈이라도 받았어?"

"진정해. 별일 없을 거야."

방태수는 더욱 열불을 냈다.

"너랑 상관없는 일이다 이거냐? 내가 감옥에 가면 가만히 입다물고 있을 것 같아? 아니지, 개새꺄. 넌 감옥도 못 가. 내가 너혼자 살게 냅둘 거 같아? 아버지한테 네가 시켰다고 말할 거야. 그럼 넌 당장 토막 나는 거야."

"알아, 아니까 내가 나선 거지. 일 안 풀리면 네가 직접 토막내. 근데 그때까진 내가 하는 말 좀 들어봐라."

그제야 태수는 흥분을 가라앉혔다.

"어떻게 할 건데?"

"시키는 대로 해야지."

"그게 말이 돼? 피 같은 돈을 왜 그런 계집년한테 써!"

"감옥에 가는 것보단 낫잖아. 토막 나는 것보다는 훨씬 낫고. 운이 좋으면 바로 회수할 수도 있어. 그리고 솔직히 너한테 10억 아무것도 아니잖아."

방태수는 떨리는 손으로 담배를 꺼냈다.

"정말 깔끔하게 처리할 자신이 있는 거야?"

"그럼, 나만 믿어."

"나 절대 감옥에 다신 안 간다. 그것만 알아둬라."

석구는 경멸 섞인 눈빛으로 태수를 곁눈질했다. 며칠 사이에 방태수는 많이 초췌해졌다. 대한민국 제일의 터프가이인 척 살아왔지만 사실은 부족한 것 없이 자란 부잣집 아들에 불과했다. 타인의 고통에는 둔감해도 자신의 작은 고통에는 무척이나 예민한 타입. 흔한 타입이었다.

뭐, 나에게는 좋은 일이지.

석구는 마음속으로 웃었다.

최근 들어 방 회장은 자주 정신을 놓았다. 여전히 냉혹한 노인네처럼 행세하지만 중요한 약속이며 사람들 얼굴까지 잊는 일이 잦아졌다. 얼마 전에는 파자마 차림으로 집 밖으로 나가 택시를 잡으려고 한 적도 있었다. 오래 살지 못할 것이다. 오래 살더라도 여생은 어딘가의 요양 병원에서 보내게 되겠지.

노인이 죽으면 재산은 방태수에게로 넘어간다. 주먹질이나 할 줄 아는 멍청하고 욕심 많은 바보에게로. 당장 동원할 수 있는 현금만 2조가 넘는다. 석구는 그 돈을 위해서라면 무슨 일이

든 할 준비가 되어 있었다. 살인 정도야 아무것도 아니었다.

방태수가 말했다.

"이번이 마지막 협박이라고 장담할 수 있어? 돈 떨어지면 또 전화하고 또 전화하고 그럼 어떻게 할 건데? 네가 처리할 거야?"

"그렇다니까."

"진짜 자신 있어? 내가 전에 말했지? 그년이 아무리 간이 커도 혼자 그랬을 리 없다고. 지금도 사내놈이 전화했잖아. 정류장에서 날 기습한 놈이야. 넌 그저 지나가는 인간이었을 거라 했지만 아닌 게 밝혀졌잖아. 분명히 뒤를 봐주는 인간들이 있어."

"둘이 전부야."

"그걸 네가 어떻게 알아?"

석구는 한숨을 쉬었다. 무서워서 머리 회전이 안 되는 걸까? 아니면 원래 머리가 안 돌아가는 걸까?

"내가 아까 물어봤잖아. 둘이서 돈을 가져갈 수 있겠냐고. 만일 다른 자들이 있다면 둘이 아니라든지, 가져갈 수 있다는 대답을 했겠지. 조직이 끼었으면 그깟 돈 없어서 못 가져가지, 있으면 얼마든지 가져가. 하나 더. 수정이랑 언제부터 아는 사이냐고 물어보니까 우물쭈물하는 것도 이상하지 않아? 다른 걸떠나서 10억을 현금으로 가져오라고 할 만큼 멍청한 녀석이잖아. 이런 일을 전혀 안 해본 놈이란 뜻인데, 아마도 수정이 넌 꼬임에 넘어가서 함께 협박을 하려는 거겠지."

"마음에 안 들어."

태수는 거칠게 담배를 비벼 끄며 말을 이었다.

"너도 수정이 봐서 알잖아. 걔가 어떤 애인지. 애가 생각은 없어도 참 착했잖아? 그런 애가 열흘 넘게 연락 끊고 있다가 뜬금없이 돈 내놓으라고 협박 전화를 한 거, 난 도통 이해가 안 가. 괜히 흥분해가지고 때린 내가 실수한 거지. 잡아놓고 뭔 일인지 물어봤어야 하는 건데."

"네가 잘못 본 거야. 딱 남자 후리는 일이 전문인 애였어. 내가 다 조사해봤어."

"뭐라고? 너 그거 진짜냐?"

"그렇다니까."

"그럼 말을 했어야지. 이제 와서 무슨 소릴 하는 거야?"

"진정해. 나도 처음에는 잘 몰랐어. 이번 일 터지고 조사하고 안 거다. 이름도 나이도 다 가짜야. 전문가 구해서 찾고 있는데, 그쪽 애들 말로는 너 뜯어먹으려고 신분 세탁한 꽃뱀인 거 같다더라."

이석구는 주의 깊게 말을 골랐다. 성질이 나면 앞뒤 가리지 않는 방태수를 잘 알았기 때문이다. 한마디라도 잘못 내뱉으면 바로 주먹이 날아왔다.

"말을 했어야 할 거 아냐! 말을!"

방태수는 분노를 참지 못하고 술잔을 집어 던졌다. 유리가 산산조각 나 바닥에 흩뿌려졌다.

"미안하다."

잠시 침묵이 흘렀다. 방태수가 씩씩대다 입을 열었다.

"지금 누가 수정이 찾고 있는데? 능력 있는 놈이야?"

"장일도라고 전부터 최석원 사장이 추천하던 작자야. 머리 회전이 보통이 아니야. 오래 안 걸릴 거다."

"수정이 손가락 하나 건드리지 말고 나한테 데려오라고 해. 아버지가 아니라 나한테. 왜 그랬는지 알고 싶으니까."

"조금 문제가 있는데 말이야. 장일도란 놈이 이번 일에 관심이 많아. 떡고물이라도 받아먹을 생각인가. 사람 찾다 말고 나한테 다이어트 약에 대해 물어보던데?"

태수가 사색이 됐다.

"정말? 그 새끼 아버지한테 쓸데없는 소릴 하면 어떡하지?"

"아, 걱정할 필욘 없어. 애들 붙여놨으니까. 문제가 생기면 언제든 처리할 수 있어."

다시 전화벨이 울렸다.

수화기를 집어 든 석구의 얼굴이 딱딱하게 굳었다.

"도망쳐? 어디로? 몰라? 왜 몰라! 병신아! 언제 그랬는데? 왜 진작 전화 안 했어? 30분 내로 찾아내서 전화해. 필요하면 최석원 사장 도움이라도 청해. 놓치면 죽을 줄 알아."

태수가 물었다.

"뭐야? 무슨 일인데 그래?"

"방금 얘기한 놈, 미행을 따돌리고 튀었대."

"무슨 소리야? 그 자식이 뭔가 알아냈어도 아무 상관없다고 큰소리 빵빵 치더니. 너 요새 일 어떻게 하는 거야? 이래가지고 내가 믿고 너한테 일 맡길 수 있겠어?"

일을 맡기긴 뭘 맡겨. 먹고 노는 것밖에 할 줄 모르는 놈이. 석구는 실소를 삼켰다. 이번 프로젝트는 처음부터 끝까지 그가 준비했다. 회사를 차리고 직원을 뽑고 회원을 모집하는 일까지 전부 다. 악덕에 물든 의사를 섭외하고 약을 들여오는 일도 그가 처리했다. 방태수가 한 일은 뒷돈을 대고 사장 행세를 한 것밖에 없었다. 그래놓고 큰소리를 치긴.

녀석이 허튼짓만 하지 않았다면 사업은 여전히 잘 굴러가고 있을 것이다. 어디선가 수상쩍은 여자를 데려와 홍보 담당을 시키지만 않았어도. 그래, 전부 저 바보 때문이지. 절대 그의 실수가 아니었다.

방태수는 계속해서 딱딱거렸다.

"지금 어떤 놈은 돈이랑 증거랑 교환하자고 난린데 거기에 다른 놈까지 골치 아프게 하면 어떡해?

"걱정 마. 말귀를 못 알아들을 인간은 아니니까. 적당히 돈을 쥐여주면 입 다물 거야."

"또 돈을 쓴다고?"

"그럼 어떡할까? 너희 아버지가 그 새끼가 내미는 결과를 기다리고 있을 텐데. 네 뒷조사를 해서 죽였다고 할까?"

방태수는 입을 다물었다. 석구는 태수의 어깨를 두들겼다.

"걱정 말고 나 믿어라. 별일 없을 테니까. 내가 언제 너 실망시킨 적 있냐? 내가 알아서 할 테니까 넌 좀 쉬어. 그 자식 꿍꿍이가 이상하다 싶으면 그때 손을 써도 늦지 않잖냐?"

석구는 장일도에 대해선 전혀 걱정하지 않았다. 조직 없이 홀

로 행동하는 해결사 나부랭이였다. 힘이든 돈이든 처리할 방법
은 무궁무진했다.

그가 걱정하는 건 이수정이었다. 그년은 골칫거리였다. 방태
수뿐만 아니라 그에게도. 아니, 특별히 그에게 더. 그가 몇 년 동
안 힘들게 짠 계획을 단번에 망쳐버릴 만한 골칫거리. 방태수와
이수정을 만나게 해서는 안 된다. 석구는 도무지 이해할 수가
없었다.

도대체 어떻게 살아 있는 거지?

・12장・
두 사람

누군가 일도의 어깨를 잡고 흔들었다. 눈을 뜨니 바로 앞에 형일이 보였다. 일도는 지끈거리는 이마를 눌렀다.

"왜?"

"신을 믿냐?"

"뭔 개소리야, 갑자기."

"무슨 종교를 믿든 고맙다고 기도해라. 지문 주인 찾았다."

"정말?"

일도는 벌떡 일어나 컴퓨터 앞으로 갔다.

"하루 만에 지문을 발견한 건 거의 기적이야. 모세가 바다 가른 거랑 대충 비슷한 수준이지. 신에게 감사해라."

"나중에 할게, 나중에. 그래서 누군데?"

형일은 볼펜으로 화면에 뜬 동그라미를 가리키며 말했다.

"여기 보이지? 스물한 군데가 일치해."

"알았으니까 누구냐고."

"내가 어제 두 사람 지문이 찍혀 있다고 했지? 한 명은 남자야. 이름은 방태수고, 주소는……."

"아, 그 새끼는 됐어. 의뢰인이니까. 다른 한 명은?"

"여자야. 이름은 조혜연."

일도는 주머니에서 제산제를 꺼내 입안에 털어 넣었다. 드디어 이수정에게 한 걸음 다가가게 된 셈이다.

"전과자야?"

"사기 전과 2범. 근데 문제가 있다. 이 아가씨 죽었어."

"뭐?"

"사고사래."

"말도 안 돼. 내가 봤는데 무슨 소리야. 딴 사람이랑 착각한 거 아냐? 씨발, 이 기계 제대로 작동하는 거 맞아?"

일도는 애꿎은 모니터를 손바닥으로 두들겼다. 화면에 조혜연의 사진이 떴다. 화장기 없이 예쁘장한 얼굴. 일도는 입을 다물었다.

형일이 눈치를 보다 물었다.

"이 여자 맞아?"

"맞아."

"진짜? 잘못 본 거 아니고?"

일도는 뭔가를 생각하다 다시 물었다.

"죽은 게 확실해? 컴퓨터 오류라든가 그런 건 아니고?"

"아냐, 죽었어. 행정절차까지 완전히 끝났어."

형일은 직접 보라는 듯 화면을 가리켰다. 마지막에 간단한 검시 보고서가 첨부되어 있었다.

욕실에서 시체로 발견. 특별한 외상 없음. 후두부에 충격이 가해진 흔적. 욕조에 미끄러져 발생한 뇌진탕이 사인死因인 것으로 판단됨.

도무지 이해가 가지 않았다. 이 여자가 이미 죽었다면 그동안 그가 쫓은 여자는 누구지?

일도는 고민 끝에 입을 열었다.

"가족 관계가 어떻게 되지? 혹시 쌍둥이 동생 있는 거 아냐?"

"그런 거 없는데. 형제자매가 아예 없다."

혹시나 품고 있던 기대까지 깨졌다. 하긴 그런 우연이 현실에 있을 리가 없지. 일도는 담배를 꺼내 입에 물었다. 형일은 인상을 썼다.

"여기 금연인데."

"한 대만 피울게. 머리가 안 돌아가서 그래."

일도는 담배를 빨아들였다. 몸속에 니코틴이 들어오니 조금 정신이 났다.

"살해됐을 가능성은 없을까? 사고가 아니라."

"글쎄? 그거야 알 수 없지. 왜? 이상한 거라도 있어?"

"한번 알아봐줄래?"

"알았다."

형일은 고개를 끄떡였다. 일도는 조혜연의 사진과 마지막으로 살던 집 주소, 그리고 관련 자료를 프린터로 출력해 둘둘 말아 주머니에 넣었다.

"고맙다. 뭔가 알아내면 이 번호로 연락해."

일도가 명함을 남기고 사무실을 빠져나갈 때 형일이 말했다.

"야! 장일도."

"왜?"

형일은 잠시 주저하다가 입을 열었다.

"몸조심해라. 무슨 일을 하든. 왠지 느낌이 안 좋다."

"나야 늘 조심하지."

*

하지만 조심이 부족했던 모양이다. 일도가 막 차문을 열고 들어갈 때 양옆에서 남자 둘이 나타났다. 그들은 유령처럼 조용히 일도에게 다가섰다. 일도는 그중 한 명의 얼굴에 주먹을 날렸다. 빠직. 손에 묵직한 느낌이 들었다. 두번째 남자가 발길질을 날렸다. 일도는 등을 얻어맞고 바닥을 나뒹굴었다.

그가 일어서려 할 때 남자가 팔을 잡고 뒤로 꺾었다. 일도는 녀석의 콧잔등에 박치기를 먹였다. 우두둑. 남자가 코를 부여잡았다. 핏물이 펑펑 바닥에 쏟아졌다. 일도는 녀석의 관자놀이에 주먹을 날렸다. 녀석은 그대로 뻗어버렸다.

주먹을 쥐고 주위를 살폈다. 숨을 쉴 때마다 머리가 울렸지만 아드레날린이 분비되는지 전신에 힘이 넘쳤다. 얻어맞은 허리가 찌르르 울렸다. 맞은편에 있던 승용차의 문이 열리고 석원이 내렸다. 그는 쯧쯧 혀를 차며 말했다.

"왜 흥분하고 그래? 그냥 너 부르려고 그런 건데."

"아, 그런 거냐? 난 또 내 뒤통수 깔려고 하는 줄 알았지. 쥐새끼들처럼 살금살금 다가와서 말이야. 그런데 넌 여기 웬일이냐?"

최석원은 담배를 꺼내 입에 물고 어깨를 으쓱했다.

"방 회장이 보낸 애들, 치워버렸다면서? 왜 그랬어?"

"신경 쓰여서. 감시역을 뒤에 두고 일이 되겠어?"

"그냥 모른 척하지그랬어. 그쪽에서 걱정이 많아. 네가 어디서 무슨 짓을 하고 있는지 모르니까. 나더러 알아봐달라고 하더라."

"그래서? 나 데려오래?"

"어, 좀 가줘야겠다."

"아직 여자를 못 찾았는데. 나중에 가면 안 될까?"

"가서 말해. 나야 그냥 심부름꾼이니까."

두 사람은 서로를 노려보며 침묵을 지켰다. 일도는 머리를 굴렸다. 놈들을 만난다고 해도 문제 될 것은 없었다. 이수정에 대한 정보를 주고 입 다물겠다고 약속하면 되니까. 하지만 놈들의 꿍꿍이를 모른다는 점이 마음에 걸렸다. 재수 없으면 으슥한 곳으로 끌려가 살해당할지도 모를 일이다. 단순히 귀찮다는 이유만으로도 그런 짓을 벌일 작자들이었다.

"나중에 내가 직접 얘기할게."

석원은 쯧쯧 혀를 차며 일도를 향해 다가섰다.

"그건 곤란하지. 널 꼭 데려가기로 약속했거든."

"어떻게?"

일도는 경멸을 담아 반문했다. 석원이 천천히 발을 내디뎠다. 일도는 주먹을 불끈 쥐었다.

그때 석원이 히쭉 웃으며 말했다.

"조심해서 쏴라. 나 안 맞게."

일도는 깜짝 놀라 뒤를 돌아보았다. 테이저 총을 든 세번째 사내가 거기 서 있었다. 일도는 피하려 했지만 이미 늦었다. 사내가 방아쇠를 당기는 순간 5만 볼트의 전기 화살이 날아와 가슴에 박혔다. 일도는 부르르 몸을 떨다 그 자리에 쓰러졌다.

*

눈을 뜨니 대형 리무진 안이었다. 맞은편에 이석구가 다리를 꼰 채 앉아 일도가 가지고 온 서류를 읽는 중이었다. 묶인 곳은 없지만 양옆에 덩치가 한 명씩 붙어 앉아 만일의 사태를 대비하고 있었다. 온몸이 쓰라리고 입안이 까끌까끌했다. 리무진은 어디론가 천천히 이동하고 있었다. 창밖으로 도시의 야경이 보였다. 일도는 짧게 기침을 했다.

석구는 일도를 쳐다보더니 씩 웃었다.

"일은 잘 처리하셨습니다. 정말 순식간에 신원을 밝혀내셨네요. 조혜연이라. 흐음, 이런 여자였군요. 땀을 많이 흘리시던데. 헛소리도 좀 하시고. 물 좀 드실래요?"

석구는 일도에게 생수를 내밀었다. 일도는 한 방울도 남기지 않고 전부 마셨다. 석구는 서류를 정리해 봉투에 담았다.

"수고 많으셨습니다. 이 정도면 할 일은 충분히 하신 것 같네요. 남은 일은 저희가 처리하도록 하겠습니다. 회장님을 대신해서 감사드립니다. 잔금은 바로 입금해드리죠."

석구가 운전석에 신호를 보내자 차가 멈췄다.

"내리셔도 좋습니다."

창밖으로 미니스커트를 입은 아가씨들이 지나가고 있었다. 강남 한복판의 번화가였다. 일도는 안심했다. 그를 으슥한 골목으로 데려가 죽일 생각은 아닌 모양이니까. 옆에 있던 덩치가 차에서 내려 문을 열어주었다. 밖으로 나가면 모두 끝이다. 지금까지 있었던 일을 전부 잊고 돈만 세면 그만이다.

하지만 일도는 차에서 내리지 않았다. 아니, 내릴 수 없었다. 그는 착 가라앉은 목소리로 물었다.

"그쪽에서 죽인 겁니까?"

"뭐라고요?"

"조혜연요. 그쪽에서 죽였냐고요."

"무슨 말씀이세요? 안 죽은 거 보셨으면서. 행정 처리에 실수가 있었던 거겠죠. 대한민국 공무원들 어떻게 일하는지 잘 알잖습니까?"

"그래도 이번 경우는 아닌 것 같은데요."

"그럼 죽은 사람이 살아 돌아온 걸까요? 그렇게 생각하세요?"

일도는 대답하지 못했다. 석구는 씩 웃었다.

"조혜연 씨에 대해선 잘 모르지만 진짜 죽은 사람이 한 명 있다는 사실은 알고 있죠. 호스트들 상대로 싸구려 성형수술을 해주던 돌팔이 의사인데 심장마비로 죽었다지 뭡니까. 별명이 닭이라던가. 지금이야 실종 상태지만 시체가 발견되면 본격적으로 수사가 시작되겠죠. 시체에 장 선생님 지문이라도 묻어 있으면 곤란하지 않겠습니까?"

"그 문제라면 저도 아는 바가 있는데요. 그 의사가 죽기 전에 약을 먹었다고 들었습니다. 어딘가의 다이어트 약이라고 하던데, 몸에 안 좋다고 하더군요."

"그 약을 가지고 계십니까?"

"어쩌면요."

두 사람은 서로를 뚫어져라 쳐다보았다. 석구의 눈이 독사처럼 빛났다. 일도는 조마조마했다. 석구가 입을 열었다.

"그럼 서로 약점을 잡고 있는 셈이군요. 돈은 약속한 계좌에 넣어드리겠습니다. 피차 귀찮은 일 없도록 조심합시다."

일도가 내리자 리무진이 출발했다. 괜한 소리를 했다는 사실을 일도도 알고 있었다. 다른 때라면 아무 말 없이 차에서 내리고 이런 일이 있었다는 사실조차 잊어버렸을 것이다. 경찰 친구를 만났기 때문일까? 오래전에 사라졌다고 생각했던 알량한 정의감이 고개를 들었다. 다 쓸모없는 일인데. 감상적인 인간은 일찍 죽을 뿐인데.

*

빌어먹을 년, 어떻게 살아 있는 거지? 도대체 어떻게? 석구는 입술을 깨물었다. 여자는 틀림없이 죽었다. 그가 직접 약을 먹이고 욕조 모서리에 머리를 내리친 후, 물속에 밀어 넣었다. 아직도 손바닥에 여자의 차가운 살결의 느낌이 남아 있다. 잠을 자다가도 그년을 만졌던 손이 간지러워 깰 때가 있다.

그런데 어떻게 살아 있을 수가 있지?

"제가 죽은 줄 아셨죠?"

환청처럼 여자의 목소리가 들렸다. 전화를 받고 얼마나 놀랐는지 모른다. 협박 전화를 받고 난 다음에야 아파트를 다시 찾아가보았다. 여자는 죽어서 불에 탄 재가 된 지 오래였다. 변변한 장례식조차 치르지 못했고 먼 친척이라는 늙은이가 와서 얼마 안 되는 재산을 챙겨 갔다고 했다. 도대체 어떻게 살아 있는 걸까? 저승에서 살아 돌아온 걸까? 아니면 죽은 걸로 위장한 걸까?

여자는 꽃뱀이었다. 석구는 첫눈에 수정의 정체를 알았다. 비슷한 부류라 모를 수가 없었다. 적당히 돈이나 챙겨 떠나라고 모른 척해줬는데 죽일 년이 방태수 옆에 찰싹 붙어서 회사 장부며 회원 명부까지 살피기 시작했다. 머리 회전이 빠르고 눈치가 있는 년이라 그냥 두면 사업을 망칠 것이 분명했다.

그래서 죽였다.

차라리 돈을 줘서 쫓아낼 것을. 야심 있는 년이라 뒤탈을 없애려고 한 것이 실수였다.

그나마 다행인 건 방태수가 이수정에게 화가 나 있다는 점이다. 당연한 일이었다. 연인이라고 생각했던 여자가 열흘 넘게 연락이 끊겼다가 갑자기 돈을 달라고 협박 전화를 걸어왔으니까. 석구는 수정이 돈을 빼돌린 것으로 장부를 조작해 태수에게 보여주었다.

이석구는 수정을 잡아 이번엔 확실하게 죽일 생각이었다. 방태수가 소란을 피우지 않았다면 아마 성공했으리라. 일이 꼬여 여기까지 오고 말았다.

10억. 벌어들이는 돈에 비하면 얼마 안 되는 금액이다. 목숨 값이라고 생각하면 더욱 그렇다. 그가 잇걸에서 한 일을 알아낸다면 방 회장은 절대 가만있지 않을 것이다. 팔다리가 잘리는 것도 순식간이다. 그깟 돈 얼른 줘버리고 일을 끝내도 된다.

그것으로 끝난다는 확신만 있다면.

하지만 확신이 서지 않았다. 이수정이란 년이 과연 10억만 받고 물러날까? 다시 협박을 하거나 그가 저지른 짓을 경찰에 알리려 하지 않을까? 어느 쪽이든 마음에 들지 않긴 마찬가지였다.

석구는 지금껏 위험한 곡예를 해왔다. 각자에게 필요한 정보만을 주면서 큰 그림을 보지 못하도록 연막을 쳤다. 방태수는 이수정을 배신자 꽃뱀이라고 생각했고, 이수정은 방태수를 비열한 살인자라고 생각했다. 하지만 언제까지 이런 상황이 계속될 리 없었다. 누군가 한 명이라도 진실을 알아차린다면 그가 위험해질 것이다.

그는 위험을 감수할 생각이 없었다. 입이 있으면 말을 하게 되니까.

그는 마음을 정하고 전화기를 잡았다.

"최 사장님, 저 이석굽니다. 지금 막 돌려보냈습니다. 그런데 그 친구, 아는 게 너무 많더군요. 예, 신경 좀 써주십시오. 참, 약을 가지고 있다고 했습니다. 그것도 회수해주십시오."

그는 전화를 끊고 한숨을 쉬었다. 최석원이 무식한 놈이긴 하지만 사람 잡는 일 하나만은 아주 잘했다. 그렇다면 그가 신경 쓸 일은 하나뿐이었다.

이수정을 죽인다. 이번에는 절대 살아나지 못하도록 확실히.

• 13장 •
교환

주차장은 한산했다. 몇 년 전 대형 마트에서 셔틀버스 주차를 위해 만든 곳으로, 마트 버스가 불법으로 결론난 뒤에 고객용 주차장으로 바뀌었다. 하지만 마트까지 4, 5분 정도 걸어가야 해서 이용객이 그리 많지는 않았다. 마트 내 주차장이 다 차는 주말에나 가족 단위 고객들이 식료품이 가득 든 카트를 끌고 와 차를 몰고 나가는 정도였다. 직원이라고는 주차장 입구에서 차량 인도를 하는 아르바이트생 한둘이 고작인데 그마저도 없을 때가 많았다.

성욱은 차를 몰고 주차장으로 들어갔다. 띄엄띄엄 다섯 대의 승용차가 세워져 있었다. 성욱은 방태수에게 전화를 걸어 위치를 알려주었다.

"어딘지 알겠지? 약속 장소가 바뀐 거야. 지금 바로 차 트렁크에 20억을 싣고 야외 주차장으로 와. 주차장 가운데 차를 세우고 기다려."

"20억? 지금 장난해?"

"차에 싣고 올 테니까 무게 걱정 없잖아. 넌 돈 많고. 한 시간 주겠다. 한 시간 내로 오지 않으면 증거 자료를 전부 검찰에 넘기겠어."

"이런 개……."

방태수가 퍼붓는 욕설을 듣지 않고 전화를 끊었다. 그는 마트 옥상의 주차장으로 올라갔다. 그곳은 휴식 공간으로 꾸며져 있었다. 주변 전경이 한눈에 내려다보이고 한쪽에 작은 커피숍과 파라솔 달린 테이블과 의자가 있어서 언제나 사람들로 붐볐다.

그는 아이스 아메리카노를 한 잔 들고 야외 주차장이 내려다보이는 난간 쪽 자리에 앉았다. 기찬에게 빌려 온 카메라로 주변 경치를 찍는 척하면서 주차장을 감시했다. 40분이 지났지만 특별히 수상쩍은 차량은 보이지 않았다. 슬슬 걱정되기 시작했다.

과연 잘하는 일일까? 성욱은 얼음을 먹으며 생각했다. 돈을 받고 증거를 넘기자고 주장한 건 그였다. 놈들을 신고해 감옥에 넣는다고 해도 그나 수정의 인생이 달라질 게 무언가? 수정은 직장을 잃고 앞으로도 놈들에게 보복당하지 않을까 두려워하며 살아야 한다. 성욱의 삶도 팍팍하긴 마찬가지였다. 잠깐의 모험도 일탈로 끝나고 원래의 갑갑한 인생으로 돌아가 하루하루를 버텨내야 한다.

처음부터 그럴 생각은 아니었다. 하지만 인영에게 받은 자료를 읽어볼수록 놈들에게 돈을 뜯어야겠다는 생각이 강해졌다.

그와 수정이 무슨 짓을 해도 놈들의 강대한 왕국을 무너뜨릴 순 없었다. 기껏해야 방태수를 감옥에 보내는 정도.

그마저도 오래가진 못할 것이다. 담당 판사와 검사에게 청탁을 넣고 회유를 할 것이며 이름 높은 변호사단을 구성해 소송에 소송을 거듭할 것이다. 대부분의 사람들이 이 일을 잊을 때까지. 그사이 방태수는 변호사 접견실과 병원을 오가며 편하게 감옥 생활을 할 것이고 결국 짧은 형기를 채우고 풀려날 것이다.

그렇다면? 성욱과 수정도 목숨을 건 만큼 얻는 게 있어야 하지 않을까? 놈들이 목숨보다 귀중하게 여기는 돈을 빼앗는다면 복수가 되지 않을까?

수정은 처음에 반대했다. 하지만 성욱이 돈을 받고 그다음에 신고하면 된다고 설명하자 고민 끝에 받아들였다.

사실 수정에게는 돈 문제가 있었다. 우연히 테이블 위에 놓인 공과금 용지를 보고 안 사실인데 그녀는 월세며 공과금이 밀려 있었다. 도망치듯 회사에서 나오느라 월급을 받지 못한 탓이 크리라.

성욱도 빈털터리긴 마찬가지였다. 출판사에 취직하고 나서야 여윳돈이 생겼지만 그마저도 학자금 대출 상환에 상당 부분을 뜯겨야 했다. 지금까지 모은 돈이 천만 원도 되지 않았다. 하지만 방태수는 맞춤 양복에 수제 구두, 외제 차를 타고 다니며 평펑 돈을 써댔다. 그런 놈에게 얼마간 뜯는다고 뭐가 문제일까?

그때 누군가 어깨에 손을 얹었다. 성욱은 깜짝 놀라 의자를 박차고 일어서다가 커피를 엎질렀다. 사람들의 시선이 성욱과 수정에게로 쏠렸다.

"미안해요. 먼저 말을 했어야 하는데."

수정은 티슈로 성욱의 옷을 닦아주었다. 성욱은 목소리를 낮춰 물었다.

"수정 씨, 여긴 왜 왔어요? 제가 알아서 한다고 했잖아요."

"성욱 씨가 걱정돼서 왔죠. 아직 아무도 안 왔어요?"

"그런 것 같아요. 그러니까 사람들 오기 전에 빨리 가요."

"안 가요."

"예?"

수정은 고개를 숙인 채 잠시 침묵했다. 거래는 성욱 혼자 하기로 약속했다. 수정이 위험한 일을 당하는 걸 보고 싶지 않았기 때문이다. 성욱이 돈을 받고 일이 끝났다고 연락되면 수정이 검찰청에 증거를 보내기로 했다. 성욱은 수정이 이곳에 있다가 놈들 눈에 띄는 것을 원치 않았다. 그는 수정의 팔을 잡았다.

"일단 나가요."

"안 나가요."

"수정 씨!"

수정은 고개를 들어 성욱을 쳐다보았다.

"못 견디겠더라고요. 집에서 연락을 기다리는데 가슴이 답답해져 일분일초가 한 시간처럼 느껴졌어요. 그러다가 못 참겠다 싶어서 밖에 나왔는데 하늘이 너무 파란 거예요. 가만히 앉아서 걱정만 하고 있어봐야 소용없다는 걸 알았어요. 죽든 살든 부딪쳐서 끝을 봐야 걱정거리가 없어지는 거 아니에요? 놈들과의 일 끝내는 거 직접 보고 싶어요."

그녀는 선글라스를 벗었다. 붓기는 아직 남아 있었지만 눈동자는 단단한 결의로 반짝반짝 빛나고 있었다.

"무섭지 않아요?"

"성욱 씨와 함께 있으니까. 괜찮아요."

그녀는 성욱의 손을 꼭 잡았다.

"우리 같이 있어요. 살아도 같이 살고 죽어도 같이 죽는 거예요."

"하지만……."

그때 수정이 주차장을 가리켰다.

"저 차요, 좀 이상하지 않아요?"

검정색 소나타였다. 소나타는 주차장을 빙글빙글 돌고 있었다.

"차 세울 곳이 없는 것도 아닌데 벌써 두 바퀴째예요."

소나타가 입구와 가까운 빈자리에 미끄러지듯 멈춰 섰다. 하지만 차에서 내리는 사람은 없었다. 성욱은 카메라로 차량을 살폈다. 렌즈의 배율을 최대로 올려봤지만 앞유리의 선팅이 너무 진해서 어떤 사람이 타고 있는지 알 수 없었다. 주차장에서 한숨 자고 가려는 사람인 걸까? 아니면 방태수의 부하들일까?

"조심해요. 저러다가 갑자기 들이받든가 길을 가로막을 수 있으니까."

"알았어요."

곧 방태수 일당이 나타났다. 그들은 약속대로 주차장 가운데 차를 세웠다. 방태수가 차에서 내려 주위를 살폈다. 오늘은 뿔테 안경을 끼고 있지 않았다. 젊은 남자가 뒤따라 내려 방태수에게 뭐라 말을 걸었다. 처음 보는 얼굴. 성욱은 카메라를 수정에게 넘기며 물었다.

"저 사람 누군지 아세요?"

"예, 이석구라고 잇걸의 고문을 맡고 있는 사람이에요. 방태수 아버지의 개인 비서 일도 한다던데……. 상당한 수완가라고 들었어요."

"깡패가요?"

"아뇨, 그건 아니에요. 하지만 위험한 남자예요. 죽은 아가씨 일도 저 사람이 와서 처리한 거니까. 조심해요."

"그냥 물건만 받을 거니까 위험한 일은 없을 거예요."

성욱은 본인도 믿지 않는 말을 했다. 무사히 끝났으면 좋겠지만, 과연 그럴 수 있을지는 그도 장담할 수 없었다.

성욱은 차 열쇠를 꺼내 수정에게 내밀었다.

"차는 5층에 주차해놨어요. 절대 저 있는 데로 오지 말고 여기서 지켜보다가 위험하면 그 차 타고 도망가요."

성욱은 일어섰다. 수정이 성욱의 손을 잡았다.

"성욱 씨도 위험하면 뒤도 돌아보지 말고 도망쳐요."

"걱정 마요. 저도 바보 아니에요. 돈 때문에 목숨 걸 생각 절대 없어요. 여차하면 튈 테니까 기다리고 있어요. 차로 갈 테니까."

"괜찮겠어요? 그냥 제가 가는 게 낫지 않겠어요?"

"아니에요. 수정 씨가 가면 위험해요. 제삼자인 제가 가야죠. 걱정 말고 기다려요. 아무 일도 없을 테니까."

"조심해서 다녀와요."

"걱정 마요."

성욱은 수정에게 가볍게 키스했다. 수정의 입술은 부드럽고 짭조름한 맛이 났다. 수정이 귓가에 속삭였다.

"기다릴게요."

*

성욱은 마트를 나와 주차장으로 걸어갔다.

과연 살아 돌아갈 수 있을까? 수정에게 큰소리쳤던 것과 달리 한 걸음 한 걸음 내디딜 때마다 심장 위에 돌멩이를 하나씩 얹는 것처럼 마음이 무거워졌다.

그는 주차장 앞에 서서 심호흡을 했다. 이제 와서 돌아갈 수는 없었다. 이번 일만 성공하면 그도 수정도 지금까지와 다른 삶을 살 수 있을 것이다. 그는 마음을 다잡고 주차장 안으로 들어갔다.

검정색 소나타는 여전히 그 자리에 있었다. 그는 힐끔 소나타를 쳐다보고 방태수 일행이 서 있는 곳으로 걸어갔다. 방태수는 이석구에게 뭐라고 화를 내다가 그를 보고 말을 멈췄다. 성욱은 두 사람 앞에 섰다. 방태수가 으르렁거렸다.

"이수정 어디 있어?"

성욱은 다리가 후들거리는 걸 느꼈다. 막상 놈을 다시 만나니 겁이 났다. 하지만 약한 모습을 보여선 안 된다. 짐승의 세계에서 약해 보이면 물어 뜯길 뿐이었다. 그는 배에 힘을 주고 말했다.

"돈은 가져왔지?"

"돈이 문제가 아니라, 이 새끼야. 이수정 데려와. 너 같은 새끼랑 말 섞고 싶지 않으니까. 그년 어디 있어?"

"안전한 곳에."

"이런 개새끼가. 내가 손 하나만 까딱하면 어떻게 되는 줄 알아? 너 같은 놈 없애버리는 건 일도 아니야. 토막토막 잘라서 음식물 쓰레기로 버려줄까?"

"감옥에 가고 싶으면."

"뭐?"

"감옥에 가고 싶으면 그렇게 하라고. 증거물이 검찰로 넘어갈 테니까. 조사가 시작되면 내 토막 난 시체도 발견될 거고. 너란 놈은 죽기 전까지 세상 구경을 못 하게 될걸?"

방태수에 대한 분노 때문일까? 아니면 놈들이 그를 쉽게 건드리지 못함을 알아서일까? 차츰 목이 풀리고 생각했던 대로, 아니 생각한 이상으로 말이 쏟아져 나왔다.

"이 새끼가……."

방태수는 손을 뻗어 성욱의 멱살을 잡았다. 성욱은 있는 힘을 다해 태수의 손목을 뿌리쳤다. 니트 목 부분이 찢어졌다. 태수가 찢어진 옷자락을 보더니 눈을 부릅떴다.

"어라? 너 이 새끼, 이 옷. 어디서 났어? 이수정 그년이 줬어?"

"그래, 받았다."

"이 새끼가 진짜…….."

"그만들 해라."

이석구가 방태수를 멀찍이 떨어진 곳으로 끌고 가 귓가에 뭐라고 속삭였다. 태수는 처음에 성질을 냈지만 곧 입을 다물고 석구가 하는 말을 들었다. 결국 성욱을 매섭게 노려보곤 주차장 저쪽으로 걸어가 바닥의 돌멩이를 걷어찼다.

이석구는 미소를 지으며 말했다.

"죄송합니다. 우리 방 사장이 성질이 좀 급해서 말이죠. 제가 알아듣게 설명했으니 이제 저랑 얘기하시죠."

입가의 미소나 공손한 말투 모두 마음에 들지 않는 녀석이었다. 성욱은 속마음을 감추고 차갑게 말했다.

"괜찮고, 돈은 어디 있어?"

석구는 차로 돌아가 트렁크를 열고 성욱을 향해 손을 흔들었다.

"직접 확인하시죠."

성욱은 침을 삼켰다. 햇빛 때문인지 관자놀이가 쿡쿡 쑤셨다. 갑자기 오줌이 마려웠다. 그는 주위를 곁눈질했다. 재수 없게도 지나가는 아줌마 한 명 보이지 않았다. 괜히 트렁크로 머리를 들이밀었다가 머리를 맞고 트렁크에 실리는 건 아닐까? 석구는 실실 웃으며 다시 한 번 손을 흔들었다.

"뭐하십니까? 빨리 와보세요."

계속 겁먹은 얼굴로 서 있을 수만은 없었다. 성욱은 배에 힘을 주고 석구 옆으로 걸어갔다. 다행히 트렁크에 망치를 든 자는 없었고 돈 가방이 가득 들어 있었다. 성욱은 그중 하나의 지퍼를 내렸다. 빳빳한 5만 원짜리 지폐가 보였다.

"이거 모으느라 땀깨나 뺐습니다. 갑자기 전화해서 이게 무슨 짓입니까. 여차하면 시간에 못 맞출 뻔했어요."

성욱은 대답 없이 돈을 만져보았다. 은행에서 갓 뽑아온 듯 빳빳한 새 돈이었다.

"좋네요."

성욱이 돌아서려 할 때 석구가 팔을 잡았다.

"다른 가방도 확인해보셔야죠. 그쪽은 신문지 같은 걸로 채웠을지 또 압니까?"

여전히 주위에는 사람 한 명 없었다. 공포 때문에 속이 부글부글 끓었다. 성욱은 더 확인할 필요 없다고, 빨리 끝내자고 소리치고 싶은 걸 간신히 참았다. 얕보이면 안 된다.

그는 트렁크로 돌아서 다른 가방을 열어보았다. 두려움 때문인지 손가락이 말을 듣지 않았다. 다리가 후들거렸다. 누군가 뒤에서 나타나 그를 덮치지 않을까? 석구란 놈이 그럴 시간을 벌려고 하는 게 아닐까? 지퍼를 내리는데도 몇 번이고 손이 미끄러졌다. 석구는 조소를 머금은 채 그를 지켜보고 있었다. 성욱은 입술을 깨물었다. 놈들에게 겁에 질린 모습을 보이고 싶지 않았다. 그는 마지막 남은 용기까지 쥐어짜 눈을 부릅뜨고 가방 속 지폐를 살폈다.

*

　수정은 차에 올랐다. 승용차는 성욱이 렌트해 온 낡은 아반떼로 차 전체에 역한 담배 냄새가 진동했다. 그녀는 환기를 위해 문을 활짝 열어둔 채 운전석에 앉았다.

　괜찮을까?

　가슴이 터질 것처럼 쿵쾅쿵쾅 뛰었다. 이곳에 오면서 계속 되뇌었던 말이다. 괜찮을까? 이래도 되는 걸까? 성욱은 좋은 남자다. 그런 그를 이용해 이런 일을 벌이는 게 과연 옳은 일일까?

　그녀는 문득 백미러에 시선을 주었다. 창백한 얼굴이 보였다. 붓기가 빠지지 않은 눈. 진하게 화장을 했음에도 광대뼈에 멍든 자국이 아직 남아 있었다. 그녀는 자신의 눈을 바라보다 입을 악물었다. 어쨌든 할 수밖에 없다. 아니 반드시 해야 한다. 그렇지 않으면 거울을 볼 때마다 그날 일이 생각날 테니까.

　그녀는 자신의 죽음을 보았다. 산발한 머리와 물에 불은 퍼런 피부. 부릅뜬 눈. 지금도 눈을 감으면 그때가 생각난다. 그녀는 유령이나 마찬가지였다. 죽었다가 살아난. 그렇다면 유령이 할 일을 해야 한다.

*

　장일도는 아파트 엘리베이터에 탔다. 기분이 좋지 않았다. 은행에 들러 입금을 확인했음에도 그랬다. 이석구는 약속한 금액

보다 50퍼센트를 더 넣어주었다. 술이라도 먹고 들어갈까? 형일에게 빚을 졌으니 불러내서 한잔 사는 게 어떨까?

일도는 문을 열고 집으로 들어갔다. 거실 창문을 통해 평화로운 아파트 단지들이 보였다. 맞은편 아파트 베란다에서 젊은 여자가 빨래를 널고 있었다. 무언가 현실과 비현실의 경계에 있는 느낌. 아무래도 안 되겠다. 일도는 입술을 깨물었다. 그가 정의의 사나이인 건 아니지만 이번 일은 그냥 넘기기 너무 껄끄러웠다.

일도는 돌아서 밖으로 나갔다. 문을 활짝 열고 복도로 걸음을 내디뎠을 때 거실 안쪽에 숨어 있던 자들이 튀어나왔다. 작업복 차림의 사내들. 모두 쇠파이프와 해머 등으로 무장하고 있었다.

"씨발놈아! 어딜 도망가려고? 일루 안 오냐."

앞장선 사내가 쉰 목소리로 말했다. 일도는 복도로 튀어 나가 문을 닫았다. 문이 닫히기 직전, 문틈으로 회칼이 튀어나왔다. 일도는 머리끝이 쭈뼛 서는 것을 느꼈다.

이 새끼들은 뭐야?

회칼이 뱀의 머리처럼 좌우로 요동치며 문틈을 벌리려 들었다. 일도는 있는 힘을 다해 문을 밀었다. 쿵. 누군가 몸을 문에 부딪쳤다. 일도는 비틀거렸지만 밀려나지 않고 버텼다. 하지만 오래 견디지 못할 거란 사실은 분명했다.

그렇다면…….

일도는 문을 활짝 열었다. 문을 향해 돌진하던 사내가 자기 힘을 이기지 못하고 튀어나와 맞은편 벽에 머리를 처박았다. 일도는 문 옆에 붙어 있던 회칼을 든 사내를 걷어찬 다음 있는 힘을 다해 문을 닫았다. 띠딕. 전자 도어가 자동으로 잠겼다. 일도는 벽에 머리를 박고 쓰러진 사내를 사커킥으로 걷어차고 복도를 내달렸다. 금세 문이 열리고 살인자들이 뛰어나왔다.

"저 새끼 잡아!"

일도는 비상계단으로 뛰어 내려갔다. 사내들의 발소리가 다급하게 울렸다. 일도는 한 층을 내려가 비상구 문을 열고 밖으로 나갔다. 복도에 설치된 소화전을 깨뜨리고 도끼를 꺼냈다. 그런 다음 돌아설 때 회칼을 든 자가 씩씩대며 달려들었다.

도끼의 자루 부분으로 사내의 얼굴을 때렸다. 벽 위로 핏물이 흩뿌려지며 사내가 바닥을 나뒹굴었다. 쇠파이프의 사내가 뒤따라오다가 일도가 들고 있는 도끼를 보고 뒷걸음쳤다. 도끼는 간발의 차이로 사내의 머리를 스쳐 철문에 박혔다. 일도가 도끼를 뽑아내려 할 때 사내가 쇠파이프를 휘둘렀다.

일도는 팔로 쇠파이프를 막고 남자의 무릎을 걷어찼다. 그리고 그가 엉덩방아를 찧을 때 쇠파이프를 빼앗아 등을 후려쳤다. 사내는 비명을 지르며 바닥에 머리를 박았다. 일도는 사내의 목을 밟으며 외쳤다.

"누구야! 누가 시켰어!"

그는 말을 멈췄다. 사실 누가 시켰는지 물어볼 필요도 없었다. 아는 얼굴이었다. 최석원의 오른팔, 이호재. 일도는 더 묻지 않고 호재를 때려 기절시켰다. 그리고 주머니를 뒤져 핸드폰을 찾았다.

그는 비틀거리며 1층으로 내려갔다. 쇠파이프에 얻어맞은 팔에 아무런 느낌도 없었다. 부러진 모양이었다.

개자식들. 그는 이를 악물었다.

양심의 가책을 느끼고 밖으로 나오지 않았다면 좁은 거실에서 꼼짝없이 당했을 것이다. 그가 밖으로 나가자 낌새를 챘다고 생각한 매복자들이 튀어나왔고, 덕분에 살아남을 수 있었다.

역시 착하게 살아야 돼. 일도는 부러진 팔에 부목 대신 쇠파이프를 대고 허리띠로 꽉 묶었다. 이제 최석원을 만나러 가야겠다.

*

최석원은 지하 주차장에서 결과를 기다리고 있었다. 지금껏 살인에는 관여하지 않았지만 이번 일만은 예외로 할 수밖에 없었다. 장일도를 고문해 약이 어디 있는지 알아내야 했기 때문이다.

그는 이석구를 시건방진 애송이라고 생각해왔다. 굳이 따지면 장일도 쪽이 훨씬 마음에 들었다. 그래서 가끔 가게로 불러 고기를 사주고, 방 회장의 일에도 추천해주었던 것이다.

하지만 이번 일에는 그가 하늘처럼 생각하는 돈이 연관되어 있었다. 이석구와 함께하는 사업은 그야말로 황금알을 낳는 거위였다. 아무리 개인적으로 장일도를 좋아한다고 해도 그런 사업을 포기할 수는 없었다. 그렇잖아도 계집애처럼 겁 많은 이석구가 지점을 폐쇄하는 바람에 약의 공급에 차질이 많았다. 한 시라도 빨리 사업을 정상화시킬 필요가 있었다.

그렇다곤 해도 영 마음에 안 드는 일이야.

그는 담배를 꺼냈다. 빨리 끝내고 사우나나 가야겠다. 운전석에 앉아 있던 부하가 불을 붙여주었다. 그때 장일도를 잡으러 간호재에게서 전화가 왔다. 석원은 핸드폰을 귀에 대며 말했다.

"처리했냐?"

뚝. 전화가 끊겼다. 뭐야, 이 자식은.

최석원이 인상을 쓸 때 다시 전화가 왔다.

"여보세요. 야! 전화를 했으면 말을……."

그때 옆유리가 깨지며 커다란 해머가 멍청한 표정을 짓고 있던 운전사의 머리로 떨어졌다. 운전사는 그대로 핸들에 머리를 박고 기절해버렸다. 경적 소리가 쉬지 않고 이어졌다. 깨진 유리창 너머로 한 손에 해머를, 다른 손에 핸드폰을 쥔 장일도가 히쭉 웃었다.

"나야, 최 사장."

저런 미친놈. 최석원은 소름이 돋는 것을 느끼며 차 문을 열고 밖으로 뛰어나갔다. 묵직한 바람 소리와 함께 해머가 머리를 스치고 지나 다른 차의 앞유리를 깨버렸다. 최석원이 겁에 질려 도망칠 때 일도의 고함 소리가 들렸다.

"최 사장! 나 맨손이야."

최석원은 걸음을 멈추고 뒤를 돌아보았다. 거기 장일도가 서서 손을 까딱이고 있었다. 그는 축 늘어진 한쪽 팔을 쳐들며 말했다.

"이쪽 팔은 부러졌다고. 그런데도 도망갈 거야? 쥐새끼처럼?"

석원은 헛웃음을 흘렸다. 저 새끼 저거 완전히 돌았군. 천하의 최석원이가 빙다리 핫바지로 보이나? 그는 소매를 걷어 두꺼운 팔뚝을 드러내며 일도를 향해 걸음을 옮겼다.

"일도야, 미안하다. 지시가 내려와서 말이야. 네가 숨 쉬고 있는 게 영 마음에 걸린대."

"이석구가 그래? 천하의 최석원이가 머리에 피도 안 마른 애송이들 뒤나 닦아주는 처지가 되었을 줄은 몰랐는데?"

"뒤를 닦아주는 건 아니고. 서로 돕고 사는 거지. 이게 다 돈 때문에 하는 일 아니냐."

"돈이라. 국위 선양하는 건달이라고 큰소리치더니 다이어트 약 불법 처방해서 돈 벌면 폼 나냐? 그러다 나중에는 문방구에서 초등학생 코 묻은 돈까지 노리겠다?"

"뭘 모르시네. 다이어트 약 아니야."

"그럼 뭔데?"

최석원은 입을 열려다 그만두었다.

"그런 건 알아서 뭐하겠냐? 곧 죽을 놈이. 가지고 간 약이나 내놔."

"아, 그거?"

일도가 갑자기 발길질을 날렸다. 석원은 가볍게 피하고 일도의 어깨를 움켜잡았다. 그야말로 우악스러운 완력이었다. 일도는 팔이 꺾이기 직전 간신히 손아귀를 뿌리치고 물러섰다. 석원이 씩 웃었다.

"너 진짜 팔 부러졌구나. 힘이 안 들어가네?"

"걱정 마라. 한 손으로도 충분하니까."

"그건 두고 보고. 근데 약 어디 있냐?"

"그래서 직접 온 거냐? 워낙 소중한 물건이라 직접 챙기시려고?"

"어디 있는지나 말해."

"나도 한 가지 알고 싶은 게 있거든. 서로 묻고 답하는 건 어때?"

석원이 망설이는 걸 보고 일도는 혀를 찼다.

"어차피 여기서 지는 쪽은 끝나는 거 너도 알잖아? 그저 궁금증이나 풀자는 거야. 그것도 싫어?"

"좋아, 말해봐. 뭔데?"

"이석구 지금 어디 있어?"

"돈 거래 하러 갔어."

"돈 거래?"

"네가 찾아다니던 연놈들 있잖아? 그것들이 돈이랑 물건이랑 교환하자고 전화를 했다더라. 간덩이도 크지. 조금 있다가 만나서 거래하기로 했대. 이제 내 차례다. 약은 어디 있어?"

"여기 있다."

일도는 청바지에 쑤셔 넣은 약봉지를 꺼내 석원에게 던졌다. 석원은 약을 받아들고는 다시 물었다.

"이게 다야?"

"하나 더 있는 건 닭이 먹어버렸어."

석원은 어이없다는 듯 웃다가 갑자기 일도에게 달려들었다. 이번에는 팔과 어깨를 제대로 잡았다. 팔이 꺾이기 직전 일도는 유광 점퍼를 벗어 관절기에서 빠져나왔다. 석원의 동작이 순간적으로 둔해졌다.

일도는 벗어버린 점퍼를 석원의 머리에 뒤집어씌우고 주먹과 발길질을 날렸다. 석원은 두 팔로 머리를 보호하며 어떻게든 버티려 했지만 얼마 가지 못해 무릎을 꿇었다.

"장일도, 잠깐 내 말 좀 들어봐. 내가, 내가 돈 줄게."

석원이 다급하게 외쳤다. 일도는 뒤로 한 걸음 물러섰다가 석원의 관자놀이에 돌려차기를 날렸다. 석원은 그대로 축 늘어져 미동도 하지 않았다.

일도는 숨을 헐떡이며 차에 기대앉았다. 남익 선배가 알려준 비장의 한 수. 유도 배운 놈에게 직방이라더니 진짜였다. 2년 가까이 점퍼를 입고 다녔지만 써먹어본 건 처음이었다.

그는 비틀거리며 일어섰다. 어디서 거래를 하기로 했을까? 최석원을 깨워서 물어볼까 하다 그만두었다. 거래가 시작되었다면 지금 출발해도 늦는다. 그렇다면? 그는 신상 서류에 있던 조혜연의 주소를 떠올렸다.

그리로 가보는 편이 낫겠군.

*

성욱은 마지막 가방까지 확인을 마쳤다. 모든 가방이 5만 원
짜리 지폐로 가득 차 있었다. 석구가 비아냥거렸다.

"20억이 맞습니까? 5만 원쯤 빠지진 않았을까요?"

성욱은 석구의 말을 무시하고 트렁크를 닫은 다음 손을 내밀
었다.

"열쇠."

석구는 자동차 열쇠를 검지에 끼운 채 빙글빙글 돌렸다.

"열쇠야 언제든지 줄 수 있죠. 그런데 그 전에 우리가 받아야
할 물건부터 보고 싶은데요."

"안전한 곳에 있어. 내가 여길 무사히 빠져나가면 수정이가
전화로 어디 있는지 알려줄 거야."

"돈만 가져가지 않는다고 어떻게 보장합니까?"

"안 그래. 너희 같은 놈들이랑 두 번 부딪히고 싶지 않은 게
솔직한 심정이거든. 지금도 기분이 아주 더럽다고. 그런데 돈
몇 푼 얻자고 또 너희랑 만나고 이 지랄을 할 것 같아?"

이석구는 방태수를 힐끔 쳐다보았다. 방태수는 주차장 입구
쪽에 담배를 입에 물고 서서 그들을 노려보고 있었다. 마치 둘
이 역적모의라도 한다는 듯한 눈빛이었다.

"저야 이해한다고 쳐도 방 사장님은 어떨지 모르겠군요."

"그쪽에서 잘 설득해야지."

석구의 입가에 다시 미소가 맺혔다.

"설득이라. 재미있는 말이군요. 이수정은 무슨 말로 그쪽을 설득했습니까? 돈을 받으면 반반씩 나누자고 하던가요? 별로 위험한 일이 아니니까 다녀오라고 어깨를 토닥이던가요?"

성욱은 발끈했다.

"내가 너희에게 돈을 뜯자고 했어. 그냥 있으면 너무 억울하니까."

석구는 웃었다. 너무나 재미있는 이야기를 들은 것처럼 즐겁게.

"정말 그렇게 생각하는 겁니까? 그쪽이 모든 걸 결정하고 이수정은 예, 예, 하고 따르기만 했다고요? 정말 재미있군요."

"뭐가 재미있는지 나도 알고 싶은데?"

"이수정은 꽃뱀이에요, 전과 2범의. 이름이 뭐라고 합디까? 이수정? 아니면 다른 이름을 대던가요? 방 사장님도 그 여자를 믿다가 된통 당했죠. 돈 잃고 마음 잃고 감옥까지 다녀왔으니까. 그 여자랑 물고 빨고 핥을 때야 좋겠죠. 하지만 잘 생각해요. 이러다 좆 될 수가 있다는 걸."

"웃기지 마. 수정이는 너희 같은 놈들과 달라. 경찰에 신고……."

"아하, 이수정이 그렇게 말했나 보죠? 우릴 경찰에 신고하려고 했다고. 말도 안 되는 소리. 그년은 돈을 요구했어요. 방 사장 곁에 바짝 붙어서 애인 노릇을 하던 년이에요. 비밀을 지켜주는 대가로 돈을 달라고 했어요. 경찰? 근처에도 간 적이 없죠."

"개소리야."

"아니, 사실입니다. 그 여자가 우릴 협박해서 돈을 뜯자고 했죠? 당연하죠. 처음부터 돈만 생각하던 여자니까."

"협박 얘기는 내가……."

성욱은 말을 멈췄다. 처음에 그 말을 한 건 누구였을까? 밀린 월세며 공과금 고지서는 어떻게 봤더라? 의심이 의심을 불렀다. 그동안 수정에게 품었던 의구심들이 한꺼번에 쏟아져 나왔다. 머리가 빙글빙글 돌았다. 석구는 감 잡았다는 듯 웃었다.

"10억에서 20억으로 늘리자고 말한 것도 그 여자 아닙니까?"

성욱은 아무 말도 하지 못했다. 실제로 그랬기 때문이다. 어차피 돈을 받을 거라면 10억은 너무 적지 않겠어요, 그녀는 말했다.

성욱은 간신히 말했다.

"쓸데없는 이야기는 그만하지."

"쓸데없는 얘기가 아니에요, 진짜 중요한 얘기지. 그쪽이 방해를 놓았던 날, 돈과 증거품을 교환하기로 했어요. 방 사장이 엉뚱한 짓만 하지 않았으면 간단히 끝났을 일이죠. 그 여자는 아마 양심의 가책을 못 이기고 경찰에 신고하려고 했다고 말한 모양인데, 정말 그 말을 믿어요?"

"그게 사실이니까."

"하여간에 참 순진하시네. 그러니까 순진한 얼굴로 여기까지 오셨겠지만. 하긴 당신이 속든 말든 우리한테는 아무 상관도 없어요. 우리가 어떤 사람인지 전혀 모르죠? 알면 이렇게 못 왔을 겁니다. 돈을 가지고 어디든 숨으면 될 거라고 생각하죠? 어림

없어요."

석구의 표정이 갑자기 차갑게 변했다. 그는 비밀 이야기를 하 듯 성욱 가까이 얼굴을 들이밀고 속삭였다.

"넌 끝났어. 지금이야 돈을 가지고 갈 수 있겠지만 머지않아 우리에게 잡힐 거야. 그때 가서 울며불며 사정해도 늦어. 알겠 어? 지금이라도 여자가 어디 있는지 말해주면, 용서해주지."

그제야 석구의 본성을 느낄 수 있었다. 녀석이 노골적으로 나 오니 오히려 숨 쉬기가 편해졌다. 수정이 거짓말을 했을 리 없 다. 이놈이 나쁜 놈이다. 성욱은 간단하게 말했다.

"열쇠나 내놔."

석구는 씩 웃고서 열쇠를 건넸다.

"제가 한 말 그 여자한테 물어보세요. 뭐라고 할지 궁금하네."

"너나 똑바로 살아."

성욱은 차를 몰고 주차장을 빠져나갔다. 백미러에 차를 노려 보며 길길이 날뛰는 방태수의 모습이 비쳤다. 이석구가 열심히 녀석을 달래고 있었다. 막 주차장을 빠져나갈 때 입구에 서 있 던 검정색 소나타가 미끄러지듯 뒤따라왔다. 성욱은 소나타의 움직임을 살피며 조심스럽게 차를 몰았다.

미행해봐야 소용없는 걸 모르는군. 성욱에게는 계획이 있었 다. 마트의 야외 주차장을 거래 장소로 정한 것도 그 때문이었 다. 마트 내부에 있는 주차장은 언제나 사람들로 붐볐다. 그는 마트 주차장의 렌터카로 돈을 옮기고 그곳을 빠져나갈 생각이 었다. 문제는 20억을 옮길 때까지 미행이 따라오지 못하게 만

드는 일인데, 그거야 간단했다. 내부 주차장으로 들어가는 입구는 사거리의 모퉁이에 있어 주차장으로 들어가는 차량과 지나가는 차량들로 혼란스러웠다. 주차 통제 요원이 언제나 두 명씩 배치되어 있을 정도였다.

마트 앞을 지나가는 척하다가 주차장으로 들어가버리면 그만이다. 소나타는 의심을 피하기 위해서인지 서너 대 정도 뒤에서 뒤를 따라오고 있었다. 녀석이 주차장에 따라 들어올 때까지 한 타이밍에서 두 타이밍 정도 텀이 있었다.

그사이 5층까지 올라가 차를 바꿔 타면 된다. 시간 싸움이긴 하지만 충분히 가능했다. 아니, 처음 생각했던 것보다 오히려 성공할 가능성이 더 커졌다. 수정이 차에서 기다리고 있으니까. 그녀가 도와준다면 1, 2분 내로 돈을 옮길 수 있을 것이다. 그에 비해 녀석은 각층을 하나씩 뒤지며 올라와야 할 테니 더욱 시간이 걸린다.

그가 짠 계획, 잠깐 그가 짠 계획이 맞나? 아니다, 사실은 수정이 생각해낸 계획이었다. 그녀가 이곳 마트의 위치와 생김새를 알려줬고 차를 이용하는 편이 좋지 않겠냐는 힌트를 줬다.

그렇다면 설마……. 성욱은 고개를 흔들었다.

이석구란 자가 속이려고 한 말일 것이다. 그런 말도 안 되는 소리에 넘어가선 안 된다. 수정이 꽃뱀이라니 그게 무슨…….

성욱은 생각을 멈췄다. 수정의 렌트카가 옆을 지나가고 있었다. 그는 놀라 그녀를 돌아보았다. 도대체 어딜 가는 거지? 수정의 차는 빠르게 내달려 야외 주차장으로 들어가고 있었다. 성욱은 급히 핸들을 꺾어 그녀의 뒤를 따랐다. 뒤따라오던 차들이 급정거하며 경적을 울렸지만 상관하지 않고 그대로 달렸다. 소나타도 성욱을 따라 유턴했다.

*

방태수는 멀어지는 성욱의 차를 보며 씩씩댔다.

"저 새끼 놓치면 네가 죽을 줄 알아."

"걱정 마. 안 놓치니까. 차에 수신기를 달아놨어. 미국 GPS랑 러시아 글로나스 둘 다 잡는 걸로. 우주로 가지 않는 한 안 놓쳐."

"수정이는 절대 건드리지 마. 내가 직접 얘기를 해볼 거니까. 도대체 왜 그랬는지. 정말 날 속이려고 그런 건지 꼭 물어봐야겠어."

"알았어. 걱정 마."

석구는 건성으로 대답했다. 연놈들을 발견하면 이수정부터 죽여버릴 생각이었다. 두 사람은 허허벌판인 주차장을 가로질렀다. 방태수는 쏟아지는 햇빛을 올려다보곤 성질을 부렸다.

"무슨 봄 날씨가 이렇게 더워? 근데 다른 애들은 안 데려왔어? 나 버스 타고 집에 가야 해?"

"미안, 워낙 급박하게 애들 모으느라 우리 돌아갈 차편을 생각 못했다. 내가 바로 연락할게. 근처 커피숍 같은 데 들어가서 잠깐 쉬면 될 거야."

"내가 지금 커피나 처마시면서 놀 정신인 줄 알아?"

"조금만 기다리면 연놈들 잡아올 거야."

석구는 태수를 달래며 핸드폰을 꺼냈다. 혹시 모른다는 생각에 주변에 부하들을 여러 팀 흩어놓았다. 녀석들에게도 연놈들을 잡는 데 참가하라고 명령할 생각이었다. 문제는 여자를 잡아 죽일 때까지 방태수를 잡고 있는 일이었다.

그때 낡은 아반떼가 주차장 입구의 나무 난간을 부수고 들어왔다.

"뭐야? 저건."

방태수가 중얼거렸다. 석구도 핸드폰을 든 채 차량에 시선을 주었다. 아반떼가 두 사람 맞은편에 멈췄다. 차창 안으로 수정의 얼굴이 보였다. 석구는 수정을 확인하고 놀라 뒷걸음쳤지만 태수는 그 자리에 못 박힌 듯 서 있었다.

"저년, 수정이 맞아?"

"뭔 소리야. 일루 와! 위험해!"

하지만 태수는 차를 향해 오히려 걸음을 옮기며 중얼거렸다.

"어딘가 달라."

석구가 대답하기 전에 아반떼가 태수를 향해 돌진했다. 태수가 겁을 먹고 도망치려 했을 때는 늦었다. 몇 걸음 가기도 전에 아반떼는 방태수를 들이받았다. 방태수는 앞유리에 머리를 부딪히고 붕 날아올랐다가 꺾인 연처럼 바닥에 떨어졌다. 아반떼가 방태수를 밟고 지나갔다가 후진해 다시 한 번 바퀴로 깔아뭉갰다. 우두둑. 방태수는 아직 죽지 않았는지 비명을 질렀다.

이석구는 엉금엉금 기어 뒤로 물러섰다. 팔다리가 굳어 몸을 움직일 수가 없었다. 바지를 타고 주르륵 오줌이 흘러내렸다. 그는 자신이 오줌을 싸고 있다는 것도 모른 채 겁에 질린 눈으로 아반떼를 바라보았다.

아반떼는 방태수를 밟고 두 번을 더 움직인 다음에야 방향을 바꿔 이석구를 향해 돌아섰다. 금이 간 유리창 너머로 이수정의 차가운 눈빛이 보였다.

저, 저 미친년.

이석구는 딱딱하게 굳었다. 그가 자부하던 비상한 두뇌도 이번만은 작동하지 않았다. 그저 겁에 질려 움직일 수가 없을 뿐이었다. 그가 지금껏 죽인 사람들의 최후와 다를 바가 없었다.

아반떼가 그를 밟고 지나가기 직전 저쪽에서 소나타가 달려와 아반떼를 들이받았다. 쾅. 두 대의 승용차가 충돌해 주차장 끝까지 미끄러졌다.

소나타에서 칼을 든 석구의 부하가 내렸다. 아반떼의 바퀴가 공회전하며 연기를 뿜어냈다. 수정은 이를 악문 채 핸들을 꺾고 엑셀을 밟아대고 있었다.

석구는 안도의 한숨을 내쉬었다. 살았다는 생각이 들자 본래의 흉포한 성격도 돌아왔다. 그는 수정의 차로 뛰어가며 비명을 지르듯 소리쳤다.

"죽여! 그 쌍년! 죽여버려!"

그때 성욱의 차가 소나타와 석구의 부하를 동시에 들이받았다. 석구의 부하는 차체에서 튕겨나가 바닥을 굴렀다. 칼이 하늘 높이 날아올랐다가 바닥에 떨어졌다. 그사이 아반떼는 소나타의 압박에서 벗어나 다시 석구를 향해 움직였다.

석구는 너무 급한 마음에 뛰지도 못하고 네발로 기어 구석의 정류장으로 뛰어들었다. 오래전 셔틀버스를 위해 만든 정류장. 오랫동안 쓸모없는 구조물이었는데 이번에 석구의 목숨을 살렸다. 쾅! 아반떼가 간발의 차이로 그를 뭉개지 못하고 지나갔다. 창문 너머로 이수정의 창백한 얼굴이 보였다. 그녀는 석구를 죽이지 못한 것이 아쉬운 듯 한동안 그를 쳐다보고 뭐라고 소리쳤다.

귀가 멍멍해 소리가 잘 들리지 않았다. 수정이 핸들을 틀어 주차장을 빠져나갔다. 석구는 정류장의 철제 벤치 뒤에 주저앉아 개처럼 숨을 헐떡였다. 멀리서 경찰 사이렌 소리가 들렸다. 방태수가 마지막 경련을 일으키고 있었다.

석구는 정신이 번쩍 났다. 여기서 잡혀선 안 된다. 방 회장이 아들의 죽음을 알면 그부터 잡아 죽이려 들 터였다. 최소한 살인범을 잡아 가야 방 회장에게 용서를 빌 수 있었다. 일단 피해야 했다. 석구는 비틀거리며 일어나 마트 쪽으로 걸어갔다. 뜨거운 봄볕을 받으면서도 공기가 서늘하게 느껴졌다. 콧구멍을 통해 폐로 들어가는 공기가 얼음장처럼 차가웠다. 금방이라도 토할 것 같았다. 석구는 부르르 몸을 떨다 이수정이 소리친 말이 무엇이었는지 깨달았다.

"넌 이제 죽은 목숨이야. 방 회장이 널 죽일 테니까."

다리가 부러진 깡패가 애처롭게 울었다. 성욱은 정신을 차리고 차를 뒤로 뺐다. 씹다 버린 껌처럼 구겨진 소나타에서 연기가 흘러나왔다. 깨진 유리창 너머로 누군가의 피투성이 손이 튀어나와 경련을 일으켰다. 성욱은 차를 돌려 주차장 밖으로 빠져나왔다.

주차장 한가운데 방태수가 죽은 듯 널브러져 있었다. 성욱은 간신히 핸들을 꺾어 방태수를 깔아뭉개지 않고 주차장을 빠져나왔다. 거리로 나왔지만 수정의 승용차는 보이지 않았고, 석구가 좀비처럼 비틀거리며 마트 쪽으로 뛰어가는 것이 보였다. 석구는 성욱을 보고 눈을 부릅떴다. 그는 손가락으로 성욱을 가리키며 소리쳤다.

"너, 너, 대가를 치르게 될 거다."

성욱은 속도를 높였다. 어디선가 나타난 남색 스타렉스가 꽁무니에 바짝 붙었다. 길이 겹치는 것인지 그를 뒤쫓는 것인지 알 수 없었다. 평상시라면 천천히 차를 몰며 어느 쪽인지 알아봤겠지만 그는 겁에 질려 있었다.

그는 미친 듯이 차를 몰아 추격에서 벗어나려 했다. 그러다 셀 수 없을 만큼 많은 신호 위반을 했고 다른 차와 몇 번이고 부딪힐 뻔했다. 간신히 추격에서 벗어나 터널로 들어갔다.

성욱은 터널 한쪽 움푹 들어간 곳에 차를 세웠다. 일이 잘못되면 수정과 만나기로 한 장소였다. 온몸이 땀으로 축축했다.

방금 눈앞에서 벌어진 일이 도무지 이해되지 않았다. 거래를 잘 마무리하고 빠져나가기만 하면 되는 거였는데 도대체 왜?

성욱은 수정에게 전화를 걸었다. 그녀는 받지 않았다. 성욱은 비틀거리며 차에서 내렸다. 크고 작은 차량이 날카로운 바람 소리를 내며 옆을 스쳐 지나갔다. 몇 번이고 사고를 낸 차를 몰고 계속 도망 다닐 수는 없었다. 얼마 못 가 경찰이든 방태수 일당에게든 잡히고야 말 것이다. 무엇보다 사람 피가 묻은 차를 몰고 다닐 배짱이, 그에게는 없었다.

성욱은 비상용 철문을 열고 나가려다 차를 돌아보았다.

맞다. 돈.

그는 허둥지둥 차로 돌아가 트렁크를 열었다. 가방 여섯 개. 간신히 가방들을 철문 안까지 옮겼지만 전부를 들고 갈 순 없었다. 어떻게 할까 고민할 때 어두운 복도 한쪽에 염화칼슘을 담아두는 제설함이 보였다. 열어보니 안은 텅 비어 있었다. 겨울이 올 때까지 아무도 여길 열어보진 않을 것이다. 성욱은 가방 하나를 어깨에 메고 나머지는 제설함에 감췄다.

비상계단은 시립 주차장과 연결되어 있었다. 그는 주차장 엘리베이터를 통해 거리로 나왔다. 세상은 여느 때와 다름없이 평화로웠다. 한낮의 햇빛은 따사로웠고 행인들이 바쁘게 거리를 오갔다. 중국인 관광객들은 쇼핑몰 앞에서 단체 사진을 찍고 있었다. 그리고 성욱은 돈이 가득 든 가방을 든 채 평범한 사람들 사이에 서 있었다. 그가 원한 건 이런 것이 아니었는데.

경찰차 한 대가 사이렌을 켜고 옆을 스쳐 지나갔다. 성욱은 덜컥 겁이 나서 가까운 지하철역으로 들어갔다. 열차를 타고 나니 안심이 되었다. 그는 빈 경로석에 앉아 한숨을 쉬었다. 맞은편에 앉은 노인의 따가운 시선을 무시한 채 다리를 쭉 폈다. 가만히 있어도 몸이 부들부들 떨렸다.

수정에게 다시 전화했지만 전화기가 꺼져 있었다. 수정이 정말 그를 속인 걸까? 그녀는 정말 사기꾼에 꽃뱀인 걸까? 등허리를 타고 식은땀이 흘러내렸다. 한 가지 확실한 건 그녀가 살인범이라는 것이다.

성욱 역시 살인자였다. 수정을 구하겠다고 처음 보는 남자를 차로 받아버렸다. 구겨진 차체 밖으로 튀어나온 손가락이 경련을 일으키던 장면이 떠올랐다. 그자가 살아 있을 것 같지 않았다. 성욱은 비명을 참으려고 이를 악물었다.

생각해보면 처음부터 이상한 일투성이였다. 경찰에 가지 않으려고 했던 것, 집에서 멀리 떨어진 아파트 단지에서 내렸던 것, 정류장에서 방태수가 했던 말까지. 조금만 생각해도 수정이 거짓말을 하고 있다는 걸 알아차렸어야 했다.

단지 수정을 의심하기 싫었을 뿐이다. 그는 소매로 이마의 땀을 문질러 닦았다. 얇지만 섬세하고 부드러운 니트의 느낌. 수정이 준 옷이었다. 팀장의 말이 떠올랐다.

'자기 입고 있는 거 전부 명품이야.'

조금씩 의혹을 느낄 때가 있긴 했다. 하지만 오해일 거라고 생각하며 넘겼다. 문득 의문이 들었다. 수정이 꽃뱀이라고 치더라도, 방태수는 왜 죽인 거지? 방태수를 죽인다고 돈 한 푼 생기지 않을 텐데. 게다가 그녀에겐 돈이 없었다. 돈은 그가 가지고 있었다. 그런데 왜? 그때 전화벨이 울렸다. 그는 급히 핸드폰을 꺼냈다.

"여보세요."

"넌 죽었어."

증오가 서린 낮은 목소리. 이석구였다. 성욱은 말문이 막혔다. 이 새끼가 내 전화번호를 어떻게 알았지?

"너 때문에 내 인생도 끝났어. 이 병신 새끼. 돈이나 받아먹고 그냥 튈 일이지 말도 안 되는 짓을 벌여? 이수정 그 쌍년은 어디 있어? 엉? 지금 옆에 있어? 있으면……."

분노가 치밀었다. 성욱은 참지 못하고 소리쳤다.

"없어! 이 새끼야."

"뭐?"

"없다고."

"너 정말 죽고 싶구나?"

"죽일 거면 빨리 와서 죽여봐. 지금 어디서 뭐하는데? 방태수 장례식 준비하냐?"

"이 새끼가……. 넌 죽었어."

이석구는 할 줄 아는 말이 그것밖에 없는 것처럼 다시 말했다. 이제는 성욱이 대화의 주도권을 잡고 물었다.

"진정하고 내 말 좀 들어봐. 수정 씨가 꽃뱀이라고 했던 거 사실이냐? 전과 2범도? 방태수랑 애인이었던 거 맞아?"

"그래, 애인이었지."

"그런데 왜……."

"왜 방태수를 죽였냐고?"

"그래."

"잡으면 물어보려고. 너도 마찬가지고. 제발 죽여달라고 사정하게 만들어줄 테니 기대해라."

그때 안내양의 목소리가 들렸다.

"다음 역은 선릉, 선릉입니다. 내리실 문은 왼쪽입니다."

석구가 말했다.

"오호, 선릉역에 있구나. 어딜 가는지 모르지만 잘 숨어봐, 이성욱. 우린 네가 누군지 다 알고 있으니까."

"그럼 와서 잡아보라니까."

"꼭꼭 숨어 있어. 금방 갈게."

전화를 끊자 이성이 돌아왔다. 성욱은 다급하게 핸드폰의 배터리를 뜯어냈다. 이런 놈과 다시는 통화하고 싶지 않았다. 그러면서 자리에서 일어나니 사람들이 모두 그를 힐끔거리고 있었다.

성욱은 도망치듯 열차에서 내렸다. 놈들은 그의 이름과 전화번호를 알고 있었다. 도대체 어떻게 알아냈을까? 그가 누군지 알고 있다면 왜 순순히 돈을 줬을까? 이번 일은 그가 이해할 수 없는 것투성이였다. 그는 그저 남들의 뜻에 따라 움직이는 꼭두각시였던 걸까?

오른편에 파출소가 보였다. 경찰에 도움을 청할까? 그를 쫓고 있는 건 살인과 납치의 전문가들이었다. 잘못하다간 정말로 토막 나서 쓰레기봉투에 담겨질지도 모른다. 그러느니 차라리 경찰에 사실을 알리고 보호를 요청하는 게 낫지 않을까?

하지만 차마 발이 떨어지지 않았다. 경찰서에 가면 그도 체포될 것이다. 협박죄에 상해죄. 어쩌면 살인죄까지.

인영에게 연락할 생각을 하다가 머리에서 지웠다. 그녀가 현직 검사라 해도 지은 죄를 없애줄 정도의 권력이 있는 건 아니다.

깡패들에게 쫓긴다고 반드시 잡힌다는 보장은 없다. 하지만 경찰서에 들어가면 반드시 감옥에 간다. 그는 달라지길 원했지만 감옥의 교도 행정을 통해 달라지길 원하진 않았다.

그리고 수정. 그는 반드시 수정을 만나야 했다. 만나서 이유를 묻고 싶었다. 그는 수정을 위해 목숨을 걸었는데 그녀는 왜?

그렇다면 그가 택할 수 있는 길은 하나뿐이다. 그에게는 돈이 있었다. 양쪽 어깨를 뻐근하게 만드는 금액의 돈. 수정과 함께 도망칠 수도 있다. 그런 생각을 하자 왠지 기운이 났다. 수정이 거짓말쟁이임을 알고 있음에도 그랬다.

집은 위험하다. 이름과 전화번호를 아는 놈들이 주소를 모를 리 없다. 이미 깡패 서넛이 집 앞을 지키고 있을지도 모른다. 성욱은 기찬에 생각이 미쳤다. 그는 핸드폰에 배터리를 끼우고 기찬에게 전화했다.

"너 지금 어디냐?"

"나 지금 PC방. 왜?"

"너 집에 들어가지 말고 오늘 밖에서 자라. 아니, 당분간 계속

밖에 있어."

"너 설마 벌써 새 여친 만들었니?"

"그게 아니라 내가 사고를 쳐서 그래. 나 얼굴 다쳐서 들어온 날 기억나지? 내가 그때 깡패를 잘못 건드렸어. 집에 가면 위험 해. 절대 들어가지 마. 잠깐 부모님 댁에라도 가 있어."

"그럼 경찰에 신고하면 되잖아."

"집에 가지 마!"

성욱은 전화를 끊었다. 이 정도면 알아들었겠지. 그는 혹시나 하는 생각에 수정에게 전화를 걸었다. 여전히 전화기는 꺼져 있 었다. 성욱은 고민하다가 음성 사서함에 메시지를 남겼다.

"나예요, 이성욱. 난 아직 수정 씨를 믿어요. 이래야만 할 이 유가 있다고 생각해요. 무사하면 전화해줘요. 빨리요."

• 14장 •

복수

　내 이름은 수정이다. 부모님이 지어준 이름은 따로 있지만 내 스스로 수정이란 이름을 붙이고 다시 태어났다. 태어나서 좋은 일이라곤 없었다. 부모님은 무식하고 구차한 인간들이었고, 그 밖에 만났던 어른들도 정도의 차이가 있을 뿐 대체로 비슷했다. 헛되이 나이만 먹었을 뿐 조금도 어른스럽지 않은 작자들. 아무하고도 이야기하고 싶지 않았고, 아무하고도 있고 싶지 않아 늘 이어폰을 귀에 꽂고 다녔다.

　아버지는 속을 모를 인간으로 아주 가끔 집에 들어왔고 어머니는 툭하면 날 때렸다. 가난한데 화목하지도 않은 집이었다. 최악은 어느 날 아버지가 날 뒤에서 끌어안았을 때였다. 그자는 내 가슴을 더듬으며 우리가 친부모 자식 간이 아니니 괜찮다고 헛소리를 늘어놓았다.

　그게 사실일까? 아니면 거짓말일까?

도망치듯 집을 빠져나와 공원 벤치에 앉아 있었다. 저녁노을이 무척 아름다웠지만 날이 어두워지자 참을 수 없이 추웠다. 어쩔 수 없이 집에 들어갈 수밖에 없었다.

고등학교를 졸업하자마자 지방법원에 가 개명 신청을 했다. 그때 이름을 수정으로 바꿨다. 과거와 결별하고 달라지겠다고 맹세했다. 집을 나왔고 알바를 시작했다.

내가 예쁘다는 사실을 알고 있었다. 사실 여자는 누구나 자기 외모의 장단점을 안다. 모른 척할 뿐이지. 대부분의 남자들은 자신의 아름다움을 모르는 털털한 여자에 대한 환상을 가지고 있지만, 세상에 그런 여자는 없다.

연예인이 되고 싶었고 나름 자신도 있었다. 하지만 막상 연예기획사에 들어가 보니 사정은 달랐다. 그곳은 예쁜 애들로 가득했고, TV에 나가기 위해선 예쁜 것 이상이 필요했다.

배우로의 존재감, 또는 연기에 대한 광기. 뒤를 밀어줄 돈 많은 부모, 아니면 엄청난 운이라도. 난 아무것도 가지지 못했다. 거기 모인 애들 대부분이 그랬다. 사실 대부분의 인간이 그렇다. 원하는 것을 쟁취하기에는 어딘가 부족하다.

"예쁘긴 한데 흔해."

어떤 피디가 나에 대해 그렇게 평가했다고 들었다. 조금씩 실력을 갈고닦는 것이 최선이지만 그러기엔 가지고 있는 돈이 없었다.

기획사 대표는 지망생의 조급한 마음을 잘 알고 있었다. 그는 돈 많고 늙고 추한 중년 남자들의 술자리로 우리를 차례로 불러

냈고, 화간과 강간 사이의 추잡한 일을 벌였다.

그곳에 불려 간 첫날, 추한 늙은이의 사타구니를 걷어차고 자리를 박차고 나왔다. 대표가 따라 나와 날 두들겨 팼다. 이름을 바꾸고 새 삶을 살 거라 다짐했는데 인생은 더욱 초라해질 뿐이었다.

아버지 때는 참았지만 이번에는 참을 이유가 없었다. 나는 동료 지망생들을 규합해 대표를 고소했다. 오랜 소송전 끝에 대부분의 동료가 나가떨어졌지만 난 끝까지 버텼다.

하지만 결국 남은 건 약간의 보상금과 지친 몸과 마음, 그리고 연예계로 돌아가기엔 늦은 나이뿐이었다.

딱히 배운 것도 없고 갈고닦은 능력도 없다. 가진 건 알량한 외모밖에 없는 내가 갈 수 있는 곳은 술집뿐이었다. 그곳은 내게 딱 어울리는 곳이었다. 예쁘지만 너무 튀지 않는 얼굴. 적당히 잘 돌아가는 머리까지.

어느 날인가 사장이 날 불러 가게를 맡아달라고 했다. 난 내 능력을 인정받았다고 생각했다. 아무도 술집 여자에게 능력을 기대하지 않는다는 걸 몰랐다. 사장이 필요했던 건 대신 잡혀갈 바지뿐이었다.

전과가 없는 새 얼굴. 그래야 집행유예로 쉽게 풀려나고 가게는 이름을 바꿔 영업을 할 수 있기 때문이다. 원래 바지 사장이 갑자기 도망치는 바람에 내가 대타가 된 것이다. 가게를 맡아 영업한 지 보름도 안 돼 단속팀이 들이닥쳤고, 나는 체포되었다. 모든 게 짜고 치는 고스톱이고 난 그들이 지닌 수많은 패 중

한 장에 불과했다. 사장이 보낸 변호사는 며칠만 참으라고, 불구속으로 풀려날 거라 말했지만 일은 그렇게 풀리지 않았다.

담당 판사는 도주의 위험이 있다며 구속 수사를 명했고 나는 법원에서 곧바로 죄수복으로 갈아입고 구치소로 가게 되었다. 워낙 순식간에 일어난 일이라 정신이 하나도 없었다. 변호사가 구치소로 가는 버스로 따라와 뭐라 말했지만 한마디도 들리지 않았다. 내가 감옥에 대해 아는 모두 책이나 영화에서 본 것이었다. 나는 내가 강하다고 생각했지만 사실이 아니었다.

그렇게 난 세번째 배신을 당했고 감옥에서 혜연이 언니를 만났다.

*

일도는 조혜연의 집으로 차를 몰았다. 복잡한 골목, 비슷비슷하게 생긴 집들 사이에서 내비게이션도 제 역할을 하지 못했다. 간신히 맞는 주소를 찾아냈지만 그랜저 한 대가 길까지 반쯤 막은 채 주차되어 있어 차를 세울 곳이 없었다. 일도는 골목을 한 바퀴 돌아 큰길가에 차를 세웠다.

그는 트렁크에서 경찰 시절 쓰던 3단 쇠봉을 꺼내 쥐고 조혜연의 집으로 향했다. 그랜저는 연립주택의 다른 차들이 빠져나가지 못하도록 교묘하게 길을 막고 있었다.

어떤 놈이 이렇게 개같이 주차를 했을까? 대충 짐작이 갔지만 혹시나 해서 창문에 눈을 대고 그랜저 안을 살폈다. 최석원이 어깨에 걸치고 다니던 '세계 최강 대한 유도부' 수건이 뒷좌석에 굴러다녔다.

알 만하군.

일도는 조혜연의 집인 102호로 향했다. 조심스럽게 손잡이를 돌려보니 문이 잠겨 있었다. 문에 머리를 대고 귀를 기울여봤지만 아무 소리도 들리지 않았다. 일도는 벨을 누르고 복도로 물러섰다. 대답이 없자 그는 다시 벨을 누르고 뒤로 물러섰다.

1, 2분 정도 기다리자 문이 열리고 문신을 한 말라깽이가 얼굴을 내밀었다. 일도는 녀석의 머리채를 잡아 밖으로 내동댕이치고 집 안으로 뛰어들었다.

가죽 장갑을 낀 칼잡이 하나가 송곳처럼 생긴 칼을 들고 신발장 뒤에 숨어 있었다. 하마터면 얼굴에 구멍이 날 뻔했다. 간신히 칼을 피하고 팔을 잡아 꺾었다. 놈의 얼굴에 박치기를 하고 가슴을 발로 걷어찼다. 돌아서서 바닥을 짚고 일어서는 말라깽이의 머리에 3단 쇠봉을 내리꽂았다.

그러고 집 안으로 시선을 돌리니 칼잡이가 바닥에 떨어진 칼을 집어 들고 있었다. 일도는 나는 듯이 거실로 뛰어들어 칼잡이의 머리를 갈겼다. 칼잡이는 썩은 기둥처럼 쓰러졌다.

일도는 소파에 쓰러지듯 주저앉아 숨을 몰아쉬었다. 힘들어 죽겠다. 형사 시절에는 조폭들을 떼로 상대해 체포하고도 기운이 넘쳤다. 이보다 더 심하게 싸우고 나서도 동료들과 껍데기집에 들러 한잔 걸치고 집에 들어갔으니까.

나이를 먹어서일까? 하는 일이 그때보다 어려워져서일까?

아니면 더 이상 떳떳한 일을 하는 게 아니라서 그런 걸까?

부러진 왼팔은 몸을 움직일 때마다 아팠다. 닭이 죽은 게 아쉬웠다. 이럴 때 참 유용한 친구였는데. 기운을 내기 위해선 뭐든 에너지가 될 것이 필요했다. 냉장고 위에 위스키가 놓여 있었다. 한 모금 들이켜자 조금 정신이 돌아왔다. 그는 병째 마셔가며 집을 뒤졌다. 온통 엉망이었다. 서랍이란 서랍은 다 뒤집혀 있었고 매트리스는 날카로운 것으로 갈가리 찢겨 있었다. 여자는 보이지 않았다.

일도는 방을 살피다 한 가지 사실을 깨달았다. 신상을 알 수 있는 자료가 전혀 없었던 것이다. 사람이 생활을 하다 보면 자기 일상과 관련된 물건 한둘은 가지고 있기 마련이다. 그런데 이곳에는 그런 게 없었다. 책상 위에 사진 액자 하나 없었다.

일도는 잠시 생각에 잠겨 있다가 거실에 쓰러진 두 사람에게 시선을 주었다. 놈들을 깨워 뭐든 알아낸 게 있나 물어볼까 하다 그만두었다. 뭔가 찾아냈다면 매트리스까지 찢고 있진 않았을 것이다.

그는 잠시 방을 둘러보다가 부엌으로 향했다. 거실에 붙어 있는, 두 평 남짓한 조그만 부엌. 싱크대 아래 선반을 열어보니 5킬로그램짜리 큼직한 설탕 봉지가 놓여 있었다. 그는 선반을 닫다가 다시 열고 설탕 봉지를 꺼냈다. 혹시 모르니까.

그는 조심스럽게 알갱이 몇 개를 집어 맛을 보았다.

"달군."

설탕이 맞다. 혹시나 했는데 상상이 지나쳤던 모양이다. 그는 봉지를 바닥에 내팽개치고 돌아섰다. 딸그랑. 뭔가가 바닥에 부딪히며 쇳소리를 냈다.

그는 설탕 속으로 손을 넣어 안에 숨겨져 있던 물건을 꺼냈다. 손바닥보다 조금 큰 철제 상자. 상자 속에는 다이아몬드 목걸이며 반지, 팔찌 등의 귀금속이 잔뜩 들어 있었다.

그는 목걸이를 꺼내 눈대중을 해보았다. 광택이나 모양이 진품으로 보였다. 반지와 팔찌 역시 모두 진품이었다. 여기다 아끼는 물건을 감춰둔 모양이지? 설탕 봉지 가장 깊숙한 곳에 쌍화탕 한 병이 들어 있었다. 이건 또 뭐야?

겉보기에는 약국이나 편의점에서 파는 평범한 쌍화탕이었다. 그런데 왜 보석함에 숨겨두었을까?

혹시 이게?

일도는 망설이다 뚜껑을 따고 살짝 맛을 보았다. 쌍화탕 맛이었다. 일도는 욕설을 내뱉었다.

"씨발 미치겠네. 이거 뭐하는 년이야?"

일도는 쌍화탕을 마저 비웠다. 마지막 한 방울까지 전부 먹고 입맛을 다실 때 전화벨 소리가 들렸다. 그는 기절해 있는 바보들에게 다가가 품속을 뒤졌다. 둘 중 나이 든 쪽의 핸드폰이었다. 전화를 받자 이석구의 목소리가 들렸다.

"어떻게 됐어? 거기가 그 씨발년 집이 맞아?"

녀석은 극도로 흥분해 있었다.

일도는 적당히 목소리를 꾸며 대꾸했다.

"잘 모르겠습니다."

들은 적도 없는 목소리를 흉내 냈으니 들킬 가능성이 높다고 생각했지만 이석구는 더욱 흥분해서 소리쳤다.

"모르긴 뭘 몰라, 이 병신아! 우편함을 봐! 우편물 이름을 확인하면 되잖아!"

아하, 그걸 깜빡했군.

"그렇군요."

"거기 잘 지키고 있어! 계집년이 금방 집에 들이닥칠지도 모르니까. 정신 똑바로 차려! 미친 꽃뱀년이 방태수 사장을 차로 치어 죽였어! 잘못하면 우리 모두 다 저승으로 간다!"

"예? 정말요?"

"계집년을 잡아야 돼! 그래야 우리가 살아!"

전화가 끊겼다. 일도는 핸드폰에 시선을 주었다. 방태수가 죽었다고? 미친 꽃뱀에게? 미친 꽃뱀이라. 조혜연이라는 여자는 죽었다. 공식적으로는 그렇다. 그렇다면 죽은, 미친 꽃뱀 정도 되겠지.

일도는 죽은 사람이 살아 돌아왔다는 말을 믿지 않았다. 공무원이 월급 도둑이라 욕을 먹어도 행정 체계라는 건 쉽게 속일 수 있는 게 아니다. 그도 한때 공무원을 해봤기에 잘 안다. 그렇다면 방태수를 죽인 여자는 누굴까?

일도는 주위를 살폈다. 이 집에는 누가 살고 있었던 걸까? 아무리 머리를 굴려도 답이 나오지 않았다.

그는 보석함을 다시 집어 들었다. 상자 밑면을 들춰보니 거기 사진이 끼워져 있었다. 전부 열 장 정도 됐다. 첫 장은 낯익은 얼굴이었다. 전철에서 봤던 여자. 그는 다음 장을 넘겼다. 그다음부터는 대체로 가족들과 찍은, 오래된 사진이었다. 아버지로 보이는 남자와 동물원 같은 곳에서 찍은 색 바랜 사진. 초등학교를 배경으로 한복을 입고 있는 사진. 살인자에 협박범에게도 간직하고 싶은 추억은 있는 걸까?

일도는 다음 장을 넘기다가 동작을 멈췄다. 사진 사이에 명함이 한 장 꽂혀 있었다.

'로키출판 편집자 이성욱'

출판사 직원이라. 지금까지 있었던 일을 고려하면 영 생뚱맞은 직업군이었다. 그냥 아는 사이인 걸까? 이번 일과 상관없는 인간일 수도 있지만 귀중품을 숨겨둔 장소에 명함을 감췄다는 사실이 왠지 신경 쓰였다. 일도는 혹시 모른다는 생각에 명함을 주머니에 넣고 다음 사진을 넘겼다.

거기에는 두 명의 조혜연이 찍혀 있었다. 한 명은 머리를 뒤로 묶었고 다른 한 명은 길게 늘어뜨리고 있었지만 같은 얼굴임은 분명했다. 그는 깜짝 놀라 멍하니 사진을 바라보았다.

이 여자는 누구지? 조혜연에겐 쌍둥이 자매가 없다고 했는데?

씨발 이놈의 나라 행정 체계.

그때 전화벨이 울렸다.

핸드폰을 집어 들자 형일의 활기찬 목소리가 들렸다.

"네가 아침에 물어본 여자 말이야. 조혜연인가 하는."

"그래, 그렇잖아도 너한테 연락하려고 했다. 그 여자 쌍둥이 동생 있다고 말하려고 전화했지?"

"아니."

"그럼 뭐야?"

"아가씨 살해됐을 가능성에 대해 물었지?"

"응."

"지금 찾아봤는데 말이지, 우리 쪽에서는 자살로 결론 내렸지만 그게 아니라고 우긴 사람이 있었던 모양이야. 죽음에 의혹이 있다고 부검을 요구했어."

"누군데? 가족이야?"

"아니, 그냥 친구. 그러니까 그냥 엎어버렸지. 가족이 타살 의혹을 제기하면 어쨌든 부검까진 넘어가잖아. 하지만 친구가 하는 말 정도로는 곤란하지. 아무튼 그 친구가 누군지 찾아봤는데…… 같이 사기로 체포됐던 여자야. 전과 2범. 원래 연예인 지망생이었다는데, 옛날에 엔터테인먼트 성상납 사건 기억나지?"

"응, 대충."

"그때 그 소속사에 있었는데 다른 애들 다 소송 취하하고 나서도 끝까지 대표랑 싸웠나 봐. 독한 데가 있는 년이지. 근데 거기 대표가 보통 거물이 아니었잖아. 지망생 하나가 지랄한다고 생채기나 나겠냐? 그 뒤로 자의 반 타의 반으로 연예계 은퇴하고 술집 같은 데로 돌아선 거 같다."

"그러다 사기를 쳤고?"

"사기를 친 건지, 당한 건지. 룸살롱 바지 사장으로 있다 체포됐는데 초범이라 금방 풀려났고. 그다음이 조혜연이랑 공모한 건데 부잣집 아들한테 공사 치다가 걸렸나 봐. 가볍게 형기 살고 나갔는데 그러니까 이름이…….”

일도는 왠지 목덜미에 소름이 돋는 걸 느꼈다. 그는 전화를 들고 밖으로 나가 우편함을 뒤졌다. 잡다한 광고지들, 그리고 각종 청구서. 모두 한 사람에게 온 것이었다.

형일과 일도는 동시에 말했다.

“이수정.”

*

성욱은 출판사로 향했다. 책상 서랍 속에 여권이 있었다. 외국으로 도망가야 할지도 모를 이때, 다른 건 몰라도 여권 하나만은 반드시 품에 지니고 있어야 했다. 놈들이 그의 신상 정보를 파악한 건 사실이지만 아직 출판사에까지 사람을 보내지는 않았을 것이다. 얼른 사무실에 들러 필요한 물건을 가지고 나오면 된다.

그는 조심스럽게 사무실 문을 밀고 들어갔다. 동료 편집자가 그를 보고 놀란 표정을 지었다.

“성욱 씨, 무슨 일이에요? 오늘 월차 낸 거 아니었어요?”

“잠깐 들렀어요. 가져갈 게 있어서요.”

“잘됐네요. 그렇잖아도 손님 오셨는데.”

“손님?”

성욱은 서랍을 뒤지다 멈추고 동료에게 시선을 주었다. 설마. 담당 작가 이야기겠지? 가슴이 쿵쿵거리며 뛰었다. 그때 사무실 한편의 회의실 문이 열렸다. 팀장이 걸어 나오며 말했다.

"제가 장담하는데 잘못 알고 오신 거예요. 워낙 일 잘하고 성실한 청년이라 한눈 팔 줄도 모르고……."

팀장은 성욱을 보고 말을 멈췄다. 팀장 뒤로 덩치 좋은 남자 둘이 서 있었다. 동료 편집자가 말했다.

"경찰에서 오셨대요."

한 명은 후줄근한 점퍼 차림의 뚱뚱한 30대 남자고 다른 한 명은 바람막이 점퍼를 입은 20대 중반의 사내였다. 성욱은 머리를 굴렸다. 무슨 일로 찾아온 걸까? 조금 전의 사고 때문에? 렌트카를 추적해 그를 찾아낸 걸까?

점퍼를 입은 남자가 신분증을 보여주었다.

"교통조사계에서 나온 조영민 형삽니다."

"예, 그런데 무슨 일로……."

"아, 긴장하실 일은 아닙니다. 그저 몇 가지 물어볼 게 있어서요. 여긴 사람들 눈이 있으니 조용한 데로 자리를 옮기실까요?"

"예, 그러시죠."

성욱은 형사들과 함께 회의실로 들어갔다. 그는 백팩을 슬그머니 테이블 아래 내려놓았다. 조 형사는 문을 닫고 바로 본론으로 들어갔다.

"3일 전 저녁, 그러니까 22일에 뚝섬에 계셨죠?"

"뚝섬요? 그러니까 22일이면……."

성욱은 달력을 보는 척하면서 대답할 말을 궁리했다. 그날 사고 때문에 온 걸까? 그가 관련되어 있는 걸 어떻게 알았지? 하필이면 오늘 찾아온 이유가 있는 걸까? 그가 망설이자 영민이 사진을 내밀었다.

"기억이 나도록 도와드리죠."

잘 찍힌 사진은 아니었다. 화질도 별로고. 하지만 골목으로 뛰어드는 남자가 성욱임을 알아볼 정도는 됐다.

"근처 상가 건물의 CCTV에 찍힌 겁니다. 이성욱 씨 맞죠?"

"아, 맞네요. 그날 거기 갔었어요. 여자 친구를 만났죠. 갑자기 비가 내려서 비를 홀딱 맞고 뛰어다녔어요. 이런 걸 어떻게 찾아내셨는지 모르겠네요. 하하!"

그는 웃었지만 아무도 따라 웃지 않았다. 영민이 말했다.

"그날 사거리에서 교통사고가 있었던 거 알고 계십니까?"

"그랬나요? 저는 잘……."

"사진을 다시 한 번 보고 말씀하시겠습니까?"

사진 속의 얼굴은 퉁퉁 부어 있었다. 상의에 묻은 핏물도 확실하게 보였다. 더 잡아떼봐야 소용없을 것 같았다.

"예, 알고 있습니다."

"현장에 있으셨죠?"

"예."

"싸움도 하셨고."

"싸움이 아니라……."

"압니다. 싸움을 말리려고 그랬다는 거. 그럼 끝까지 남아 계셨어야지, 그냥 가버리면 어떡합니까. 덕분에 수사만 복잡해졌어요. 죽은 사람까지 나왔는데 전후 사정을 모르니 어떡합니까?"

"죄송합니다."

"아, 죄송할 일까진 아니지만요. 목격자들 증언에 따르면 방태수 씨가 어떤 아가씨에게 폭력을 휘두르는 걸 말렸다고 하던데, 그 아가씨가 누군지 아세요?"

"모릅니다."

"정말 모르세요?"

"그렇다니까요."

성욱은 힘차게 고개를 끄떡였다. 다른 건 몰라도 그것만은 말할 수 없었다. 조영민은 의심쩍은 눈빛으로 성욱을 쳐다보다 말했다.

"잠깐 서로 함께 가주시죠."

"경찰서에요? 왜요?"

"몇 가지만 확인해주시면 됩니다."

"사건이 대충 마무리된 줄 알고 있었는데요."

"누가 그러던가요?"

"아니, 그냥 그럴 거 같아서요."

성욱은 말끝을 흐렸다. 인영에게 들었다는 말은 절대 못 한다.

"재수사에 들어갔습니다. 상부에서 목격자 증언에 일관성이 없다고 판단해서요. 사건에 관련된 분들을 한 분씩 찾고 있습니다. 이성욱 씨는 어떻게 찾았는데 여자분은 모르겠군요. 정말 모르십니까?"

"그렇다니까요."

방태수가 죽은 걸 모르는 걸까? 성욱은 형사들을 힐끔거리며 생각했다. 하긴 아직 한 시간도 안 된 일이니까. 그렇다면 경찰서에 따라가선 안 된다. 거기서 방태수의 사망 사실이 알려지고 현장에 그가 있었다는 사실까지 드러나면 꼼짝없이 체포될 테니까.

성욱은 속마음을 감추고 말했다.

"금방 끝나는 거 맞죠?"

"잠깐이면 됩니다. 그럼 가실까요?"

두 사람이 일어섰다. 성욱은 백팩을 어깨에 메면서 말했다.

"잠깐만요. 화장실에 좀……."

그가 문으로 걸어갈 때 침묵을 지키던 다른 형사가 입을 열었다.

"가방은 왜 가져가시죠?"

"아, 그게……."

성욱은 돌아서며 어색한 미소를 지었다. 형사들의 시선이 가방으로 쏠려 있었다. 아차, 내 정신 좀 봐, 라고 말하며 가방을 놓고 나가면 간단히 해결될 일이었다. 하지만 돈을 놓고 갈 순 없었다. 그때 노크 소리가 들리고 팀장이 얼굴을 내밀었다.

"성욱 씨, 잠깐만. 이번 책에 대해 물어볼 게 있거든? 형사님들, 잠깐 성욱 씨 좀 빌릴게요."

지옥에서 보살을 만난 격이었다. 성욱은 급히 팀장을 따라 나갔다. 무슨 말로 팀장을 속이고 이곳을 빠져나갈까 궁리할 때, 팀장이 먼저 입을 열었다. 속삭이듯 작은 목소리.

"저 사람들 경찰 아니야."

"예?"

"큰 소리 내지 말고. 일 얘기 하는 척해. 말투가 이상해서 경찰서에 전화해봤지. 저런 사람들 없대. 지금 진짜 경찰 불렀어. 금방 올 거야. 그런데 자기 무슨 일이야? 저 사람들 누군지 알아?"

성욱은 겁에 질려 회의실을 쳐다보았다. 활짝 열린 문 너머로 잡담을 나누는 가짜 형사들의 얼굴이 보였다. 저 새끼들은 누굴까? 그를 어디로 데려가려 한 걸까? 성욱은 간신히 입을 열었다.

"그게……."

"며칠 전에 얼굴 부어 온 일이랑 관련 있는 거야? 오늘도 그 일 관련해서 월차 냈던 거고?"

"예."

"내가 진작 한마디 해줬어야 했는데. 뭔가 이상하다 싶었거든. 성욱 씨도 왠지 붕 뜬 것 같고. 뭔가 안 좋은 일에 엮였는데 본인만 모르고 있다 싶었지."

"그보다 저기……."

성욱은 속이 탔다. 팀장이 그의 속마음을 귀신처럼 알아차렸다.

"경찰이 와도 해결이 안 될 일이야?"

"조금요."

사실은 많이요. 아주 끝장나는 거예요. 성욱은 속으로 말했다. 팀장은 한숨을 쉬었다.

"그럼 어쩔 수 없지. 내가 나쁜 부하 직원 때문에 고생이 많아. 이번 일 끝나면 나한테 한턱 쏘는 거다?"

"알았어요."

"좋아, 내가 신호하면 튀어. 뒷일은 내가 알아서 할 테니까. 문을 닫으면 바로. 알겠지?"

무슨 문을 닫느냐고 묻기도 전에 팀장은 형사들을 돌아보며 말했다.

"참, 내 정신 좀 봐. 형사님들에게 차 한잔 안 드렸네. 뭐 드실래요? 커피, 홍차, 녹차?"

팀장은 회의실로 걸음을 옮겼다. 영민이 얼굴을 찡그리며 의자에서 일어섰다.

"괜찮습니다. 어차피 금방 갈 거니까⋯⋯."

"아뇨, 저희 커피가 맛있거든요. 브라질에 갔을 때 직접 사 온 원두라서. 금방 갈아드릴게요."

팀장이 회의실로 들어가며 발끝으로 문을 잡아당겼다. 쿵. 회의실 문이 닫혔다. 성욱은 부리나케 사무실을 빠져나갔다. 비상계단을 따라 내려가는데 등 뒤에서 남자들의 고함 소리가 들렸다.

"거기 서, 이 새끼야!"

성욱은 건물을 빠져나와 무턱대고 달렸다. 가짜 형사들이 문을 박차고 뒤따라왔다. 녀석들은 그보다 훨씬 빨랐다. 얼마 전 그를 뒤쫓던 대머리 경비보다도 더. 아마 주먹도 훨씬 잘 쓸 것이다. 이러다간 꼼짝없이 잡힌다는 생각으로 겁에 질려 있을 때 바로 앞에 승용차가 멈춰 섰다. 차 문이 열리고 한쪽 팔에 부목을 댄 남자가 손을 내밀었다.

"타!"

성욱은 멈칫했다. 이 새끼는 뭐야?

가짜 형사들이 바로 뒤까지 따라붙었다. 더 생각할 시간이 없었다. 성욱은 그대로 차에 뛰어들었다. 차가 출발했다. 형사들이 차에 달라붙었지만 남자가 거칠게 핸들을 꺾자 아스팔트 위를 굴렀다.

남자는 엑셀을 밟았다. 차가 속도를 더해 움직였다. 가짜 형사들이 차를 쫓으며 고래고래 고함을 질렀다.

남자는 성욱을 힐끔 쳐다보곤 물었다.

"이성욱 맞지? 방태수를 협박해서 돈을 뜯은."

성욱은 한숨을 쉬었다. 이번에는 또 어디서 온 놈일까? 하도 놀랄 일이 많았기 때문인지 이제는 처음 보는 놈이 이름을 알아도 그러려니 하게 된다.

"원하는 게 뭡니까? 돈?"

하지만 남자가 다음 말을 꺼냈을 땐 그도 놀랄 수밖에 없었다.

"지금 이수정 집에서 오는 길이야."

성욱은 다급하게 외쳤다.

"수정 씨 만났어요?"

"아니, 못 만났다. 하지만 네가 모르는 사실을 알고 있지. 너는 내가 모르는 걸 알 것이고. 서로 부족한 부분을 채워주면 좋을 거 같은데 네 생각은 어때?"

"당신 누구야? 뭐하는 사람인데?"

"장일도. 해결사야."

·15장·
진심

"병신이니까 병신 취급을 받는 거야. 병신 취급 받지 않으려면 너 스스로 병신이 아님을 증명해야 돼."

혜연 언니가 입버릇처럼 하던 말이었다. 내가 구치소에 들어갔을 때 그녀는 이미 여러 번 재판을 받고 마지막 판결만을 남겨두고 있었다. 죄인에게 구치소란 잠깐 머무는 곳이다. 형량이 결정되면 교도소로 옮겨져 남은 형기를 채우고, 무죄나 집행유예가 되면 풀려난다.

그녀와 친해진 데는 이유가 있다. 우리는 놀랍도록 닮았다. 나이는 언니가 두 살 더 많았고 키는 내가 조금 컸지만 언뜻 봐서는 구별하기 힘들 정도로 비슷했다. 다만 성격만은 완전히 달랐다. 혜연 언니는 세상에 모르는 게 없었지만 내가 아는 누구보다도 착하고 누구보다도 마음이 약했다. 전과가 5범인 꽃뱀이란 말이 믿기지 않을 정도였다.

혜연 언니의 도움으로 구치소 생활은 그리 힘들지 않았다. 그녀는 내 사정을 듣고는 앞으로 내게 있을 일을 알려주었고, 보다 나은 미래를 위해 내가 해야 할 일을 코치해주었다.

혜연 언니의 충고는 국선 변호사의 그것보다 훨씬 도움이 됐다. 언니의 충고에 따라 사장에게 전화해 날 여기 내버려두면 검찰에 전부 이야기할 거라고 말했다. 그가 실소유주라는 다양한 증거를 모아뒀다고 거짓말도 쳤다. 귀찮은 꼴 당하기 싫으면 당장 여기서 날 빼내주고 돈을 달라고 말했다.

이판사판이다 싶어 해본 말이었는데 사장은 놀랍도록 친절해졌다. 어쩌다 보니 날 감옥에 보냈지만 보답할 생각이었고 구치소에서는 금방 꺼내줄 테니 걱정 말라고 했다. 처음부터 그럴 생각이었는지 내가 강하게 나오자 맘을 바꾼 것인지 알 수 없었다.

나는 사장에게 감옥에서 나가는 날까지 매일 변호사를 통해 접견 신청을 해달라고 말했다. 감방은 좁고 어두운 데다 추웠지만 변호사 접견실은 호텔 방만큼이나 아늑했다. 푹신한 소파에 테이블이 있고 각종 신문이며 잡지에 에어컨까지 달려 있었다. 대부분의 VIP들이 그곳에서 매일 변호사를 만난다는 핑계로 쉬다가 감방으로 돌아갔다.

"돈으로 행복을 못 산다고 하지? 근데 돈이 있으면 대체로 행복해진다? 톨스토이가 그랬다잖아. 행복한 이유는 제각각이지만 불행한 이유는 하나뿐이라고. 돈이 없으면 불행한 거야."

혜연 언니의 두번째 말이었다. 혜연 언니 덕분에 나는 높은 사람들처럼 감옥 생활을 즐길 수 있었다. 하지만 언니는 그렇지 못했다. 그녀는 구치소에서 일어나는 일에 대해 모든 걸 알고 있었지만 자신은 어떤 호사도 누리지 못했다.

언니는 늘 가난했지만 가끔 바깥의 친구로부터 영치금이 들어오면 감방 동기들을 위해 썼다. 사기로 들어온 주제에 여러 번 사기도 당해 돈 한 푼 모아둔 것이 없다고 했다. 나중에 알고 보니 제대로 꽃뱀 짓을 한 것도 아닌, 매번 놈팡이를 잘못 믿었다가 말려든 것이라고 했다.

그녀는 세상 돌아가는 사정을 누구보다도 잘 알았지만 또한 사랑이 없으면 살지 못하는 로맨티시스트이기도 했다. 그 때문에 인생이 망가졌지만 후회는 하지 않는다고 했다.

"그래도 사랑할 땐 좋으니까. 좋은 추억이 있으면 그것으로 된 거야."

언니는 1년 6개월 형량을 언도받고 교도소로 가게 되었다. 난 그녀와 헤어질 때 울었지만 그녀는 내가 곧 풀려날 거라고, 밖에 나가면 다 괜찮을 거라고 말했다. 그녀의 장담대로 난 얼마 안 있어 구치소를 나가게 됐지만 밖에 나와도 괜찮은 일은 없었다.

나는 실업자가 되었다. 사장은 깡패와 함께 와서 날 협박했고 내게 아무런 증거도 없다는 사실을 알고 나자 한참 동안 날 욕보인 후에 돈 몇 푼을 남기고 떠났다. 항상 내가 태어나고 자라온, 답답하고 구차한 공간을 벗어나려 노력했지만 언제나 주위만 맴돌다 다시 밑바닥으로 돌아와야 했다.

그때 난 결심했다. 더 이상 병신 취급 당하지 않겠다고. 병신으로 보였으니 병신 취급을 받는다는 언니의 말은 틀림없는 사실이었다. 이제부터는 누구도 날 병신으로 보지 못하게 하겠다고 맹세했다.

나는 언니의 출감일 날, 교도소로 갔다. 이론적으로 출감일은 날짜가 바뀌는 12시 정각이 되어야 하지만 보통은 차편을 핑계로 첫차가 다니는 새벽에 죄수들을 내보낸다.

나는 밤새 교도소 앞에서 기다리며 앞으로 할 일들에 대해 생각했다. 언니와 함께라면 무슨 일이든 해낼 자신이 있었다. 무엇보다 우린 아주 많이 닮았으니까.

6시쯤 되었을까, 문이 열리고 언니가 나왔다. 나는 그녀를 꼭 끌어안았다. 내게는 계획이 있었다. 언니와 둘이서 돈을 벌 계획이. 더 이상 병신 취급을 당하지 않겠다. 우릴 병신으로 보는 놈이 있다면 죽여버릴 것이다.

*

일도는 말했다.

"오해가 있는 모양인데 난 널 잡으러 온 게 아니야. 이수정이란 여자에게도 관심 없고. 처음에는 그랬지만 지금은 아니지. 내게 중요한 건 내 안전이야. 이번 일로 나도 잘못하면 저승길에 갈 위기에 처했거든."

일도는 이것 보라는 듯 부목을 댄 팔을 보였다.

"벌써 한 번 죽을 뻔했어. 너도 궁금한 게 많잖아. 안 그래? 이수정이 어떤 사람인지, 그녀가 왜 방태수를 죽였는지. 내가 알려줄 수 있어. 대신 넌 네가 아는 걸 말해주면 돼. 서로 돕는 거지."

"당신이 하는 말을 어떻게 믿죠?"

"내가 왜 거짓말을 하겠어?"

"내게서 정보를 얻으려고 거짓말을 하는 걸 수도 있잖아요?"

"그럴 거면 으슥한 곳으로 데려가서 팼겠지. 자랑을 하려는 건 아니지만 내가 그런 일에는 꽤 능숙하거든. 넌 뼈다귀가 그리 단단한 놈 같지도 않고."

성욱도 일도의 말이 사실인 걸 알고 있었다. 일도는 딱 보기에도 사람 잘 때리게 생겼고, 한 팔이 불편하다고 성욱에게 질 것 같지도 않았다. 성욱이 대답할 말을 찾지 못해 우물쭈물하는 사이 일도는 자신이 아는 사실을 이야기했다. 일을 의뢰받고 두 사람을 추적해간 과정을 차근차근. 성욱은 조용히 듣고만 있다가 일도가 아파트에 도착해 경비를 만난 부분까지 이야기했을 때 더 참지 못하고 입을 열었다.

"경비가 말한 경찰이 그쪽이었군요."

"아, 맞다. 경비가 나한테 전화했었어. 널 봤는데 놓쳤다고. 자존심이 상했는지 같이 잠복근무를 하자는 말까지 하더군. 그만두라고 했지. 바보가 아닌 다음에야 거길 다시 갈 리가 없잖아? 그래서 넌 어떻게 했지?"

"수정 씨 집에 갔죠."

"연립주택 1층?"

그 뒤로는 서로 주거니 받거니 하는 방식으로 대화가 이어졌다. 대화가 끝나고 성욱은 힘겹게 말했다.

"도통 모르겠어요. 내가 만난 사람은 그럼 누구라는 겁니까? 이수정? 아니면 조혜연? 둘이 사실은 쌍둥이였던 거예요? 그럴리가 없잖아요. 조혜연이란 여자 사진을 봤는데 수정 씨 얼굴과는 달랐어요. 물론 어느 정도 비슷하게 생기긴 했지만……."

"수술 전 사진이야."

"뭐?"

"두 사람은 사기꾼이야. 조혜연은 전과 5범. 이수정은 초범. 구치소에서 만나 의기투합한 거야. 함께 일을 벌이기로. 그리고 같은 얼굴로 성형수술을 했지."

일도는 품속에서 사진을 꺼냈다.

"조혜연이 죽었을 때 찍은 사진이야."

성욱은 사진을 보고 침묵했다. 창백한 얼굴로 영안실에 누워 있는 여자의 사진이었다. 수정과 거의 같은 얼굴. 미리 설명을 듣지 않고 봤다면 수정이 죽었다고 착각했을 것이다.

"친구가 알아본 바로는 두 사람의 체형이나 느낌이 비슷했대. 살짝 보면 헷갈릴 정도로."

성욱은 혼잣말처럼 중얼거렸다.

"수정 씨도 그런 말을 하긴 했어요. 비슷한 외모 때문에 금방 친해져서 언니 동생 하는 사이가 됐다고."

"그 말은 사실일 거야. 단지 장소가 구치소였던 거지. 둘은 조금씩 얼굴을 바꿔 비슷하게 만들고 사기 상대를 물색했어. 그러다 이수정이 뷰티숍에서 방태수를 찾아낸 거지."

"왜 동업을 한 거죠? 수술까지 해가면서……."

"사기라곤 해도 전문 분야가 다르니까. 조혜연은 남자 유혹하는 재주가 있고 이수정은 그보다는 좀 더 머리를 쓰는 쪽이었나 봐. 여기서부터는 내 추측인데 둘이 일을 분담했던 것 같아. 남자 잘 꼬시는 조혜연이 방태수를 만나는 일을 맡고, 머리가 좋은 이수정은 방태수의 사업체를 다니면서 돈을 챙길 구석을 찾아본다. 이런 식이지. 아무리 수술을 했어도 두 사람이 완벽하게 똑같진 않았겠지만 각자 만나는 사람이 다르면 문제 될 것도 없겠지. 그러다 방태수의 약점을 찾아내고 협박을 한 거야. 방태수가 어떤 인간인지 몰랐던 거지. 조혜연이 살해당하고 이수정만 혼자 남았고 이수정은…… 쾅!"

일도는 주먹으로 손바닥을 쳤다.

"복수를 한 거지."

성욱은 조용히 방금 들은 말을 곱씹었다. 이수정이 정말 그런 여자일까? 그는 여전히 믿을 수가 없었다. 하지만 그가 보고 들은 모든 일들이 일도의 말이 옳다고 이야기하고 있었다.

"지금쯤 방태수 쪽 애들도 알고 있을 거야. 정보망으로만 따지면 그쪽이 나보다 나을 테니까."

일도는 잠시 생각하다 말을 이었다.

"물건은 어디 있지? 그자들에게 넘겼나?"

"아뇨, 사실은……."

성욱은 망설이다 말했다.

"돈만 받고 물건은 경찰에 넘길 생각이었어요. 감옥에 가야 마땅한 사람들이란 생각이 들었거든요."

일도는 혀를 찼다.

"정말 죽고 싶어 환장했군. 깡패들을 상대하면서 뒤통수까지 치겠다고? 솔직히 말하자면 방태수를 죽이길 잘한 거야. 아니었으면 얼마 도망 못 가고 잡혔을걸? 아마 사방에 부하들을 깔아 놨을 테니까. 벌써 네 이름이며 주소까지 전부 다 알아냈잖아?"

"도대체 어떻게 안 거죠?"

"그거야 나도 모르지. 그래서 물건은 어디 있지? 증거품 말이야. 방태수 일당이 살인에 마약이 든 다이어트 약을 팔았다는 증거."

성욱은 힘없이 말했다.

"저희 집에요."

"집이 어딘데?"

*

일도는 성욱의 집에서 멀찍이 떨어진 곳에 차를 세웠다. 그는 성욱의 오피스텔을 가리키며 말했다.

"저기야?"

"예."

일도는 알겠다는 듯 고개를 끄떡이며 차에서 내렸다. 성욱이 뒤따라 내리자 그는 오피스텔을 턱으로 가리키며 말했다.

"먼저 들어가라."

성욱은 질겁했다.

"무슨 소리예요? 가려면 같이 가야죠. 집에 그놈들이 깔려 있을지도 모르는데."

"그러니까 하는 말이지. 몇 놈이나 되는지 알아야 할 거 아냐. 내가 멀찌감치 따라다니면서 로비나 복도에 있는 놈들 수를 확인하고 한 놈씩 날려버릴 테니까."

일도는 트렁크에서 고무로 된 검정색 곤봉을 꺼냈다. 성욱은 얼굴을 찡그리며 물었다.

"그러니까 미끼가 돼라?"

"그래, 같이 다니다가는 둘 다 당해."

"집 안에 있는 놈들은요?"

"잠깐 이야기라도 하면서 시간 끌고 있어. 금방 따라 들어갈 테니까. 열쇠 몇 개야? 두 개면 하나만 줘."

"열쇠 하나뿐인데요."

"그래도 주고 가라. 넌 벨 누르고 들어가면 되니까. 어차피 집 안에 사람 있을 거 아냐. 아무도 없으면 내가 가서 열면 되고."

"영 마음에 안 드는데요. 아저씨가 겁먹고 그냥 집에 가면 어떡하라고요?"

일도는 한숨을 쉬었다.

"너 은근히 의심 많구나. 안 그러니까 걱정하지 마. 내가 말했잖아. 나도 발등에 불 떨어졌다고. 이대로 집에 돌아갔다간 어떤 놈 칼에 맞아 죽을지 몰라. 증거를 잡아놔야 방 회장이랑 쇼부를 치지. 솔직히 증거가 문제가 아니라……."

"문제가 아니라?"

"희생양이 필요하지. 이건 누가 희생양이 되느냐의 문제야. 그래서 들어갈 거야, 안 들어갈 거야?"

성욱은 오피스텔을 쳐다보았다. 그가 마음을 정하지 못하고 망설일 때 문자가 왔다. 기찬이 보낸 것이었다.

'제발 집에 와. 너 안 오면 나 죽인대.'

성욱은 얼굴을 찡그렸다. 내가 가지 말라고 그렇게 말했는데 바보 같은 녀석이 왜 거길 기어들어가선.

일도가 핸드폰을 넘겨보곤 한결 편한 어조로 말했다.

"놈들이 안에 있는 건 확실해졌군."

성욱이 집에 가야 한다는 점도 확실해졌다. 기찬은 이번 일과 아무 관련도 없었다. 녀석이 죽도록 내버려둘 순 없는 일이었다.

성욱은 일도에게 다짐을 받았다.

"꼭 구하러 올 거죠? 안 도망가죠?"

"그렇다니까. 그런데 너 그 가방에는 뭐 들었냐? 돈이냐? 여기 두고 가. 혹시 흘리면 큰일이잖아?"

"그렇게 얘기하니까 더 의심스러워지는데요."

일도는 악마처럼 웃었다.

"너 겁 좀 먹으라고 그러는 거야. 나보고 말대꾸 꼬박꼬박하는 놈 별로 없었는데."

"솔직히 그리 나쁜 사람 같진 않아서요."

"일루 와봐라. 너 덜 다치게 내가 방비 좀 갖춰줄 테니까. 우리 일을 간단히 처리하기 위해서 필요한 거 하나 장착하고."

*

성욱은 후들거리는 다리를 질질 끌며 오피스텔로 들어갔다. 가도 되는 걸까? 그놈들은 정말 인정사정없이 때릴 텐데. 일도 혼자서 그 짐승 같은 놈들을 제압할 수 있을지도 걱정이었다. 엘리베이터를 타기 전에 슬쩍 뒤를 돌아봤지만 일도는 보이지 않았다.

이 새끼, 진짜 오는 거 맞아?

돈만 가지고 튀는 게 아닐까? 그는 힘쓰는 자들의 생리에 대해 아무것도 몰랐다. 일도의 표정이나 말투가 진짜 같아 보이긴 했지만 알 수 없는 일이다. 어쩌면 그가 로비에 들어서자마자 차를 몰고 도망쳤을지도.

하지만 오피스텔로 들어왔으니 이제는 돌이킬 수 없다. 서류 가방을 든 20대 중반의 남자가 뒤따라 엘리베이터에 탔다.

성욱은 남자를 곁눈질했다. 혹시 이놈도 깡패일까? 그는 허리에 감고 있는 전화번호부를 살살 만졌다. 일도가 칼 막는 데는 이보다 좋은 게 없다면서 감아준 것이다. 앞뒤로 두 권을 둘렀더니 숨 쉬기조차 힘들었지만 조금 덜 무섭긴 했다.

남자가 서류 가방에서 칼을 꺼내지 않을까 두려웠지만 그런 일은 없었다. 그는 핸드폰 게임을 하다가 한 층 아래서 내렸다.

성욱은 안도의 한숨을 내쉬었다.

그는 조심조심 집으로 가서 벨을 눌렀다. 아무 대답도 없었다. 뭐지? 기찬이 새끼가 장난 문자를 보낸 거였나? 제발 그랬으면 좋겠다.

성욱이 다시 벨을 누를 때 목덜미가 따끔해졌다. 뒤를 돌아보니 조금 전에 엘리베이터를 함께 탔던 남자가 목에 칼을 대고 히쭉 웃고 있었다. 그는 칼날로 성욱의 볼을 탁탁 치며 말했다.

"목구멍 하나 더 뚫리기 싫으면 입 처닫고 있어."

기다렸다는 듯 문이 벌컥 열렸다. 안에서 기다리고 있는 건 자신을 조영민이라고 소개한 가짜 형사였다. 그는 성욱의 멱살을 잡아 안으로 내동댕이쳤다. 조영민과 파트너였던 바람막이 점퍼가 문을 잠그며 비릿하게 웃었다.

"잘 왔다, 병신아."

성욱은 암담한 기분으로 바닥에 엎드려 있었다. 이승으로 가는 유일한 출구가 닫힌 기분이었다. 이제는 장일도란 남자를 믿는 방법밖에 없다. 근데 그 새끼 믿어도 되나? 조영민이 다가와 성욱의 팔을 꺾으며 일으켜 세웠다.

이석구는 다리를 꼰 채 소파에 앉아 있었다. 그는 매끈한 브라운색 구두를 신고 있었는데 발끝을 까딱거리며 성욱을 반겼다.

"드디어 다시 만났군. 내가 말했지? 금방 만나게 될 거라고."

"기찬이는?

"누구? 아, 네 친구. 방에 있어. 걱정 마. 얼마 안 다쳤으니까. 계속 징징대서 구석에 처박아놨어."

"여긴 어떻게 찾았지?"

"뭘 찾아? 아, 이 개집? 씨발새끼. 곧 뒈질 새끼가 별 쓸데없는 걸 다 궁금해하네. 혹시 기억나? 충무로의 잇걸 사무실. 거기에 CCTV를 설치해뒀거든. 네가 들어왔다가 나가는 걸 전부 찍었지. 1층에서 커피 샀던 것 기억나지? 사무실에 잔을 놓고 갔잖아. 제휴 카드를 써서 계산했더라? 유감스럽게도 거기 사장이 바로 나거든. 이제 무슨 말인지 알겠지? 네가 걱정할 건 너야. 얼마나 많이 아픈 다음에 죽게 될지를 걱정해야지."

"난 방태수 죽은 거랑 아무 관계도 없어. 수정 씨가 그럴 줄은 나도 몰랐어. 정말이야."

"그렇거나 말거나."

석구는 벌떡 일어나더니 성욱 가까이 다가와 씹어 먹듯 말했다.

"문제는 방태수가 죽었다는 거야. 난 완전히 끝났어. 너희들 때문에. 신줏단지가 깨져버렸으니 노인네가 가만히 있을 리 없지. 그나마 내가 살 방법은 너랑 그 쌍년을 잡아다가 바치고 실수했다고 싹싹 비는 것뿐이야. 그래도 확률은 반반이지만. 혹시 모르지. 그래서 말인데 그년 어디 있어?"

"몰라."

"영웅 흉내를 내고 싶은 모양인데 몇 대 맞으면 생각날 거야."

이석구는 부하들에게 턱짓했다.

"꽉 잡아."

바람막이가 청테이프를 들고 다가왔다. 성욱은 저항했지만 두 사람의 힘을 당해내진 못했다. 두 사람은 성욱의 입에 청테이프를 감고 왼팔을 식탁 위에 고정했다.

이석구가 성욱의 앞에 섰다. 그의 손에는 장난감처럼 생긴 작은 망치가 들려 있었다.

석구는 성욱의 시선을 눈치채고 망치를 좌우로 흔들었다.

"아, 이거? 좀 작지? 그래도 제법 아파. 한번 볼래?"

그는 있는 힘을 다해 성욱의 손등을 내리찍었다. 우두둑. 성욱은 새벽 수탉처럼 목을 빼고 비명을 질렀다. 하지만 청테이프 때문에 실제로 밖으로 퍼져 나간 소리는 얼마 되지 않았다. 그마저도 걱정됐는지 바람막이가 얼른 오디오의 볼륨을 높였다.

성욱은 몇 번이고 식탁에 머리를 찧었다. 그가 한 번도 경험해본 적 없는 거대한 통증이 해일처럼 밀려들었다. 입술을 타고 질질 침이 흘러내리고 팔다리가 마치 남의 것처럼 비비 꼬였다. 맞은 것은 손등인데 오장육부가 한꺼번에 뒤틀리는 느낌이었다. 눈앞이 하얗게 변해 아무것도 보이지 않았다. 그저 지독한 통증만이 온몸을 지배했다.

"괜찮아, 괜찮아."

석구는 성욱의 머리를 토닥였다.

"아직 아픈 거 아냐. 괜찮아."

어느 순간 정신이 돌아왔다. 입안 가득 피 맛이 느껴졌다. 성욱은 애써 손등에 시선을 주지 않으려 애썼다. 살이 찢어지고 뼈가 부러진 손을 보고 싶지 않았다.

석구가 이죽댔다.

"아직도 영웅 흉내 내고 싶어?"

성욱은 대답하지 않았다. 무슨 말을 하겠는가? 이수정이 어디 있을지 짐작도 가지 않는데. 아무것도 모른다고 말해봐야 들어줄 인간도 아니었다.

그는 고개를 숙인 채 부들부들 떨기만 했다. 놈이 언제 두번째 공격을 가할까, 그 생각밖에 나지 않았다. 오줌이 마려웠다. 아니 이미 오줌을 쌌는지도 모르겠다. 다리까지 얼얼해서 아무런 느낌도 없었다. 손등 위로 두번째 일격이 떨어졌다. 더는 견딜 수 없었다. 성욱이 식탁째 집어 던지고 일어나려는 걸 가짜 형사 둘이 목과 등을 눌러 제지했다. 격렬한 경련이 그치자 석구가 다시 물었다.

"지금은 어때? 대답할 마음이 나?"

내가 미쳤지. 내가 미친 거야. 이런 놈들을 직접 찾아오다니. 성욱은 바닥에 머리를 처박고 손을 겨드랑이에 감춘 채 부들부들 떨었다. 눈물, 콧물, 침으로 범벅이 되었다. 그가 바란 것은 이런 것이 아니었다. 자신감을 되찾길 바랐고 좋아하는 여자와 함께 있길 바랐다. 지금까지와 다른 인생을 살기를 바랐다. 절대 이런 고통을 예상한 것이 아니었다. 형사들이 성욱의 팔을 잡아 뺐다.

"모르는 모양이지? 그럼 한 대 더 맞아야겠네."

석구가 다시 망치를 들었다. 성욱은 미친 듯이 고개를 끄떡였다. 조영민이 입술의 테이프를 떼어주었다.

"어디 있지?"

성욱은 울음을 터뜨리며 석구의 다리를 잡고 늘어졌다. 만일 이수정이 어디 있는지 알았다면 즉시 털어놓았을 것이다. 하지만 유감스럽게도 그는 아무것도 몰랐다.

"몰라요, 정말 몰라요."

"멍청한 새끼. 너 잊고 있는 모양인데, 손 두 개야. 발도 두 개고. 아직 부러질 데 많다."

"살려주세요! 제발 살려주세요! 여기요! 여기! 여기 경찰 좀 불러주세요!"

성욱은 죽을힘을 다해 비명을 질렀다. 조영민이 그의 뺨을 갈기고 목을 꺾었다. 바람막이 점퍼가 그의 입에 테이프를 감았다.

석구가 귓가에 속삭였다.

"네 손등이 어떻게 됐는지 알고 싶지 않아? 한번 봐."

성욱은 손등을 보지 않을 생각에 고개를 숙였다. 하지만 조영민이 억지로 고개를 돌려 손을 보게 했다.

찢어진 피부 위로 벌건 핏물이 고여 있었다. 그리고 하얀 무언가가 불쑥 튀어나와 있다. 뼈였다. 뼈가 부러져 살을 뚫고 나온 것이다. 성욱은 더 참지 못하고 토하고 말았다. 테이프 사이로 구토 액이 흘러내렸다. 가짜 형사들이 옆으로 물러섰다.

"아, 씨발. 더러운 새끼."

석구는 구두에 튄 토사물을 소파에 문질러 닦았다. 그는 잔뜩 짜증이 나 있었다. 상대는 폭력에 노출된 적이 없는 어리숙보기였다. 아무리 고집이 세도 이 정도면 속에 있는 걸 털어놔야 정상이었다. 정말 아무것도 모르는 게 아닐까? 그렇다면 중요할 때 시간만 날린 셈이다. 그는 부하에게 손짓했다.

"저 새끼 핸드폰 꺼내 와."

조영민이 성욱의 품속을 뒤져 핸드폰을 꺼냈다. 석구가 막 받아 들었을 때 전화가 왔다. 액정에 '수정 씨'란 이름이 떴다.

석구는 미소를 지으며 말했다.

"씨발년! 이년도 양반은 못 되네."

그는 성욱의 옆구리를 걷어찼다. 가짜 형사들이 성욱의 입에 감았던 테이프를 뗐다. 석구는 성욱 가까이 얼굴을 들이밀고 말했다.

"그년에게 온 전화야. 이리로 오라고 해. 허튼소리 하면 다른 손에, 발까지 전부 박살 날 줄 알아. 그다음은 자지야. 고환 하나씩. 내 말 무슨 뜻인지 알지? 똑바로 행동해."

그는 성욱의 귀에 핸드폰을 가져다 댔다. 수정의 목소리가 들렸다.

"성욱 씨? 저예요, 수정이. 듣고 있어요?"

성욱은 대답하지 않았다. 할 말이 없어서가 아니라 통증 때문에 정신이 없어서였다.

석구가 핸드폰을 손으로 가리고 성욱을 때렸다.

"정신 차리고 대답해!"

성욱은 간신히 대답했다.

"예, 듣고 있어요."

"성욱 씨에겐 정말 미안해요. 정말 고민 많이 했어요. 성욱 씨랑 그냥 떠날 생각도 했어요. 하지만 그럴 수 없었어요. 방태수가 언니를 죽였거든요. 제 하나밖에 없는 친구였어요. 언니는 방태수를 정말 좋아했어요. 사기를 칠 생각도 없었어요. 늘 명청한 여자였거든요. 사기를 치러 들어갔는데 정작 타이밍이 되니까 싫다고 했어요. 바보긴 해도 나쁜 남자는 아니라고, 그렇게 말했어요. 한심하죠."

수정의 목소리에는 울음이 섞여 있었다. 그녀의 목소리를 듣자 서서히 정신이 돌아왔다. 성욱은 입안에 고인 침을 뱉었다. 토사물과 핏물이 섞인 침. 손이 부서졌는데 왜 입안에서 피가 날까?

그는 멍하니 바닥을 내려다보았다. 수화기 너머로 수정의 목소리가 계속해서 들려왔다. 마치 꿈결처럼 느리게. 성욱 자신의 숨소리와 심장박동 소리에 수정의 목소리가 점점 작아졌다.

"그런데 언니가 그렇게 죽은 거예요. 어떻게든 복수를 할 수밖에 없었어요."

언니가 죽었다. 복수해야 했다. 그런데 왜 이런 얘기를 해주는 걸까? 조금씩 머리가 돌아가기 시작하면서 단어들이 의미가 되었다. 성욱은 깨달았다. 그녀는 그를 걱정하고 있었다.

성욱은 입술을 깨물었다. 지금껏 그가 품었던 감정들이 혼자 생각에 불과했고, 수정에게 이용만 당한 게 아닐까 두려웠다. 패배는 감수할 수 있었다. 하지만 최소한 감정은 진심이길 바랐다.

수정의 목소리를 듣고 있으니 마음이 놓였다. 수정도 그를 좋아하고 걱정해주고 있었다. 그녀의 진심을 알았으니 그것으로 됐다. 통증은 여전했지만 마음은 조금 편해졌다.

잘 왔어. 잘 맞았고, 씨발. 성욱은 입안 가득 고인 피를 뱉었다.

석구가 귓가에 속삭였다.

"만나서 얘기하자고 해."

성욱도 하고 싶은 말이었다. 그는 석구가 말한 대로 속삭였다.

"만나서 얘기해요. 만나고 싶어요."

잠시 침묵이 흘렀다. 수정이 말했다.

"정말 절 만나고 싶어요?"

"예, 꼭 보고 싶어요."

"알았어요. 만나요. 지금 어디 있어요?"

성욱이 대답하기 직전에 그녀가 말을 이었다.

"정말 미안해요. 당신에게는. 그 말밖에 해줄 말이 없어요. 혹시 일이 잘못되더라도 성욱 씨 원망은 절대 안 할게요. 그저 고맙고 미안할 뿐이에요. 그것만은 기억해줘요."

성욱은 입술을 깨물었다. 그녀는 그가 놈들과 함께 있다는 걸 알고 있었다. 그걸 알면서도 성욱이 원한다면 오겠다고 말하는 것이었다. 지옥은 혼자 온 것으로 족했다. 늘 멋진 남자가 되고 싶었다. 지금껏 한 번도 해내지 못했지만 죽기 전에 딱 한 번이라도 그래 보고 싶었다. 어쩌면 지금이 그 기회인지도 모른다. 그의 인생에 다시 오지 않을 기회. 멋진 남자가 될 찬스.

"수정 씨, 우리 일이 잘못되면 만나기로 했던 터널 기억나죠?"

"기억나요."

"터널에서 비상구를 통해 밖으로 나가기로 했잖아요."

"그랬죠. 거기서 만나나요?"

"거기 제설함에 돈이 있어요. 꼭 행복해야 해요."

낌새를 챈 석구가 성욱의 목덜미를 잡았다. 성욱은 마지막 힘을 다해 외쳤다.

"수정 씨! 전화 끊어요! 여기 절대 오지 말아요! 여기 미친놈들이 있어요."

다음 순간 얼굴 가운데로 주먹이 날아왔다. 성욱은 얼굴을 부여잡고 쓰러졌다. 석구는 핸드폰을 귀에 대고 외쳤다.

"이수정!"

하지만 전화는 끊긴 후였다. 성욱은 울면서 웃었다. 석구가 핸드폰을 빼앗기 직전, 그가 먼저 끊었기 때문이다. 마지막이라도 석구에게 한 방 먹였다는 사실이 기뻤다.

이석구는 수정에게 다시 전화했지만 그녀는 받지 않았다. 석구는 핸드폰을 바닥에 집어 던지고 씩씩댔다.

"병신 새끼, 끝까지 병신 짓을 하겠다 이거냐? 좋아, 약속대로 손이랑 발이랑 고환이랑 전부 박살 내주지. 그런 다음에도 지금처럼 웃나 보자. 묶어!"

가짜 형사들이 성욱의 입에 테이프를 감았다. 성욱은 더 이상 저항할 힘도 없어 숨만 몰아쉴 뿐이었다.

이석구는 망치를 집어 들며 말했다.

"너나 이수정이란 병신이나 비슷해. 그년은 자기가 복수를 한 줄 알겠지. 멍청한 년. 조혜연이란 년을 죽인 건 나야. 방태수 같은 머저리가 그런 머리를 쓸 것 같아? 자살로 위장해서 사람을 죽이게? 직접 주먹을 휘두르는 것 말고는 아무것도 모르는 놈이?"

성욱은 뭐라고 웅얼댔다.

석구는 얼굴을 찌푸리다 형사에게 손짓했다.

"저 새끼 뭐라는 거야? 야, 테이프 풀어."

형사가 테이프를 풀자 성욱은 부러진 이를 손바닥에 뱉었다. 그러고는 석구를 노려보며 물었다.

"왜 죽였지?"

"왜긴 왜겠어? 그년이 자꾸 사업에 기웃대기에 죽였지. 그년이 내 돈을 가로채면 곤란할 거 아냐. 아하, 무슨 돈이냐는 표정인데. 멍청하긴. 내가 고작 불법 다이어트 약이나 팔려고 넋 빠진 계집애들 발 닦아주는 장사를 시작한 줄 알아? 진짜 마약이야. 엑스터시와 케타민을 알약으로 만든 거지. 걱정 마, 그것들도 살 빼는 효과가 있으니까. 물론 중독 효과가 더 크지. 적당히 중독되었다 싶으면 밑에 애들을 동원해서 본격적으로 약을 팔았지. 방태수란 멍청이는 아무것도 몰랐지만 조혜연 그 계집애가 눈치를 채더군. 그래서 없애버렸지. 알고 보니 사업에 기웃댄 건 조혜연이 아니라 이수정 그년이었는데."

석구는 설레설레 고개를 흔들었다. 그가 망치를 움직일 때마다 성욱은 조금씩 몸을 떨었다.

"죽은 년이 다시 나타나서 깜짝 놀랐어. 조금 전에야 미친년 둘이 꾸민 일임을 알았지. 미친년들, 아무리 사기에 눈이 멀었어도 그런 짓까지 해야겠어? 걱정 마. 그년을 잡을 테니까. 잡아서 노인네한테 데려갈 거야. 네가 한 일 따위는 아무 의미도 없는 거지. 아니, 네 인생 자체가 의미 없는 거야. 내가 자세하게 알려줄게."

"하나만 더."

"뭔데?"

성욱은 부러진 이를 석구에게 던졌다.

"씨발 새꺄! 이거나 먹어라."

석구는 이를 눈에 맞고 비명을 질렀다. 가짜 형사들이 성욱의 팔을 꺾었다. 성욱은 바닥에 머리를 처박은 채 살짝 웃었다. 그게 그가 할 수 있는 그나마의 저항이었다. 더 강한 남자였다면 좋았을 텐데. 그랬다면 놈들을 다 때려눕히고 수정이를 구했을 텐데. 아쉽게도 그에겐 그런 재주가 없었다.

인영이가 뭐라고 했지? 착한 남자라서 좋다고 했었나. 마지막까지 수정에게 착한 남자였다면 그걸로 됐다.

석구는 눈을 파고든 이를 바닥에 내던지며 차갑게 말했다.

"다시 입 막아라. 이번에는 다시 풀 일 없으니까 꽉 막아."

그때 벨이 울렸다. 석구는 얼굴을 찡그렸다.

"또 뭐야? 밖에 지키는 놈은 어디 갔어?"

바람막이 점퍼가 문으로 다가갔다. 열쇠 구멍을 통해 밖을 지키던 서류 가방의 칼잡이가 보였다. 점퍼는 문을 열며 말했다.

"야, 무슨 일인데……."

칼잡이가 쓰러지고 뒤에 서 있던 일도가 발길질을 날렸다. 바람막이는 가슴을 얻어맞고 나가떨어졌다. 일도는 곤봉을 든 채 성큼성큼 거실로 뛰어들었다. 조영민이 칼을 휘둘렀지만 일격에 팔이 부러졌고 다음 일격에 머리를 맞고 고꾸라졌다.

바람막이가 잭나이프를 꺼내 들며 돌진해 왔다. 일도는 부목을 댄 팔로 칼을 막고 곤봉으로 관자놀이를 갈겼다. 바람막이는 비명도 지르지 못한 채 쓰러졌다.

석구는 급히 바닥에 떨어진 칼을 들어 성욱의 목을 겨누고 섰다.

"야, 씨발! 너 움직이지 마!"

하지만 일도는 서두르지 않았다. 그는 버둥버둥 일어서려는 영민의 머리통을 두어 번 갈겨 완전히 끝장낸 후에 석구에게 시선을 주었다.

"방금 뭐라고 했냐?"

석구는 매섭게 일도를 쏘아보며 말했다.

"장 선생님, 여긴 무슨 일이시죠? 일이 끝났다고 분명히 말씀 드렸을 텐데요."

"나도 그런 줄 알았는데 아니더라고. 방 회장이랑 직접 얘기를 해볼 생각이야. 네가 저지른 짓을 가지고."

"무슨 짓요?"

장일도는 피투성이가 된 성욱의 꼬락서니를 보고 혀를 찼다.

"사람을 아예 박살을 내놨잖아. 그 자식 풀어줘. 뒈지기 싫으면."

일도의 목소리에는 힘이 있었다. 석구는 망설이다 칼을 놓고 물러섰다. 몸에 힘이 풀린 성욱이 앞으로 픽 쓰러졌다. 일도는 부목에 꽂힌 칼을 뽑아 바닥에 던져버리고 성욱을 부축했다.

"야, 너 괜찮냐?"

성욱은 억지로 고개를 끄떡였다. 웃어 보이려 했지만 쉽지 않았다. 석구는 벽에 등을 붙이고 서서 말했다.

"선생님도 아시죠? 날 건드리면 회장님이 가만있지 않으리라는 거."

"그럼, 알지."

일도의 말에 석구는 안심했다. 그는 헛기침을 몇 번 하고선 일도를 지나쳐 문으로 걸어갔다.

"그럼, 그 친구 잘 보살펴주세요. 오해가 있으면 풀어주시고. 병원비 필요하면 말씀하십쇼. 보내드릴 테니까. 전 이만 가보겠습니다."

"네 부하들은?"

"알아서 하세요. 전 패배자들은 안 키웁니다."

"잠깐만."

일도는 성욱의 주머니에서 디지털 녹음기를 꺼냈다.

"이게 뭔지 아냐? 녹음기라는 거야. 내가 하는 일이라는 게 녹음기가 필요할 때가 많거든. 불륜 조사할 때도 그렇고. 사람 죽이는 새끼 헛소리 녹음할 때도 그렇고. 뭐가 녹음됐는지 들어볼까?"

그가 플레이 버튼을 누르자 석구의 목소리가 들렸다.

"방태수란 멍청이는 아무것도 몰랐지만……."

일도는 히쭉 웃었다.

"무슨 얘기를 했는지 모르지만 이 정도면 방 회장도 흥미로워할 것 같은데? 네 생각은 어때?"

석구의 표정이 시체처럼 창백해졌다. 머릿속에 방 노인을 거역했다가 죽은 사람들이 떠올랐다. 노인에게 걸리면 손과 발이 부서지는 건 아무것도 아니었다. 며칠 동안이나 고통에 몸부림치다가 발목에 추를 단 채 바다에 던져졌다. 방 노인은 진정한 사디스트였고 가족을 제외한 모든 사람에게 냉혹했다.

석구는 애써 평정을 유지하려 애쓰며 말했다.

"그거 돌려주시죠. 돈 드리겠습니다."

"돈? 얼마나 줄 건데?"

"10억, 아니 20억 드리죠."

"방 회장이 더 쳐줄 거 같은데."

"30억은 어떻습니까. 아닙니다, 40억 드릴게요. 제가 장담하는데 방 회장도 그 정도는 안 줘요. 저는 지금 바로 입금해드릴 수 있습니다. 원하시는 계좌 어디든. 해외에도 계좌 있으시죠? 같이 나가서 돈 챙겨 가시죠. 그 녹음기 이리 주시고."

일도는 혀를 끌끌 차고는 티슈를 한 장 뽑아 코를 풀었다.

"아직도 모르겠냐? 넌 끝난 거야."

일도의 냉정한 눈을 보고 석구는 모든 걸 알아차렸다. 그는 괴성을 지르며 달려들었다. 하지만 소용없는 일이란 걸 그도, 일도도 알고 있었다. 일도의 일격에 석구는 기절했다.

"이걸로 대충 일단락됐군. 이 녀석이랑 이 녹음기, 그리고 물건만 있으면 그럭저럭 방 회장을 설득할 수 있을 거야."

일도는 혼잣말처럼 중얼거렸다. 설득이 아니라 협박을 할 수도 있다. 뭐든 원하는 걸 할 수 있는 도깨비 방망이를 손에 넣은 거나 다름없다.

일도는 참지 못하고 히죽 웃었다. 남익 선배, 저승에서라도 내가 어떻게 하나 보쇼. 대한민국 건국 이후 가장 큰 건을 만들어볼 테니까. 그러려면 아직 한 가지가 더 필요했다.

그는 성욱을 흔들어 깨웠다.

"야, 물건 어디 있어?"

"이거…… 전화번호부…… 아무 짝에도 쓸모없잖아요."

"배를 안 찌르면 당연히 소용없지, 인마. 무식한 놈들이 어떻게 손을 부술 생각을 다 하냐. 물건 어디 있냐고?"

"쌀통 속에."

"오케이."

그는 쌀통을 뒤져 약이 든 가방을 꺼냈다. 그는 가방을 어깨에 메고 성욱에게 물었다.

"너 괜찮아? 119 불러줄까?"

"안 돼요. 아직 할 일이 있어요."

"무슨 일이 있는데? 너 손 병신 되기 싫으면 빨리 병원 가야 돼."

"방성환요. 그 새끼 만나야죠. 만나서 수정이 추적 못 하게 못을 박을 겁니다."

"너 돌았구나? 손 안 아파?"

"아프니까 빨리 해야죠."

성욱은 피투성이 얼굴로 간신히 말했다.

"미친 짓이야. 너 거기 가면 죽어."

"아저씨, 해결사라고 했죠?"

"응."

"아까 가져간 돈 가방 줄게요. 대신 나 방성환한테 데려다 줘요. 할 말이 있으니까."

일도는 아무 말 없이 성욱을 바라보았다. 처음 봤을 때는 그저 말 많은 겁쟁이로 알았는데 지금 보니 생각보다 배짱 있는 놈이다. 아니면 손이 부서지면서 완전히 돌아버렸거나.

"그래, 네 소원이 정 그렇다면 같이 가보자. 근데 가기 전에 응급치료는 해야겠다. 가다가 죽으면 안 되니까."

일도는 냉장고에서 소주를 꺼내 성욱의 손을 소독하고 소파를 덮고 있던 패브릭 천을 찢어 손을 감쌌다. 그리고 더 이상 피가 나지 않도록 청테이프로 둘둘 감았다.

"집에 진통제는 없냐?"

"찬장에 해열제만 있어요."

"그거라도 좀 먹어라. 조금이라도 덜 아프려면."

일도는 성욱에게 해열제를 건넸다. 기찬은 옆방에 꽁꽁 묶여 있었다. 일도는 기찬을 위해 119를 불렀다. 그사이 성욱은 바닥에 놓인 칼을 품속에 감췄다. 방 노인을 협박하려면 무기가 있어야 했다.

일도는 성욱에게 증거물이 든 가방을 건넸다.

"이거 들고 따라와라."

일도는 기절한 이석구를 업고 앞장서 집을 나섰다. 성욱은 차에 도착하자마자 조수석에 기절하듯 주저앉았다. 일도는 운전하며 말했다.

"너 기절하면 방성환한테 안 데려간다."

"기절 안 합니다."

성욱은 다친 손을 상의 안에 집어넣으며 말했다. 차가 움직일 때마다 손등을 송곳으로 찌르는 것처럼 아팠다. 계속 식은땀이 흘러내렸고 추웠다. 오줌을 지렸는지 바지가 축축했다. 참을 수 없을 만큼 고통스러웠지만 지금은 달리 방법이 없었다. 지금이 아니면 할 수 없는 일이란 걸 알기 때문이다. 고통이 사라지고 나면 용기도 사라질 것이다. 방성환이 수정을 찾기 전에 만나야 했다.

일도는 누군가에게 전화하고 있었다. 머리가 어지러워 뭐라 하는지는 잘 들리지 않았다.

성욱은 유리창에 머리를 댄 채 수정을 생각했다. 수정을 처음 만난 날을, 그녀와 보낸 하룻밤을, 그녀의 지난 삶을 생각했다. 성욱은 그녀가 지금 어디 있을지 궁금했다.

무엇보다 그녀가 보고 싶었다.

*

방성환의 사무실은 종로에 있었다. 엘리베이터도 없는 7층짜리 낡은 건물. 하지만 워낙 금싸라기 땅이라 건물 가격은 엄청

났다. 4층까지는 임대를 했고 5층부터 7층까지는 방성환의 사무실이자 집으로 썼다.

약속 없이 방성환을 만나는 건 불가능했지만 녹음된 이석구의 목소리를 들려주자 곧바로 7층까지 문이 열렸다. 팔을 다친 성욱만이 죽을 맛이었다. 7층까지 계단을 올라가다 몇 번이나 기절할 뻔했지만 일도는 옆에서 지켜보기만 할 뿐 도와주지 않았다. 네가 쓰러지면 그냥 돌아갈 것이란 말만 반복했다.

성욱은 7층까지 버텨냈다. 온몸이 땀으로 범벅이 되고 한 번 토해가면서까지 결국 회장실 복도에 도착했다. 복도 양쪽에 방 노인의 부하들이 서서 차가운 눈으로 성욱을 지켜보았다. 저 새끼는 뭐야? 누군가 중얼거렸다.

성욱이 더 버티지 못하고 쓰러질 뻔했을 때 일도가 강철 같은 손으로 팔을 잡아주었다. 일도는 무뚝뚝한 어투로 성욱의 귓가에 속삭였다.

"너 은근히 독한 새끼다. 여자 땜에 이러는 거라니 바보 새끼고."

성욱은 힘없이 웃으며 말했다.

"딱 오늘까지만 그래 보려고요."

"미친 새끼, 허튼수작 할 거면 그전에 나한테 말해라."

노인은 7층 회장실에 홀로 앉아 있었다. 일도는 성욱을 손님용 소파에 앉혔다.

방 노인이 인터폰에 대고 말했다.

"배신자 새끼는 데려가라."

살벌하게 생긴 부하들이 문을 열고 들어와 이석구를 개처럼 끌고 갔다. 이석구는 자신의 운명을 예감한 듯 반항하지 않았다.

일도는 끌려가는 석구를 가리키며 말했다.

"저자는 어떻게 하실 생각이십니까?"

"죽여야지. 네놈도 죽일까 생각 중이야."

"저를요?"

방 노인의 눈은 살기로 가득했다. 그는 손가락 끝으로 테이블을 탁탁 두들기며 말했다.

"내 아들 일과 관련된 자는 모두 죽일 생각이거든. 근데 네놈은 어쩔지 아직 결정을 못 했다. 네가 아니었으면 이석구 저 새끼가 벌인 일을 모르고 지나칠 뻔했으니까."

성욱이 끼어들었다.

"드릴 말씀이 있습니다."

"넌 아무 말도 하지 마. 너도 죽은 목숨이니까. 내 아들을 협박하고 살 거라 생각했나?"

"그럼 전 왜 끌고 가라고 안 하신 겁니까?"

"완전히 시체 꼴인 놈이 여기까지 왜 기어 왔는지 묻고 싶어서. 여기선 나한테 뒈질 일밖에 없다는 걸 뻔히 알 텐데 말이지. 아니, 그것도 모를 만큼 바보인가?"

"저는 죽어도 상관없지만 수정이는 건드리지 마십쇼. 그 얘기를 하려고 왔습니다."

"바보가 맞구나."

방 노인은 더 참지 못하고 인터폰을 켰다. 일도가 번개처럼 움직여 인터폰 선을 뽑아버렸다. 방 노인이 눈을 부릅떴다.

"너 이 새끼 뭐하는 거야? 너도 죽어봐야겠냐?"

"일단 저 친구 이야기나 들어보시죠. 여자 하나에 목숨 걸고 여기까지 왔는데 말은 들어보셔야 할 거 아닙니까."

방성환은 차가운 눈으로 일도를 쏘아보았다. 일도는 꿈쩍도 하지 않았다. 노인은 결국 성욱에게 시선을 옮겼다.

"말해봐라."

"전부 이석구란 놈 때문에 벌어진 일입니다. 사건이 커지면 죽은 아드님에게도 좋은 일 없을 겁니다. 마약을 팔고 사망자를 감추려다 죽은 거니까요. 그런 망신을 견딜 수 있으시겠습니까? 신문 방송마다 사채업자 아들이 사고 친 이야기 나가면 좋으시겠어요?"

방 노인은 코웃음을 쳤다.

"기사 같은 건 안 나가."

"회장님께서 수정이를 쫓지 않으면 그렇겠죠."

"쫓을 거야. 벌써 그년 찾으라고 애들 여럿 풀어났다. 계집년 혼자서 가봐야 어딜 가겠냐? 그년이 어디 있든 찾아내서 갈기갈기 찢어 죽일 거다. 내 아들을 죽인 걸 후회하게 만들어주겠어. 네깐 놈이 날 뭐로 보고 협박하는지 모르지만 그년은 죽어. 네놈도 죽고."

"그렇게는 안 됩니다."

성욱은 벌떡 일어섰다. 그는 다친 팔을 겨드랑이에 더욱 깊숙이 끼우며 방 노인을 향해 걸어갔다. 한 걸음, 한 걸음 움직일 때마다 통증이 상당했다. 하지만 그는 끝까지 쓰러지지도 멈추지도 않고 방 노인이 앉은 책상 맞은편에 섰다. 방 노인은 호기심과 경멸, 분노 등이 뒤섞인 표정으로 성욱을 노려보았다.

"안 된다니? 네가 어떻게 날 막을 건데? 네놈도 죽을 놈이야. 이수정인지 뭔지 하는 년보다 네가 먼저 죽어. 그년을 잡으면 네가 한 말을 들려주고 죽여주마."

성욱은 다친 손을 내밀었다. 부서진 손을 보고 노인은 순간 움찔했지만 곧 웃음을 터뜨렸다.

"이걸로 날 겁주겠다고? 아서라, 꼬마야. 내가 직접 손을 썼으면 이건 아무것도 아니야. 나라면 손가락 끝에서부터 기계에 넣고 1밀리씩 갈아버렸을 게다."

노인은 책상을 짚고 일어나 성욱을 똑바로 쳐다보았다. 두 눈이 살기로 번들거렸다. 성욱은 담담하게 대답했다.

"이걸로 겁주려는 게 아닙니다."

"그럼?"

"고통이란 직접 겪어봐야지, 남들에게 주기만 해서는 모른다는 걸 알려드리려고요."

성욱은 품속에 감췄던 칼을 꺼내 노인의 손을 내리찍었다. 노인은 목을 빼물고 비명을 질렀다.

지켜보던 일도가 욕설을 내뱉었다.

"이런 미친 새끼!"

비명 소리를 듣고 노인의 부하들이 문을 박차고 들어오려 했다. 일도가 급히 문을 막아섰다. 문을 사이에 두고 힘 싸움이 벌어졌다. 성욱은 돌아보지 않고 있는 힘을 다해 칼을 내리눌렀다. 칼날에 찍힌 노인의 손이 부들부들 떨렸다. 노인은 온몸으로 성욱을 밀어내려 했지만 힘이 부족해 그럴 수가 없었다.

"이거…… 이거 뽑아! 빨리……."

"수정이는 건드리지 않는다고 약속하세요."

성욱은 더욱 깊숙이 칼을 꽂아 넣으며 노인의 귓가에 속삭였다. 노인은 일어서지도 앉지도 못한 자세로 팔다리를 휘저으며 버둥거렸다.

"제발……."

난생처음 겪는 고통에 노인은 완전히 얼이 빠져 있었다. 그는 자신이 고통에 익숙해졌다고 생각했지만 사실은 남들에게 고통을 주는 일에만 익숙해졌던 것이다.

노인이 입을 벌릴 때마다 침이 튀었다.

"알았다. 내, 내 약속할게. 그년은 내 안 죽일게."

"남에게 고통을 줄 때는, 자기에게 올 고통도 생각하세요."

노인은 급하게 고개를 끄떡였다.

"알았으니까, 제발 이것 좀……."

책상 위가 온통 피바다였다. 노인의 손에서 힘이 빠지고 눈에서 초점이 사라지고 있었다. 성욱은 이제 어째야 할지 생각했다. 과연 이자가 약속을 지킬까? 아마도 그러지 않겠지. 상처가 낫는 순간 수정이를 찾아 죽이려고 들 것이다. 사람이란 변하지 않는 존재니까. 하지만 성욱에게는 사람을 죽일 용기도 기운도 남아 있지 않았다.

그는 할 만큼 했다. 당분간 노인은 누군가를 다치게 하지 못할 것이다. 성욱은 마지막 힘을 다해 칼을 뽑았다. 노인이 숨넘어가는 소리를 내며 뒤로 자빠졌다.

다음 순간 누군가 성욱의 머리를 후려쳤다. 성욱은 그 자리에 쓰러졌다. 그다음은 캄캄한 암흑이었다.

*

성욱이 잠에서 깼을 때 눈앞에 일도가 있었다. 소독약 특유의 냄새가 코끝을 찔렀다. 몸을 움직일 수가 없었다. 두통이 심했다.

일도가 단언하듯 말했다.

"넌 완전히 미친놈이야."

성욱은 쉰 목소리로 물었다.

"여긴 어디죠?"

"내가 아는 병원이야. 원래 다니던 곳은 문을 닫아서 새로 찾아낸 곳이지. 나도 치료받을 겸 해서 데려왔다."

일도는 깁스한 팔을 흔들었다. 일도도 격투 끝에 다쳤는지 얼굴 여기저기가 부어 있었다. 성욱은 붕대를 칭칭 감은 손을 쳐다보았다.

"걱정 마. 의사 말로는 손을 쓸 수 있을 거라고 했으니까. 면허는 없지만 능력은 있어 보이던데. 뭐 1, 2년 고생이야 해야겠지만 결국 원래로 돌아갈 거래."

"내가 얼마나 이러고 있었죠?"

"열다섯 시간 정도?"

"내가 어떻게 살아 있는 겁니까?"

일도는 씩 웃었다.

"특급 해결사에게 일을 맡긴 덕분이지. 내가 돈값은 확실히 하는 사람이거든. 네가 하던 협상 내가 끝냈다. 앞으론 별일 없을 거야. 경찰이 오는 일도 없을 거고. 방 회장하고 확실하게 합의를 봤으니까. 그 노인네 완전히 맛이 갔더라고. 잘 달래서 얘기하느라 엄청 힘들었다. 시간 맞춰 친구들이 와줘서 다행이지."

"친구들요?"

"옛날 직장 사람들. 혹시나 해서 미리 전화를 해놨지. 그 사람들 안 왔으면 우리 둘 다 개밥이 됐을 거다. 난장판 정리하고 노인네한테 증거품 보여주고 겁을 좀 줬지. 당분간은 바빠서 너나 수정이나 찾을 생각 못 할 거다. 천천히 손을 봐줄 생각이야. 넌 잘 모르겠지만 그 노인네한테 빚이 좀 있거든. 그 노인네가 이룩한 모든 걸 차근차근 박살 내줘야지."

일도는 뭐가 그렇게 좋은지 싱글벙글이었다. 그는 성욱의 어깨를 두들기려다 생각을 바꾸고 볼을 톡톡 쳤다.

"암튼 너한테 놀랐다. 무슨 전문 해결사도 아니고 칼 처음 잡아보는 놈이 대한민국에서 제일 돈 많은 사채업자 손에 구멍을 내고 협박을 늘어놓다니……. 그 영감 똥오줌 싸게 한 건 네가 처음일 거다."

성욱은 쓸쓸하게 웃었다. 그때는 정말 악에 받쳐 있었다. 지금은 수정이를 지켰다는 생각에 뿌듯할 뿐이었다.

"내 친구는요?"

"아, 기찬인가 하는 친구. 많이 안 다쳤어. 뼈가 세 개쯤 부러졌나? 아직 병원에 있다는데 곧 퇴원할 거다."

성욱은 한숨을 쉬었다. 기찬이에게 무슨 변명을 해야 하려나. 일도는 방을 나가려다 성욱을 돌아보았다.

"참, 깜빡 잊을 뻔했다. 이거 받아."

그는 성욱의 침대 위에 보석함을 던졌다.

"이게 뭡니까?"

"이수정 물건이야. 귀중한 물건만 모아놓은 것 같던데? 너 가지라고 가져왔다."

보석함을 열자 보석과 사진, 그리고 빈 쌍화탕 병이 보였다. 성욱은 쌍화탕을 집어 들었다. 일도는 고개를 갸웃거렸다.

"그건 왜 귀중한 물건인지 나도 모르겠더라."

"제가 압니다."

수정을 처음 만난 날, 편의점에서 사다준 쌍화탕이었다. 근데 누가 먹은 걸까? 그녀가 먹고 빈 병을 보관해둔 걸까? 그는 밖으로 나가려는 일도에게 소리쳤다.

"잠깐만요!"

일도는 지레 놀라 소리쳤다.

"왜? 그거 내가 안 먹었어."

"그게 아니라요. 제 치료비는요? 언제까지 여기 있어도 되는 겁니까?"

"아, 치료비. 네가 준 돈 가방. 거기 금액이 좀 크길래 너랑 네 친구 치료비 내가 냈다. 입원비는 안 냈으니까 내일부터는 네가 돈 내든지 나가든지 해라. 금액 확인해보니까 내가 원래 받는 돈보다 많긴 하던데 이번 일이 좀 위험한 거라……. 너 절대 오해하면 안 되는데, 이번 일 수습하는 데 돈 많이 들었어. 내 전 직장 동료들한테도 입 다물어달라고 돈을 쥐어줘야 했고."

일도는 주절주절 변명을 늘어놓았다. 성욱은 살짝 웃으며 일도의 말을 잘랐다.

"그거면 됐습니다. 고마워요."

"그래? 너 꽤 괜찮은 놈 같다."

일도는 감탄한 표정으로 메모지에 뭔가를 적어 성욱에게 내밀었다.

"나도 그냥 넘어갈 순 없고. 혹시 손봐줄 놈이 있으면 나한테 연락해. 내가 반값에 처리해줄게. 이게 내 전화번호야. 꼭 연락해. 꼭."

"손봐줄 사람 없으면?"

"그럼 참 좋은 인생이지. 그래도 연락해. 술 한잔 사지."

에필로그

한 달이 지났다. 매일매일 신문과 인터넷 뉴스를 확인했지만 일도가 말한 것처럼 아무 일도 일어나지 않았다. 나는 곧 기찬이 다니는 일반 병원으로 옮겼다. 병원 생활은 길고 무료하며 평화로웠다. 짧은 봄은 금방 지나가고 곧 초여름이 되었지만 병실 안의 계절은 그대로였다.

달력이 6월로 바뀐 첫날, 병실에 손님이 한 명 찾아왔다. 인영이었다. 기찬에게 얘기를 들었다고 했다. 기찬은 퇴원해서 시골 집 근처 병원으로 옮겼는데, 퇴원 전 경찰에 신고하겠다고 방방 뜨는 걸 막느라 땀깨나 빼야 했다.

인영은 내 모습을 보고 처음에는 성난 사자처럼 분노했고 그 다음엔 조금 울었다. 눈이 토끼처럼 빨개진 인영을 붕대를 감은 손으로 한참 토닥여주었다. 인영은 어떻게 된 일인지 꼬치꼬치 캐물었지만 절반도 대답할 수 없었다. 나 자신도 그때는 왜 그랬는지 설명할 수 없는 부분이 많아서 그렇다.

정말 왜 그랬을까? 그때는 왜 그렇게 악착같이 용기를 냈을까?

인영은 한참을 병실에 머무르다 또 오겠다는 말을 남기고 돌아갔다. 그녀는 그 뒤로 몇 차례 더 왔고, 그때마다 애써 발랄하고 시원스러운 목소리를 내며 나를 위로하려 들었다. 위로가 되지 않았다면 거짓말이다. 가끔은 인영에게 다시 사귀자고 말할까 망설이기도 했다.

그러나 이젠 알 것 같다. 누군가를 만나 사귀는 것보다 스스로가 좀 더 괜찮은 사람이 되는 게 중요하다는 사실을.

나는 어느 시점에서인가 성장을 멈췄고, 주변의 소중함을 모른 채 하루하루를 낭비하듯 살아갈 뿐이었다는 걸. 인영과의 시간마저 내 삶의 소모품처럼 생각하고 함부로 다루었다는 걸 알겠다.

나는 점점 외로워졌지만 그렇게 나쁘지만은 않았다. 외로움을 되씹고 곱씹다 보면 언젠가는 온전히 소화할 수 있는 날이 오지 않을까? 그때가 되면 다시 누군가를 만나 이번에야말로 정말 행복하게 해줄 수 있을지도 모른다.

그게 인영이든, 수정이든, 아니면 또 다른 인연이든 간에. 그래서 결국엔 나도 행복해지는. 병원 침대에서 그런 것들을 생각하고, 또 생각했다. 그렇게 초여름이 지나갔다.

퇴원은 6월 셋째 주였다. 바깥에 나오니 완연한 여름이었다. 볕은 따갑고 아스팔트는 이글이글 끓어올랐다. 그리고 신문에는 짧게 방 노인의 사망 기사가 났다. 그가 가진 엄청난 재산은 대부분 국고로 환수될 거라고 했다. 기대했던 것만큼 노인의 죽음이 통쾌하거나 기쁘지는 않았다. 다만 하나의 일이 일단락되었다는 생각에 조금 편안해졌을 뿐이다.

병원 앞에서 택시를 잡아타고 돈을 숨겨둔 터널로 향했다.

터널 입구에 차를 세워달라고 부탁한 후, 택시에서 내려 터널 안으로 걸어 들어갔다. 터널 안은 어둡고 공기는 서늘했다. 움푹 들어간 곳까지 가서 제설함 뚜껑을 열었다. 어두침침해서 안이 잘 보이지 않아 주머니의 라이터를 켜서 안을 비췄다.

검정색 가방이 한 개 남아 있었다. 나는 잠시 뚫어지게 가방을 바라보다 오른손을 뻗어 그것을 꺼냈다. 터널 밖으로 나가는 길은 길었고 가방은 묵직했다. 한 걸음 한 걸음 걸을수록 가방은 이상하게 점점 더 무거워졌다. 터널 끝으로 나가자 강렬한 햇빛에 순간적으로 오렌지색 반점들이 점멸하며 눈이 먼 것 같은 착각이 들었다.

그녀는 돈을 가져가며 무슨 생각을 했을까? 가방 하나를 남겼으니 최소한의 도리를 지켰다고 생각했을까? 이상하게도 수정에 대한 그리움도 애정도 느껴지지 않았다. 그저 담담할 뿐이었다.

나는 가방을 들고 회사로 갔다. 팀장은 나를 반갑게 맞아주었다. 팀장에게 밥을 사려고 퇴원하자마자 회사에 들렀다고 말했지만 고맙게도 팀장은 아무것도 묻지 않았다. 다만 내가 조금 어른이 된 것 같다고 웃으며 말할 뿐이었다.

팀장과 헤어져 집으로 향했다. 기차도 없는, 이제는 혼자만의 집. 거의 두 달 만이다. 우편함에는 편지가 잔뜩 쌓여 있었다. 우편물을 챙겨 집 안으로 들어갔다. 오랫동안 비어 있던 집엔 살짝 곰팡이 냄새와 먼지 냄새가 났다. 외로움의 냄새였다. 앞으로 익숙해져야 하고, 결국엔 이겨내야 할 그런 냄새.

거실 한가운데에 앉아 우편물을 하나하나 뜯어보았다. 밀린 고지서 가운데 얇은 편지가 한 통 끼여 있었다.

수정이었다.

잠시 가슴이 두근거렸다. 안에는 보고 싶다는 짤막한 메모와 함께 비행기 표가 한 장 들어 있었다.

나는 메모를 물끄러미 바라보다 비행기 표와 메모를 편지 봉투에 도로 넣었다. 모험은 한 번으로 족하다. 다른 누군가가 변화의 계기는 될 수 있지만 결국 나를 변화시키는 건 나 자신밖에 없다. 나는 변화를 간절히 원했으나 진정한 변화란 온전히 내 힘으로 이루어야 하는 것이다. 내가 그녀에게 간다면, 그건 온전히 내 결정이어야 했다. 그녀가 불러서 간다면, 다시 한 번 과거의 실수를 반복할 뿐이다.

나는 창문 밖으로 편지를 내밀고 귀퉁이에 불을 붙였다. 빨간 불꽃이 타들며 재가 하늘로 날아오르는 모습이 아름다웠다. 나는 방으로 돌아와 수정에게 편지를 썼다. 아주 긴 편지를.

작가의 말

'여기 이 비열한 거리를 지나가야만 하는 한 남자가 있다. 그 자신은 비열하지도 않으며 세속에 물들지 않았으며 두려워하지도 않으면서.'

레이먼드 챈들러의 유명한 말입니다. 다양한 분야의 창작자들에게 영감을 줬고 수없이 많은 작품에 인용되었으며 나중에는 영화 제목으로도 쓰였죠. 저도 예외가 아닙니다. 이 구절을 읽는 순간 어둡고 을씨년스러운 거리를 꿋꿋하게 걷는 한 남자의 뒷모습이 바로 떠올랐고, 그 이미지는 제게 오랫동안 남아 있었습니다. 그 남자는 어떤 남자일까 가끔 생각했습니다. 분명 초인에 가까운 강인한 남자가 아닐까, 처음에는 그런 생각이었습니다. 하지만 시간이 지나면서 달라졌습니다. 어쩌면 비열한 거리를 걷는 그 남자는 그냥 우리 주변에서 흔히 볼 수 있는 평범하고 소심한 한 남자에 불과할지도 모른다고. 단지 지켜야 할 무언가가 있기에 이를 악물고 간신히 버티며, 존엄을 지키며 살아남기 위해 비열한 거리에 물들지 않는 게 아닐까 하고요.

여기 한 평범한 남자가 있습니다. 적당히 실패하고 적당히 사회에 순응하면서 그저 그렇게 일상을 보내는 남자입니다. 사랑도 그에게는 눅눅하고 익숙한 오래된 침구 같은 느낌입니다. 그러던 남자가 한 여자를 만나게 되고, 이전에는 해본 적 없는 형태의 사랑을 하게 됩니다. 그 사랑은 남자를 뜻하지 않은 방향으로 이끌어 갑니다. 지켜야 하는 사랑과 일탈과 처음 경험하는 폭력이 남자를 혼란스럽게 합니다. 그러면서 그는 변화합니다.

인간은 무엇이든 될 수 있습니다. 초인이 될 수도, 괴물이 될 수도 있지요. 그렇다면 인간을 그렇게 변화시킬 수 있는 원동력은 무엇일까요. 무엇이 평범한 남자를 비열한 거리에서 버틸 수 있게 만드는 것일까요. 저는 이러한 것들을 상상하고, 스스로 답해가며 이 책을 썼습니다.

글은 생물生物과도 같다더니 오래 작업하며 많은 것이 달라졌습니다. 긴 시간 동안 가까이서 지켜봐준 가족과 친구들에게 고마움을 전합니다.

10월
한상운

비주류 연애 블루스

© 한상운, 2014

1쇄 인쇄일 | 2014년 10월 2일
1쇄 발행일 | 2014년 10월 16일

지은이 | 한상운
펴낸이 | 정은영
책임편집 | 이수지
편   집 | 김민혜 조연수
마케팅 | 이대호 최형연 전연교 이현용
홍   보 | 김선미 김선우

펴낸곳 | 네오북스
출판등록 | 2013년 04월 19일 제2013-000123호
주   소 | 121-840 서울시 마포구 서교동 396-33
전   화 | 편집부 (02)324-2347, 경영지원부 (02)325-6047
팩   스 | 편집부 (02)324-2348, 경영지원부 (02)2648-1311
E-mail | neofictionjamobook.com
Home page | www.jamo21.net

ISBN   979-11-5740-089-8(03810)

이 도서의 국립중앙도서관 출판시도서목록(CIP)은 서지정보유통지원시스템 홈페이지
(http://seoji.nl.go.kr)와 국가자료공동목록시스템(http://www.nl.go.kr/kolisnet)에서
이용하실 수 있습니다.(CIP제어번호: CIP2014023961)